insel taschenbuch 4980
Hermien Stellmacher
Nur ein einziger Tanz

AF196618

Ein rätselhafter Brief wirbelt das Leben von Rike Kehrmann durcheinander. Ein Unbekannter schreibt, er habe jahrelang nach ihrer verstorbenen Mutter gesucht, denn sie sei die Liebe seines Lebens gewesen.

In der Hoffnung, mehr zu erfahren, fährt Rike nach Amsterdam, in die Stadt ihrer Kindheit – und lernt dort nicht nur Hendrik Rhee und seine fidele Senioren-WG kennen. Es wird auch eine Reise in ihre eigene Vergangenheit, und sie bleibt nicht ohne Folgen für Rikes zukünftiges Leben …

Ein Roman über die Macht der Erinnerung – und die Enthüllung einer neuen Wahrheit.

Hermien Stellmacher, geboren 1959, wuchs in Amsterdam auf. Im Alter von 15 Jahren zog sie nach Deutschland. Sie illustrierte zahlreiche Kinder- und Jugendbücher. Seit einigen Jahren schreibt sie hauptsächlich für Erwachsene, zum Teil unter dem Pseudonym Fanny Wagner. Wenn sie nicht gerade in der Provence weilt, lebt sie mit ihrem Mann und zwei Katern in einem kleinen Dorf in der Fränkischen Schweiz.

HERMIEN STELLMACHER

Nur ein einziger Tanz

—◦—

Roman

INSEL

Dieses Projekt wurde durch ein Stipendium durch das
Programm »Neustart Kultur« gefördert.

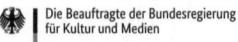 

Erste Auflage 2023
insel taschenbuch 4980
Originalausgabe
© Insel Verlag Anton Kippenberg GmbH & Co. KG, Berlin, 2023
Alle Rechte vorbehalten. Wir behalten uns auch
eine Nutzung des Werks für Text und Data Mining
im Sinne von § 44b UrhG vor.
Quellennachweise am Schluss des Bandes
Umschlaggestaltung: zero-media.net, München
Umschlagabbildungen: 1 zu 1; FinePic ®, München
Satz: Satz-Offizin Hümmer GmbH, Waldbüttelbrunn
Druck: CPI books GmbH, Leck
Printed in Germany
ISBN 978-3-458-68280-6

www.insel-verlag.de

*Für Truus Rijpma, die mit ihrem Brief
diese Geschichte ins Rollen brachte,
und für Atie, die nach 50 Jahren unverhofft
in mein Leben zurückkehrte.*

»Man weiß nie – wie soll ich es ausdrücken? –,
welche unserer Handlungen, welche unserer Unterlassungen
lebenslange Folgen haben werden.«

E. M. Forster, *Engel und Narren*

I.

Obwohl Familie Turner eine Menge Widerlinge in ihren Reihen hatte, und ihr Geschäftsgebaren der Mafia in nichts nachstand, waren die Charaktere Rike im Lauf der Kapitel ans Herz gewachsen. Doch nun war die Zeit gekommen, sich von ihnen zu verabschieden. Sie überflog das Begleitschreiben ein letztes Mal, wünschte der Sippschaft viele deutsche Leserinnen und Leser und drückte auf »Senden«. Mit dem typischen Klick verschwand die Mail samt Übersetzung in Richtung Verlag. So befriedigend es war, die Arbeit endlich vom Tisch zu haben, das vertraute Gefühl der Erleichterung wollte sich heute nicht einstellen. Stattdessen erschien ihr all die Freizeit wie ein bedrohliches, schwarzes Loch. Allzeit bereit, sie zu verschlingen.

Sie griff nach dem Bild ihrer Mutter, das in einem Holzrahmen an der Schreibtischlampe lehnte.

Ich bin dir nah in weiter Ferne
Und überfliege jeden Raum.

Es war der Wunsch ihrer Mutter gewesen, dass diese Zeilen über ihrer Todesanzeige stehen sollten. Und noch ein Jahr nach dem Todestag spendeten sie Rike Trost.

»Das Buch hätte dir gefallen, Mami«, sagte sie leise. »Sehr spannend und voller schräger Typen.« Das Foto war vor Jahren an einem strahlenden Herbsttag entstanden, als sie zu dritt mit ihrer Freundin Edina einen Ausflug unternommen hatten. Mit einem Mal hörte sie das Lachen der beiden Frauen, die sich nahegestanden hatten, und wünschte, sie könnte jetzt mit ihnen in einem Café sitzen.

Sie stellte das Foto an seinen Platz zurück und warf einen Blick zum Fenster hinaus. Der böige Wind gab sich alle Mühe, die Wolken zu vertreiben. Aber kaum hatte die Sonne ihre Chance ergriffen, ging ihr die Puste aus, und der Himmel war wieder verhangen.

In der Hoffnung auf bessere Aussichten rief Rike eine Wetterseite auf. Da der September ähnlich trüb zu Ende gehen würde, warf sie einen Blick auf die Europakarte und gab sich Urlaubsfantasien hin, träumte von bunten Märkten in Frankreich und von den rauen Küsten Englands. Doch mit wem sollte sie verreisen? Sich allein auf den Weg zu machen, war im Augenblick keine Option, und die in Betracht kommenden Freunde hatten entweder anderweitige Verpflichtungen oder waren nicht da.

Da es sie auch nicht nach Hause zog, begann Rike den Schreibtisch aufzuräumen, legte die Recherchelektüre auf einen separaten Stapel und leerte den Papierkorb. Als das erledigt war, sah sie sich in dem kleinen Raum um. Die Grünlilien, die ihr die Vormieterin des Büros vermacht hatte, waren zwar anspruchslos, doch jetzt kurz vor dem Verdursten. Sie hatte mal gelesen, dass diese die Luft reinigten, und während sie jede einzelne goss und die welken Blätter entfernte, fragte sie sich, ob es auch Züchtungen gab, die sich positiv auf die Stimmung auswirkten. Doch wie sie die Sache einschätzte, würde sie das selber in die Hand nehmen müssen. Daher schloss sie den Laptop und verstaute ihn im Rucksack. Sie würde sich eben mit angenehmen Sachen beschäftigen und Dinge unternehmen, zu denen sie seit Wochen nicht gekommen war. Wobei ihr nicht einfallen wollte, was das sein könnte.

Sie hatte die Haustür der Bürogemeinschaft fast erreicht, als jemand ihren Namen rief. Ihr Kollege Jonathan stand im Flur und winkte. »Und? Abgabetermin geschafft?«

»Ja! Endlich ist Schluss mit dem organisierten Verbrechen.«

Er streckte einen Daumen nach oben. »Bevor du dich dem süßen Nichtstun zuwendest, hätte ich eine Bitte. Du hast doch in Amsterdam gelebt und sprichst die Sprache, oder?« Als Rike nickte, fuhr er fort. »Ich habe einen befreundeten Journalisten in der Leitung, der geglaubt hat, einen Artikel über die niederländische Küche selber übersetzen zu können.«

»Aber bei einigen Begriffen nicht weiterkommt?«

»So in etwa. Könntest du ihm ein paar Fragen beantworten?« Als sie nickte, zeigte er auf einen Sessel am Fenster und drückte ihr sein Telefon in die Hand. »Ich hole dir einen Kaffee.«

Rike nahm Platz und meldete sich.

»Norbert Langer.« Eine angenehme Stimme. »Sind Sie die rettende Niederländerin, von der Jonathan sprach?«

»Nicht ganz. Ich habe einen deutschen Vater und somit von Geburt an die deutsche Staatsbürgerschaft. Aber ich bin in Amsterdam aufgewachsen. Wie kann ich Ihnen weiterhelfen?«

»Ich bin immer davon ausgegangen, dass man sich in den Niederlanden hauptsächlich von Pommes und anderen frittierten Leckerbissen ernährt. Abgesehen natürlich von der hervorragenden indonesischen Küche. Doch nun werde ich mit Begriffen wie *Hutspot, Rookworst* und *braune Bohnensuppe* konfrontiert und stehe da wie der Ochs vorm Berg.«

Rike lachte. »Das sind die wahren Basics dieses Landes. Der Niederländer ist grundsolide und legt keinen Wert auf Schnickschnack.« Sie warf Jonathan, der ihr einen Kaffee hinstellte, einen dankbaren Blick zu. »Außerdem ist er sehr sparsam, da ist Hausmannskost nicht fern. *Hutspot* ist da ein gutes Beispiel: eine Mischung aus gestampften Kartoffeln, Möhren und Zwiebeln, zu der Rinderbraten mit Soße serviert wird. Das U spricht man übrigens als Ö aus und das O ganz kurz. Kein kulinarisches Highlight, aber ich kenne Leute, die für dieses Gericht alles stehen und liegen lassen.«

Ich bin dir nah in weiter Ferne
Und überfliege jeden Raum.

Sofort hatte Rike das glückliche Lächeln ihrer Mutter vor Augen, als sie sie kurz vor ihrem Tod mit einer kleinen Portion Hutspot überrascht hatte, und sie spürte, wie ihre Augen feucht wurden.

»Ich glaube nicht, dass ich dieser Gruppe je angehören werde«, lachte Langer, »aber Geschmäcker sind bekanntlich verschieden.« Rike hörte ihn blättern und überlegte, ob der Mann so attraktiv war wie der Klang seiner Stimme.

»Und dann ist da noch diese ominöse *braune Bohnensuppe*. Irgendwo habe ich gelesen, dass es sich dabei um Kidneybohnen handelt. Ist das richtig?«

»Auf keinen Fall«, sagte Rike, erleichtert, zu einem neutralen Thema wechseln zu können. »Das sind Bohnen, die hauptsächlich im niederländischen Zeeland angebaut und zu Suppen und Eintöpfen verarbeitet werden. Früher war es wohl ein typisches Arme-Leute-Essen. In Deutschland sind sie mir noch nicht begegnet.«

»Aha. Dann lass ich das einfach so stehen und hoffe, dass das akzeptiert wird. Und zu vielen dieser Gerichte gibt es diese *Rookworst*. Richtig?«

»O ja!« Jetzt lief Rike das Wasser im Mund zusammen. »Aber sollten Sie *Rookworst* wörtlich als Rauchwurst übersetzt haben, ist das nicht ganz korrekt. Es handelt sich dabei um eine spezielle geräucherte Ringwurst, die eine Konsistenz wie Fleischwurst hat. Es gibt auch eine grobe Variante.«

»Wer hätte gedacht, dass dieses kleine Land so viele Geheimnisse verbirgt.« Ein leises Lachen. »Darf ich fragen, wie es Sie nach Deutschland verschlagen hat?«

Von heut auf morgen. Knall auf Fall. Plötzlich und unerwartet …

»Mein Vater bekam eine interessante Stelle angeboten, daher zogen wir von Amsterdam in die bayerische Provinz.«

»Du lieber Himmel!«

»Sie bringen es auf den Punkt.«

»Das wird für Sie nicht einfach gewesen sein.«

»Ach, so richtig kann ich mich da gar nicht mehr daran erinnern.« Mit einem letzten Rest Kaffee schluckte sie die Lüge herunter. »War das alles, was Sie wissen wollten?«

»Eine Frage habe ich noch: Serviert man in den Niederlanden zu Grünkohl tatsächlich Silberzwiebeln?«

»Ja, sehr oft. Und wenn ich Ihnen noch länger zuhöre, kriege ich einen Heißhunger.« Doch in Wahrheit verkrampfte sich ihr Magen.

»Oje, das war nicht meine Absicht. Darf ich Sie als Dankeschön vielleicht zu einem Kaffee einladen?«

Rike war unentschlossen, doch der nächste Satz fällte die Entscheidung: »Ich würde gern mehr über Ihre Heimat erfahren.«

Nein.

»Das ist im Augenblick leider schwierig. Zu viel Arbeit auf dem Tisch. Das kennen Sie sicher. Ich wünsche Ihnen aber viel Erfolg mit dem Artikel.«

Schon als Kind hatte Rike sich ihr Gedächtnis wie ein Lagerhaus vorgestellt: ein altes, mehrstöckiges Backsteingebäude, dessen hohe Fensterläden Spuren dunkelroter Farbe aufwiesen. Oben in der Giebelspitze war eine Winde mit einem großen Kranhaken angebracht, mit deren Hilfe auch schwerwiegende Erinnerungen befördert werden konnten. Es fiel ihr nicht leicht, sich hier Zugang zu verschaffen. Umso überraschter war sie, dass die Eingangstür sich nach diesem Telefonat wie von selbst öffnete und sie eintreten konnte. Unsicher tastete sie sich in dem schummrigen Labyrinth von Gängen und Treppen voran und landete in einem Bereich, wo ihr mit jedem Schritt ein anderer Geruch in die Nase zog, ein anderer Geschmack auf die Zunge gelegt wurde. In einigen Räumen hatte sie keine Mühe sie zuzuordnen, in anderen tat sie sich schwer, ihren Ursprung zu benennen.

Das galt auch für die Bilder an den Wänden. Manche der Darstellungen waren diffus, unvollständig oder so verwittert, dass sie nur erahnen konnte, was einmal zu sehen gewesen war. Andere zeigten einen Gegenstand, zum Beispiel ein Glas mit roter Limonade, die intensiv nach Himbeeren roch und, wie ihr einfiel, nur bei Oma richtig gut geschmeckt hatte.

Beim Verlassen des Raums wäre sie fast über einen Schlittschuh gestolpert. Ein altmodisches Modell aus Holz, das sie sich als Kind mit breiten Bändern unter die Winterstiefel geschnallt hatte. Während sie nach dem zweiten Teil des Paares Ausschau hielt, sah sie sich als Mädchen, das sich nach Stunden auf dem

Eis durchgefroren auf den Heimweg macht. Auch nach der langen Zeit spürte Rike das Prickeln in den fast tauben Händen, erinnerte sich an die Vorfreude auf einen Teller Grünkohleintopf mit Rookworst und Silberzwiebeln, hatte den Duft dieses Gerichts so deutlich in der Nase, als würde es dampfend vor ihr stehen.

Unschlüssig, wie sie weitergehen sollte, betrat sie einen weiteren Korridor. Der Geruch, der hier in der Luft lag, löste Übelkeit aus, und Rike hielt sich die Nase zu. Nicht umsonst machte sie seit Jahren einen Bogen um dieses Land. Als gäbe es da eine Sperre, einen unsichtbaren Elektrozaun, der ihr Schmerzen zufügte, sobald sie ihm zu nahe kam. Schnell fand sie zum Treppenhaus zurück und rannte die Stufen hinunter, bis sie den Eingang erreicht hatte. Dort holte sie tief Luft, drückte die Tür fest ins Schloss – und machte sich auf den Heimweg.

Vor dem türkischen Laden im Nachbarhaus blieb sie stehen. Die hier angebotenen Lebensmittel hatten nichts mit den Speisen ihrer Kindheit gemein, und in der Hoffnung, so auf andere Gedanken kommen zu können, betrat sie das Geschäft. Es funktionierte. Als sie an der Reihe war, bestellte sie sich eine Auswahl an Meze und ein Fladenbrot. Fest davon überzeugt, dass die Gespenster der Vergangenheit bald wieder verschwunden sein würden.

Just als sie den Hausflur betreten hatte, meldete sich ihr Handy. »Na? Abgabetermin geschafft?« Obwohl Edina sich in den USA aufhielt, klang es, als stünde sie neben ihr.

»Alles fertig.«

»Schade, dass wir nach diesem Mammutprojekt nicht zusammen feiern können. Aber das holen wir nach, sobald ich wieder da bin.« Edina zögerte. »Sonst was Neues?«

»Nach wie vor Sendepause.« Rike überlegte, ob sie Edina von ihrer Angst vor den kommenden Wochen erzählen sollte, doch sie ließ es bleiben. Ihre Freundin machte sich schon genug Gedanken und hatte als Unternehmensberaterin rund um die Uhr zu tun.

»Dieser *Klerelijer*. Du, mein Kollege ruft mich zum Meeting. Ich melde mich bald wieder!« Dann wurde die Verbindung unterbrochen.

Klerelijer. Rike grinste. Die Russlanddeutsche Edina war als Fünfjährige mit ihrer Familie nach Deutschland gekommen und mit Rike seit der 8. Klasse befreundet. Schon bald hatten die Mädchen festgestellt, dass es sowohl im Niederländischen als auch im Russischen Begriffe gab, für die im Deutschen kein echtes Pendant existierte. *Klerelijer* war eines der ersten Wörter, das Eingang in ihre persönliche Liste gefunden hatte. Es war eine Bezeichnung aus dem Amsterdamer Dialekt für jemanden, der sich so widerwärtig benimmt, dass man ihm eine Krankheit – in diesem Fall die Cholera – an den Hals wünschte.

Mit einem Seufzer nahm Rike die Treppe in Angriff. Seit mehr als einem Monat wurde sie den Eindruck nicht los, dass sie täglich länger und steiler wurde. Als sie den ersten Absatz erreicht hatte, erklang aus dem zweiten Stock ein Streit zwischen Tochter und Mutter, der mit einem lauten *Du kannst mich mal!* beendet wurde. Es folgte ein Stakkato von hochhackigen Schuhen auf Holz, bevor die fünfzehnjährige Laila grußlos vorbeiwirbelte und die Haustür ins Schloss warf.

Im dritten Stock angekommen, öffnete sich eine Wohnungstür, und Frau Steiner spähte ins Treppenhaus. »Guten Tag, Frau Kehrmann. Wie geht es dem lieben Edgar? Gefällt es ihm in Frankreich?«

Rike betrachtete die Nachbarin, deren grellrot geschminkte Lippen sich zu einem falschen Lächeln verzogen hatten. Was, um Himmels willen, sollte sie sagen? Sie musste sich zusammenreißen, nicht wortlos weiterzugehen.

»Es geht ihm gut. Obwohl es ihn natürlich anstrengt, den ganzen Tag auf Französisch zu unterrichten.«

»Das glaube ich gern. Aber er kann sich glücklich schätzen, eine so verständnisvolle Partnerin wie Sie zu haben. Grüßen Sie ihn bitte von mir.« Dann schloss sich die Tür so leise, wie sie sie geöffnet hatte.

Missmutig erklomm Rike die letzten Stufen und sperrte die eigene Tür auf. Sofort legte sich die in der Wohnung herrschende Stille wie Blei auf ihre Schultern. Seltsam, was man alles vermisste, wenn der andere nicht da war. Keiner fragte, wie der Tag gewesen sei; auch der Klang der eigenen Stimme fehlte, denn es gab niemanden, dem man etwas hätte erzählen können. Es rauschte keine Dusche, und das Radio stand stumm im Regal. Nur die eigenen Schritte waren zu vernehmen. Schritte, die lauter hallten als sonst.

In der Küche stellte sie Tasche und Einkäufe auf den Tisch. Worte des Nachbarn drangen gedämpft durch die Wand, verwandelten sich unverhofft in Edgars Stimme. Rike dreht sich um, sieht ihn wieder in der Tür stehen, hört sein zaghaftes Räuspern, dass sie vom Tomatenschneiden aufsehen lässt. »Ist was?«

»Ich möchte … mit dir über etwas sprechen.« Er reibt sich die Arme, als würde er frieren. »Ich … wollte dir sagen, dass ich mal eine Weile von hier verschwinden möchte. Ich brauche dringend eine … eine Auszeit.« Als wäre er erleichtert, diese Worte ausgesprochen zu haben, streckt er sich. »Ich möchte einfach mal Pause machen von unserer Beziehung, verstehst du? Und wie es der Zufall will, kann ich im Appartement eines Kollegen unterkommen, der eine Weile im Burgund unterrichtet.«

»Aber warum denn?« Es ist ihr nicht möglich, den Sinn seiner Worte zu fassen.

»Schau, wir hängen doch völlig fest in unserem Trott. Ein bisschen Abstand wird uns guttun.« Und während Edgar die Vorteile seiner Idee aufzählt, steht sie wie betäubt vor der Anrichte, spürt, wie sich ihr Magen zusammenzieht, und ertappt sich dabei, dass sie wider Willen nickt. Obwohl sie gar nichts versteht, alles so überraschend über sie hereinbricht und ihr die Worte fehlen.

Doch Edgar scheint diese Bestätigung zu genügen. Mit einem Mal wirkt er selbstsicher, redet schneller, kommt auf sie zu und schließt sie für einen Augenblick in die Arme. »Ich weiß, dass es etwas plötzlich kommt, aber ich glaube nicht, dass lange Diskussionen uns weiterhelfen. So ist es für beide leichter. Findest du nicht auch?«

Jetzt sieht sie, dass sein Gepäck bereits in der Diele steht, wird ihr klar, dass er alles von langer Hand geplant hat. Wieder nickt sie stumm. Nachdem er die Tür hinter sich zugezogen hat, geht sie wie betäubt umher, unfähig zu verstehen, was geschehen ist. Erst als sie sich an der Tischkante stößt, kommen die Tränen, und sie weint bis zur Erschöpfung.

Die Fragen, die sie sich seit diesem Tag gestellt hatte, waren immer dieselben: Bin ich nicht gut genug für ihn? Gibt es eine andere? Und wenn ja, was wird aus mir? Würde sie ihr Dasein als alte sitzengelassene Jungfer unter den mitleidigen Blicken anderer fristen, die hinter vorgehaltener Hand über sie sprachen? Die Angst davor war groß.

Ähnlich groß wie die Furcht, sich nach all den Jahren wieder ein neues Zuhause suchen zu müssen. Sie war schon so oft entwurzelt worden und hatte neu beginnen müssen.

Die Worte ihrer Mutter kamen ihr in den Sinn: *Ein Mann, der so viel Sorgfalt aufwendet, die Seiten eines Abreißkalenders zu entfernen, ist in meinen Augen nicht ganz dicht.* Edgar hatte die Angewohnheit sie mit Hilfe eines Messers und eines kleinen Lineals abzutrennen, damit ja nichts an der Perforierung hängen blieb. Als wollte er so vermeiden, an vergangene Tage erinnert zu werden.

Diese Macke brachte Rike aber keine Erkenntnis darüber, warum er nie hatte durchblicken lassen, was ihm bei ihr fehlte. War sie zu sehr mit ihrer Arbeit beschäftigt gewesen? Hatte er sich nicht genug beachtet gefühlt? Sofort hatte sie Edina angerufen. Doch egal, wie überzeugend ihre Freundin dargelegt hatte, dass sie keine Schuld traf, der Schmerz, zurückgelassen worden zu sein, war allgegenwärtig.

Vor allem beim Aufwachen und beim Einschlafen. Wenn nach zeitlosen Sekunden im gedanklichen Niemandsland die Realität über sie hereinbrach, die Angst sie überwältigte, den Rest ihres Lebens allein verbringen zu müssen. Schließlich war sie sechsundfünfzig und nicht die Art von Frau, die ihr Glück über Singlebörsen suchte.

Nach und nach war ihr die Wandlung seines Verhaltens bewusst geworden: die ungewohnte Wortkargheit, seine Launenhaftigkeit, die er plötzlich an den Tag gelegt hatte. Sie hätte gern mit ihm über die Gründe gesprochen, aber er war verschwunden und hatte sich jeglicher Diskussion entzogen.

Rike öffnete das Küchenfenster zum Hof und sah zu den Mülltonnen hinunter. Dort hatte sie die Notlüge zum ersten Mal benutzt. Als eine Nachbarin sich erkundigt hatte, wo ihr Freund abgeblieben sei, hatte sie sich an diesen Kollegen erinnert, der an einer französischen Schule unterrichtete. Kurzerhand hatte sie Edgar die Rolle zukommen lassen und sich bedeckt gehalten, wie lange er dort bleiben würde. Mittlerweile kam ihr diese Lüge leicht über die Lippen. Nur Edina kannte die Wahrheit. Und bis sie selbst wusste, was Sache war, sollte das auch so bleiben.

2.

Wenn Hendrik Rhee etwas nicht leiden konnte, waren es Touristen, die glaubten, mit ihrem Fahrschein die ganze Straßenbahn erworben zu haben. Wie diese Gruppe Provinzler, die sich im Mittelgang lautstark über ein verlorenes Fußballspiel ausließ. Hendrik bedauerte, dass die Tram nicht von einem Fahrer des alten Schlags gelenkt wurde. Der hätte sie mit einer flinkzüngigen Bemerkung in die Schranken gewiesen und für Heiterkeit unter den Mitfahrenden gesorgt. Doch diese Spezies war leider vom Aussterben bedroht.

Mit erfahrenen Medizinern verhielt es sich ähnlich. Entsetzt hatte er heute feststellen müssen, dass sein langjähriger Hausarzt die Praxis an einen Knaben übergeben hatte, der gerade Abitur gemacht, die Weisheit mit Löffeln gefressen und eine Menge an seinen liebgewonnenen Gewohnheiten auszusetzen hatte. Bereits nach Minuten war er von dessen Predigt so bedient gewesen, dass er sich zusammenreißen musste, dem Knirps nicht die Meinung zu geigen. Kein Wunder, dass sein Blutdruck in astronomische Höhe geschnellt war.

Um auf andere Gedanken zu kommen, blickte er aus dem Fenster. Eine Gruppe Radfahrer fuhr bei Grün los, Linksabbieger stauten sich an der Brücke. Eine Plakatwand erregte seine Aufmerksamkeit: *Neue Tango-Kurse! Melden Sie sich noch heute an!* Während sie langsam an dem Foto mit tanzenden Paaren vorbeifuhren, drängten sich lang vergessene Bilder in den Vordergrund. Erinnerungen an einen schwülen Abend in Australien, der Jahrzehnte zurücklag.

Die Einladung zu diesem ungewöhnlichen Treffen hatte ihn und seine Freunde verunsichert, aber letztendlich waren alle gekommen. Anfangs standen sie verloren unter den bunten Lampions herum und nippten am Champagner, den leise umhergehende Kellner anboten. Dann hatte eine Combo zu spielen begonnen, und der Knoten war geplatzt. Bis tief in die Nacht hatten sie getanzt und gelacht – getanzt und geweint. Ein unvergessliches Erlebnis.

Als die Straßenbahn mit einem Klingeln an der Keizersgracht zum Stehen kam, hatte Hendrik einen überraschenden Entschluss gefasst. Tanzen. Ja, sie würden tanzen. Beim Aussteigen erklang das Glockenspiel der Westerkerk hoch über seinem Kopf. Automatisch passte er seinen Laufschritt der vertrauten Melodie an. Sie würden tanzen. Noch heute würde er sich darum kümmern.

Zu Hause empfingen ihn der Duft von frischem Kaffee und die Stimmen seiner Mitbewohner. Greet und Karel saßen sich am Küchentisch gegenüber, die Tageszeitung aufgeschlagen zwischen ihnen.

»Schau mal! Erinnerst du dich noch an die hübsche Tessa?« Greet zeigte auf das Farbfoto eines Gemäldes. »Die kommt jetzt als Malerin groß raus und stellt ihre Bilder in einer bekannten Galerie aus.«

»Tessa?« Hendrik nahm sich eine Tasse aus dem Regal und schenkte sich Kaffee ein. »Das sagt mir nichts.«

»Ging mir genauso«, sagte Karel. »Bei der Flut von Daans Freundinnen kann man den Überblick schon mal verlieren.«

»Jetzt übertreibst du aber. Das ist in dem Alter völlig normal.« Auf ihren Enkel ließ Greet nichts kommen.

»Wenn ich früher nur annähernd so viele Freundinnen mit nach Hause gebracht hätte wie dein Liebling, hätten mich meine Eltern in eine Besserungsanstalt gesteckt.« Karel nippte an seinem Kaffee.

»Als hättest du jemals ein Mädchen gehabt.« Greet wandte sich Hendrik zu. »Was hat Dr. Kroon gesagt?«

»Kroon praktiziert nicht mehr. Das ganze Personal wurde ausgetauscht. Bis auf Frau Schut. Die hat mir erzählt, dass der arme Mann einen Schlaganfall erlitten hat.«

»Du lieber Himmel! Gibt es einen Nachfolger?«

»Einen Minderjährigen.« Hendrik zeigte auf die dampfende Tasse vor ihm. »Einer, der schlau daherredet und der festen Überzeugung ist, dass das alles Gift für mich ist. Wenn es nach ihm ginge, war das gestrige Gläschen Portwein das letzte meines Lebens.«

»Lass dich bloß nicht von Ärzten ins Bockshorn jagen. Mal

ist das eine gesund und das andere tödlich, ein halbes Jahr später haben sie es sich wieder anders überlegt. Gerade in unserem Alter sollte man sich nicht leichtfertig von seinen Gewohnheiten trennen. Das kann fatale Folgen haben.« Karel schenkte sich nach. »Soll der Typ mir mal *den* Niederländer zeigen, der freiwillig auf Kaffee verzichtet.«

»Vielleicht gehst du einfach öfter spazieren«, schlug Greet vor. »Regelmäßige Bewegung ist das A und O für die Gesundheit.«

»An etwas in der Art habe ich auch schon gedacht«, sagte Hendrik. »Was haltet ihr von einem gemeinsamen Tanzkurs?«

»Von einem *was*?« Greet sah ihn entgeistert an. »Wie kommst du denn auf die Idee? Arbeitet dieser neue Arzt mit Drogen?«

»Tanzen ist im Grunde nichts anderes als rhythmisches Spazierengehen. Und es hält angeblich jung.«

»Ein Tanzkurs … Und wer soll da deiner Meinung nach mitmachen? Zu dritt kommen wir nicht weit.«

»Tanzkurs ist vielleicht nicht der richtige Begriff. Ich dachte eher daran, einen Auffrischungskurs zu organisieren und Freunde und Bekannte dazu einzuladen. Vielleicht fallen euch auch noch Leute ein.«

»Wenn ein paar hübsche Kerle dabei sind, kann ich der Idee durchaus etwas abgewinnen«, sagte Karel.

Greet schüttelte irritiert den Kopf. »Wenn ich an meine Tanzstunden zurückdenke, habe ich picklige Jungs vor Augen. Ungelenke Typen mit verschwitzten Händen und fettigen Haaren. Das muss ich nicht noch mal haben.«

»Darf ich dich darauf aufmerksam machen, dass unsere Pubertät schon etwas zurückliegt?« Karel strich sich über die glatt rasierten Wangen. »Schau: zwar faltig, aber ohne Pickel.«

»Also, was jetzt? Macht ihr mit oder nicht?« Hendrik spürte, dass die Sache ihm wichtiger war, als er zunächst geglaubt hatte.

»Das ist ein Fall für den Flipper«, sagte Greet. »Aber ich sage euch gleich: Wenn ich gewinne, bin ich aus der Nummer heraus!«

Der Spielautomat, ein Schmuckstück aus den siebziger Jahren, gehörte zum Hausinventar und kam immer dann zum Einsatz, wenn sie sich nicht einigen konnten. Wer die Partie gewann, durfte entscheiden.

Bereits in den ersten Wochen ihres Zusammenlebens hatte Greet sich als Flipperqueen entpuppt. Als unterhielte sie eine geheime Allianz mit der Stahlkugel, fuhr sie Punktsiege ein, die ihre Mitbewohner sprachlos machten.

»Wollen wir doch mal sehen, ob ich das Tanzbein schwingen muss.« Sie schaltete den Kasten ein, und es dauerte nicht lange, bis der Automat dudelnd zum Leben erwachte. Der Kopfaufsatz am hinteren Ende zeigte einen Westernsaloon mit kurz berockten Animierdamen, auf dem Spielfeld stand ein schussbereiter Cowboy inmitten leuchtender Schlagtürme und Zielscheiben. »Wer beginnt?«

»Ich fange an.« Der stämmige Karel brachte sich in Stellung und schoss die erste Kugel ins Spielfeld. Wie immer spielte er mit Herz und Seele und kommentierte alles. »Aaaah … nein! Nach links habe ich gesagt, du Miststück! Jetzt mach endlich mal, was ich dir sage. Ist es zu glauben? Gleich ziehe ich dir die Ohren lang!«

»Kugeln haben keine Ohren«, sagte Greet und tauschte einen vielsagenden Blick mit Hendrik. So begabt Karel am Herd war, am Flipper war er eine Niete.

»Lenk mich nicht ab!« Schnaufend drückte er die seitlichen

Knöpfe, doch es dauerte nicht lange, bis auch die dritte Kugel durch die Out-Lane rollte.

Greet sah sich das Ergebnis übertrieben genau an. »Gut, dass ich dir kein Zeugnis ausstellen muss. Bei dieser Punktzahl hieße es: *Der Schüler bemüht sich redlich, aber seine Versetzung ist gefährdet.*«

»Das kommt nur, weil du immer wieder dazwischenquatschst. Da kann ich mich nicht konzentrieren. Hendrik ist mein Zeuge!«

»Müde Ausreden, mein Lieber.« Grinsend zog Greet einen Schemel unter der Maschine hervor und stellte sich darauf. Dann schob sie die Ärmel hoch, schüttelte die Hände und holte tief Luft. »Aufgepasst, meine Herren!«

Langsam zog sie den Plunger. Die Kugel schoss nach vorn und bewegte sich eine gefühlte Ewigkeit zwischen den aufleuchtenden Bumpers und Slingshots. Nach dem dritten Durchgang hatte sie einen erheblichen Vorsprung auf Karel. »Sieht ganz so aus, als müsstet ihr beim Tanzen auf mich verzichten.«

»Abwarten.« Hendrik öffnete den oberen Hemdknopf und starrte auf den Cowboy unter der Glasplatte. Der Start konnte sich sehen lassen, doch dann machte seine Nervosität ihm einen Strich durch die Rechnung, und die erste Kugel verschwand in die Tiefe des Kastens.

Greet rieb sich die Hände und hob an, etwas zu sagen, doch Hendrik brachte sie mit einem Blick zum Schweigen. Er schloss die Augen, rief sich den besagten Abend ins Gedächtnis und dachte daran, wie wichtig es ihm wäre, auch Greet mit im Boot zu haben.

Nach einem Stoßgebet schoss Hendrik die zweite Kugel auf

das Spielfeld und konzentrierte sich, als ob sein Leben davon abhinge. Diesmal klingelte das Zählwerk unablässig, schaffte er es Mal um Mal, die Kugel weiter umherflitzen zu lassen. Auch als sie direkt auf ihn zuschoss, gelang es ihm, sie nach oben zurückzubefördern und weitere Punkte zu sammeln.

»Was habe ich gesagt?«, rief Greet. »Dieser Arzt hat ihm Drogen verpasst. Normalerweise spielt er nie so gut!«

»Lass dich nicht ablenken«, raunte Karel. »Hau rein!«

Hendrik nickte, während er sich ganz auf die letzte Kugel konzentrierte. Sie bescherte ihm ähnlich viele Punkte wie ihre Vorgängerin und als sie letztendlich zwischen den Flipperfingern verschwunden war, stieß er eine Faust in die Luft: »Gewonnen!«

»Respekt!« Greet schrieb den Spielstand in das alte Heft, das auf einem Tischchen neben dem Automaten lag, und zog den Stecker. »Freu dich aber nicht zu früh. Ich glaube erst an diesen Kurs, wenn wir mit einem Tanzlehrer auf dem Parkett stehen.«

Genau darum wollte Hendrik sich gleich kümmern. Beschwingt stieg er die Stufen zu seinen Räumen hinauf. Er liebte dieses Haus. Jeder hatte seinen eigenen Bereich; die Küche und das gemeinsame Wohnzimmer waren im Parterre untergebracht.

Es war schon acht Jahre her, dass Karel sie zu einem Essen eingeladen hatte. An sich keine Besonderheit. Er war ein hervorragender Koch und hatte sie regelmäßig bewirtet. Doch an dem Abend war es anders gewesen. Karel hatte Greet und ihn zu dieser ihnen unbekannten Adresse in der Innenstadt gebeten. Auf Greets Frage, warum er schwarz gekleidet sei, antwortete er, er habe einen engen Freund verloren. Genauer gesagt seinen

Lebensgefährten, der bis vor kurzem in diesem Haus gelebt hatte.

Karel war stets offen mit seiner Homosexualität umgegangen; dass er aber seit Jahren mit einem bekannten Unternehmer liiert gewesen war, hatten nicht mal sie beide geahnt. Doch dieser Mann war nicht gewillt gewesen, sich zu outen, und Karel hatte sich seinem Wunsch gefügt. Bis zu dessen Tod.

Karel hatte das Haus geerbt und überraschte sie mit dem Vorschlag, hier eine Alters-WG zu gründen. Schließlich waren sie von Kindesbeinen an befreundet. Warum nicht auch die letzten Jahre vergnügt zusammen verbringen?

Es war eine lange Nacht geworden, in der sie das gesamte Haus besichtigt, jedes Für und Wider gewissenhaft abgewogen und all ihre Wünsche und Vorstellungen offen auf den Tisch gelegt hatten. Greet hatte sie daran erinnert, wie sie sich früher mit anderen auf dem Schulhof geprügelt hatten, dann waren weitere Geschichten gefolgt: über die Zeit der deutschen Besatzung, als sie Karel geholfen hatten, unterzutauchen, wie sie Greet in den schlimmen Phasen ihrer Ehe zur Hilfe geeilt waren, und an die Freude, Hendrik nach Jahren in Australien wieder in die Arme schließen zu können.

Fünf Gänge später hatten sie alle Fragen geklärt, und ihnen war klar gewesen, dass sich an ihrer Verbundenheit seit Schulzeiten nichts geändert hatte. Auch wenn sie nun um die neunzig waren und die Lust, sich mit anderen zu prügeln, deutlich nachgelassen hatte, waren sie nach wie vor bereit, gemeinsam durch dick und dünn zu gehen.

Der Pakt wurde mit Champagner aus dem gutsortierten Getränkevorrat besiegelt, bevor sie im Morgengrauen auseinandergingen. Voller Vorfreude, ihren letzten Umzug in die Wege zu leiten und das zusammenzutragen, was ihnen im Lauf ihres Lebens lieb und teuer geworden war.

Wann immer er an diese Nacht zurückdachte, spürte Hendrik großen Frieden. Denn es hatte sich bewahrheitet: Egal, was in den vergangenen Jahren passiert war, sie hatten sich stets aufeinander verlassen können.

In seinem Zimmer schien die Sonne durch die Sprossenfenster und zeichnete geometrische Muster auf das Parkett. Er ging zu der Musikanlage und setzte den Plattenteller in Bewegung. Im nächsten Moment drang die weiche Stimme Georges Moustakis aus den Lautsprechern. Lieder, deren er nie überdrüssig wurde.

Leise mitsummend setzte er sich an den Schreibtisch. Unten an der Gracht versuchte ein Fahrer, einen Wagen in eine enge Parklücke zu manövrieren. Erleichtert, dass er sich mit diesem Problem nicht mehr herumschlagen musste, nahm Hendrik sein Adressbuch aus der Schublade. Der fleckige Einband und die Eselsohren zeigten, dass er es schon viele Jahre in Gebrauch hatte. Auch am Innenleben war das Alter abzulesen. Einige Namen hatte Hendrik durchgestrichen, weil die Freunde verstorben waren, und ein Teil der Adressen war schon mehrfach aktualisiert worden.

Während er die Einträge durchging, stieg seine Vorfreude immer weiter. Es würde ihnen guttun, wieder aktiv etwas miteinander zu unternehmen. Da konnte Greet lästern, so viel sie wollte. Als er bei V angekommen war, standen bereits zwanzig Namen auf seiner Liste. Dann schlug er die Seite zu W um – und hielt inne. W wie Cisca de Wit. Auch nach sechzig Jahren stand die

Frau ihm so deutlich vor Augen, als hätten sie sich erst gestern getroffen.

Unvergessen, wie er sie am Hochzeitstag seiner Schwester zum ersten Mal sah. Sie waren beide Trauzeugen. Louise hatte bereits im Vorfeld den Humor und den scharfen Verstand ihrer besten Freundin erwähnt. Doch auf das Strahlen, das von Cisca ausging, auf diese grünen Augen, die ihn leicht spöttisch anblickten, hatte sie ihn nicht vorbereitet.

Mit einem Mal war er wieder zweiunddreißig, beobachtete, wie sie das Brautpaar begrüßte und dann auf ihn zukam. Ein fester Händedruck, eine warme Altstimme. »Wir sollten zusehen, dass diese Turteltäubchen unter die Haube kommen. In letzter Zeit können sie kaum noch die Finger voneinander lassen!« Ihr ansteckendes Lachen und ihre zwanglose Art zogen ihn sofort in den Bann. Was für ein Unterschied zu seiner Verlobten! Prompt war ihm der Gedanke gekommen, dass Katrien bei einer derartigen Bemerkung missbilligend den Mund verzogen hätte. In ihren Kreisen *dachte* man so etwas nicht mal. Sie hätte diese Hochzeit ohnehin als ärmlich bezeichnet. In der Familie van Dongen wäre das Hilton für diesen Anlass das Mindeste gewesen. So wie man in diesen Kreisen nicht zu Abend aß, sondern dinierte.

Cisca. Hendrik stand auf und ging ruhelos umher. Was würde er dafür geben, ein letztes Mal mit ihr zu tanzen! Während er sich vorstellte, sie in den Armen zu halten, sich mit ihr zur Musik zu drehen, sang er leise den Text mit:

Nous prendrons le temps de vivre
D'être libres, mon amour
Sans projets et sans habitudes
Nous pourrons rêver notre vie

Obwohl er diesen Text bereits hunderte Male gehört hatte, schien es ihm plötzlich, als wären diese Zeilen für sie beide geschrieben worden. Wie oft hatten sie sich in den Wochen, die ihnen vergönnt gewesen waren, gewünscht, Zeit zum Leben zu haben, frei zu sein.

Ohne Pläne und Gewohnheiten
würden wir unser Leben träumen.

Ob sie noch lebte? Er hatte ehemalige Freunde von Cisca angerufen, frühere Nachbarn befragt und später im Internet recherchiert, aber es war ihm nicht gelungen, sie ausfindig zu machen. Dennoch fuhr er den PC hoch und gab ihren Namen bei einer Suchmaschine ein. Sekunden später wurde ihm ein Ergebnis angezeigt:

FRANCISCA KEHRMANN
GEB. DE WIT
*1927 IN AMSTERDAM – † 2017 IN ASSEN

Diese Endgültigkeit traf ihn unvorbereitet. Unbewusst war er immer davon ausgegangen, Cisca eines Tages wiederzusehen und zu erfahren, warum sie so plötzlich verschwunden war. Doch es gab keine Cisca mehr. Keine Chance, ihr Lachen noch mal zu hören, die feinen Fältchen zu betrachten, die sich dabei um ihre Augen bildeten. Keine Chance, ihre Haut ein letztes Mal zu riechen, seine Nase in ihre Haare stecken zu können. Nie wieder.

Was er beim zweiten Lesen der Anzeige entdeckte, berührte ihn aber noch stärker. Unter den Trauernden stand der Name ihrer Tochter. Ein ganz besonderer Name. Er notierte sich die deutsche Adresse, die dort angegeben war. Er würde ihr sofort schreiben und diesen Brief gleich einwerfen. Damit ihn nicht das Schicksal ereilte, das den Briefen an ihre Mutter zuteilgeworden war.

3.

Zufrieden mit ihren Spontaneinkäufen – einem türkisfarbenen Leinenhemd und einem T-Shirt in Jadegelb –, betrat Rike die Buchhandlung. Sie hatte zwar genug Lesestoff zu Hause, schaffte es aber nie, hier vorbeizugehen, ohne wenigstens kurz in den Regalen gestöbert zu haben.

Eine Neuerscheinung mit reizvollem Cover weckte ihr Interesse. Neugierig, mehr über den Inhalt zu erfahren, überflog sie den Klappentext. Von der Rückseite des Romans fixierte die Autorin sie mit herausforderndem Blick. Rike fragte sich, ob ein Foto existierte, auf dem sie ebenfalls so selbstbewusst in die Welt sah. Ein Blick in die Vita ergab, dass die Autorin im Orwell-Jahr geboren war. Das Jahr, in dem Rike erste berufliche Schritte gemacht hatte. Zwölf Monate, die anfangs voller Zuversicht gewesen waren, doch mit der Auflösung ihrer Wohngemeinschaft und dem Einzug in eine triste Einzimmerwohnung geendet hatten. Auch in den darauffolgenden Jahren waren dramatische Wendungen nie Mangelware gewesen. Aber eine Phase, in der sie mit einem Was-willst-du-denn-Ausdruck in die Kamera des Lebens geschaut hatte, fehlte ihr bislang.

Ihre Freundin Edina beherrschte Blicke dieser Art meisterlich. Mit ihrem Lächeln wirkten sie zwar weniger provokativ, büßten jedoch nichts von ihrer Intensität ein. Gleichzeitig hatte sie Edinas eindringliche Bitte nach Edgars Verschwinden wieder im Ohr: »Versuch deine Schockstarre abzustreifen und zeig ihm – und auch dir –, wer du bist, Rike. Wenn er glaubt, eine Auszeit zu brauchen, bitte sehr. Das ist aber kein Grund für dich zu versauern, bis er wieder vor der Tür steht!«

Bisher hatte sie diesen Rat als Bedrohung empfunden. Doch heute spürte sie erstmals, wie ihre Lebensgeister zurückkehrten und eine Welle der Zuversicht sie erfasste. Edina hatte recht. Sie stand mit beiden Beinen fest im Leben, und es lagen drei freie Wochen vor ihr. Sogar vier, wenn sie wollte. Die sollte sie nicht damit verbringen, auf bessere Zeiten zu warten, sie sollte ihre Koffer packen und wegfahren. Doch wohin?

Sie legte das Buch zurück und wandte sich den Reiseführern zu. Vor einem der Regale hatte die Buchhändlerin eine Staffelei mit einem gerahmten Foto der bretonischen Granit-Küste aufgestellt. Eine faszinierende Landschaft mit großen, bizarr geformten Felsblöcken, an denen sich die Fluten des Atlantiks brachen und die im Sonnenuntergang rosa glühten. Je länger sie das Bild betrachtete, umso klarer stand ihr das Reiseziel vor Augen.

Als Studentin war sie einmal dort gewesen und hatte sich geschworen, wiederzukommen. Zuerst war das an ihrem Geldbeutel gescheitert, später an Edgars Unlust. Immer wieder hatte er Gegenvorschläge gemacht, und sie hatte klein beigegeben.

Es war eine seltsame Verkettung der Umstände gewesen, die sie mit Edgar zusammengebracht hatte: Ein plötzlich aufziehendes Unwetter hatte Edina und sie zusammen mit anderen Gästen von der Terrasse ins Innere eines Restaurants getrieben. Als klar geworden war, dass Regen und Sturm nicht so schnell weiterziehen würden, hatte man sich an den freien Plätzen im Lokal verteilt, und so hatten sie Edgar und seine Kollegen kennengelernt und einen netten Abend mit ihnen verlebt.

Es war nicht bei dieser einen Begegnung geblieben, und auch wenn Rike nie das Gefühl gehabt hatte, Edgar sei die vielbesungene große Liebe, waren sie vor zwölf Jahren zusammengezogen. Bei ihm hatte sie die Beständigkeit gefunden, die sie ihr Leben lang vermisst hatte, und sie war stets der Meinung gewesen, ihre Beziehung verfüge über eine solide Basis. Bis sie nun eines Besseren belehrt worden war. Doch das sollte sie nicht daran hindern, ihren Traum diesmal in die Tat umzusetzen. Sie würde sich um die Reise kümmern, bevor der Mut sie wieder verließ!

Ein Zitat ihrer Mutter kam ihr in den Sinn: *Die schlimmsten Momente in meinem Leben begannen mit den Worten ›Scheiß drauf, ich mach das jetzt einfach!‹ Die schönsten aber auch.*

Auf dem Weg nach Hause ließ Rike den damaligen Urlaub Revue passieren. Sie war mit Freunden auf einem kleinen Campingplatz gelandet und hatte es sehr bedauert, nicht das Geld zu haben, eines dieser hübschen Steinhäuser mieten zu können. Doch das würde sie nun nachholen. Vielleicht hatte sie Glück und fand sogar eine Bleibe direkt am Meer.

Während sie an einer roten Ampel wartete, schrieb sie Edina in kurzen Sätzen von ihrem Plan. Sie fügte der Nachricht einige Wellen-, Sonnenschirm- und Sonnenuntergangs-Icons hinzu und verschickte sie. Beim Überqueren der Straße nahmen ihre Reisepläne Form an: Sie könnte nach Paris fliegen und von dort mit einem Leihwagen weiterfahren. Dann wäre sie flexibel, und auch einem abgelegenen Strandhaus stünde nichts im Weg. Schon die Aussicht, stundenlang an der Flutlinie entlangzulaufen oder einfach nur dazusitzen und den Wellen zuzuschauen, verlieh ihr Flügel.

Beim Aufstemmen der Haustür stieß Rike mit Laila aus dem zweiten Stock zusammen, die sie mit einem finsteren Blick bedachte. Rike sah dem schlaksigen Mädchen nach und dachte an die hormonellen Stimmungsschwankungen, mit denen sie in dem Alter hatte kämpfen müssen. Ständig war sie verliebt gewesen und hatte die Tage danach bewertet, ob *ER* ihr über den Weg gelaufen war oder nicht.

Der Junge mit dem grünen Pulli zum Beispiel …

Rike stutzte. Wo kam der plötzlich her? War er dem Lagerhaus entschlüpft, als sie sich gestern dort aufgehalten hatte? Irritiert schüttelte sie den Kopf. So ein Quatsch. Das war alles lange vorbei. Statt an diese Dinge zu denken, sollte sie lieber Flugpläne studieren und sich eine Unterkunft suchen.

Im Vorbeigehen sah sie, dass Post im Briefkasten lag, und nahm sie heraus. Doch bevor sie die Sendungen sichten konnte, hörte sie die Stimme von Frau Steiner vor dem Haus. Schnell steckte sie alles in die Einkaufstüte und sah zu, dass sie Land gewann. Fragen nach dem Wohlbefinden Edgars wollte sie heute nicht beantworten müssen.

Oben angekommen, machte Rike sich umgehend auf die Suche nach dem Bretagne-Reiseführer. Sie hatte ihn schon vor Jahren gekauft, jetzt würde er endlich zum Einsatz kommen! Als sie ihn gefunden hatte, überflog sie das erste Kapitel: *… der Küstenpfad führt rund um die Landzunge an steilen Klippen vorbei, an bunten Strandbadehäusern, die während der Jahrhundertwende entstanden … die alten Dächer erzählen vom jahrhundertelangen Kampf* *gegen den Westwind, die Gischt, den Regen … der Altstadtkern mit seinen engen Gassen und geduckten Häusern hat nichts von seinem Charme verloren … ein großartiger Blick auf die gischtumtosten Granitklippen und den einsamen Leuchtturm …*

Mit einem Seufzer schlug sie das Buch zu. Ihre Entscheidung stand fest. Dieser Landstrich war ideal, um zu Kräften und auf andere Gedanken zu kommen. Fehlten nur noch ein Flug und ein Mietwagen. Sie klappte ihren Laptop auf. Solange das Programm passende Flüge suchte, nahm sie die Post aus der Tasche und sortierte sie.

Zwischen den üblichen Werbesendungen befand sich ein Umschlag, der aussah, als wäre er in einen Regenschauer geraten. Anschrift und Absender waren verwischt, die niederländische Marke halb abgelöst. Obwohl der Umschlag keinen Trauerrand aufwies, machte sich ein mulmiges Gefühl in ihr breit. Sie tat sich ohnehin schon schwer, die Balance zu halten, und legte keinen Wert darauf, mit weiteren Emotionen konfrontiert zu werden. Doch von der alten, geschwungenen Schrift, mit der ihr Name geschrieben worden war, ging eine gewisse Faszination aus, und ihre Neugierde siegte.

Sie öffnete das Kuvert und zog einen handgeschriebenen Brief hervor, dem die Todesanzeige ihrer Mutter und zwei kopierte Fotos beigefügt waren. Erstaunt erkannte sie eine junge Version ihrer Mutter am Arm eines hochgewachsenen Mannes, der eindeutig nicht ihr Vater war. Daneben stand ein weiteres Paar, ebenfalls festlich gekleidet, sah es lachend in die Kamera. Neugierig begann sie zu lesen:

Amsterdam, den 24. 9. 2019

Liebe Frau Kehrmann

am Hochzeitstag meiner Schwester Louise im April 1957 führte das Schicksal Ihre Mutter und mich zusammen. Wir waren Trauzeugen und begleiteten Louise und ihren Verlobten zum Standesamt. Zwei Bilder von diesem Tag habe ich beigefügt.

Kurz danach emigrierte ich nach Australien. Ich habe Ihre Mutter aber nie vergessen können und nach meiner Rückkehr in die Niederlande alle Hebel in Bewegung gesetzt, um ihren Aufenthaltsort in Erfahrung zu bringen. Einmal glaubte ich schon, sie gefunden zu haben, doch es stellte sich heraus, dass es eine andere Francisca war. Meine Cisca war wie vom Erdboden verschwunden. Bis ich heute zu meinem großen Kummer auf ihre Todesanzeige stieß und nun Gewissheit habe, dass ich sie nie wiedersehen werde.

Dabei entdeckte ich Ihren Namen und Ihre Adresse, und mir war klar, dass ich Ihnen schreiben muss. Nicht nur, um Ihnen mein tiefes Beileid auszudrücken, sondern auch, weil es zwei Dinge gibt, über die ich unbedingt mit Ihnen sprechen möchte. Daher würde ich mich sehr über ein Lebenszeichen von Ihnen freuen.

Mit freundlichen Grüßen

H. M. Rhee

Nachdem Rike den Brief mehrmals gelesen hatte, ließ sie ihn irritiert sinken. Den Namen Rhee hörte sie zum ersten Mal, obwohl ihre Mutter oft von früher erzählt hatte. Der Name Louise hingegen war mehrmals gefallen. Warum war dieser Mann so verzweifelt auf der Suche nach ihr gewesen? Und was gab es Dringendes zu besprechen?

Erneut nahm sie die Fotos in die Hand. Sie hatte selten ein

Bild von ihrer Mutter gesehen, auf dem sie so attraktiv aussah. Sie rechnete kurz nach. Diese Hochzeit hatte kurz nach ihrem 30. Geburtstag stattgefunden. Was an jenem Tag wohl passiert war? Sie unterdrückte den Impuls, die Nummer zu wählen, die Herr Rhee handschriftlich hinzugekritzelt hatte. Bei aller Liebe zu ihrer Mutter, er musste sich gedulden. Zuerst wollte sie ihren Urlaub planen.

Sie setzte sich wieder an den Laptop und sah sich die Suchergebnisse an: Der billigste Flug landete um 21:34 Uhr in Paris. Na toll. Bis sie ihr Gepäck und den Leihwagen hatte, lohnte es sich nicht mehr, loszufahren. Sie scrollte in der Angebotsliste weiter. Es gab auch Flüge zu günstigeren Zeiten, doch die kosteten um ein Vielfaches mehr. Mist. Und jetzt?

Du könntest dich erst mal mit diesem Mann in Verbindung setzen …

Nein. Ärgerlich verscheuchte sie den Gedanken. Zuerst wollte sie das hier unter Dach und Fach bringen.

Aber der Mann ist schon sehr alt …

Und wenn schon. Wäre die Sache so wichtig gewesen, hätte ihre Mutter ihr zu Lebzeiten von ihm erzählt. Was konnte es schon groß sein?

Wenn du ihn anrufst, erfährst du es …

Nachdem sie fast einen falschen Flug gebucht hatte, gab sich Rike geschlagen. Sollte Herr Rhee ihr mitteilen, was er auf dem Herzen hatte. Danach würde sie sich ganz auf ihre Reise konzentrieren.

Während sie die Telefonnummer wählte, legte sie sich erste Sätze zurecht. Seit dem Tod ihrer Mutter hatte sich keine Gelegenheit ergeben, Niederländisch zu sprechen, und es war ihr wichtig, fehlerfrei und ohne Akzent zu sprechen. Gerade bei älteren Niederländern waren die Ressentiments Deutschen gegenüber nie ganz verschwunden.

»Rhee.« Eine tiefe Stimme, die den Namen wie eine Frage aussprach.

»Guten Tag. Hier ist Rike Kehrmann, die Tochter von Francisca.« Die Stille, die sich nach ihren Sätzen einstellte, verunsicherte sie. »Habe ich mich verwählt?«

»Nein … keineswegs. Ich … wie soll ich sagen …?«

»Ich kann auch gern ein anderes Mal anrufen, wenn es Ihnen jetzt nicht passt.«

»Nein! Auf gar keinen Fall!«

Rike glaubte, eine gewisse Panik in seiner Stimme zu hören. Hatte der Mann Angst, dass sie ihr Versprechen nicht halten würde? Sie stellte sich ihn im kleinen Zimmer eines Pflegeheims vor, gefangen in einem monoton verlaufenden Alltag, froh, dass endlich jemand anrief. »Sie haben wohl nicht damit gerechnet, dass ich mich bei Ihnen melde?«

»Ja. Nein. Ich … ich habe es gehofft, aber nun bin ich doch überrascht. Heißt das, dass ich tatsächlich mit der Tochter von Cisca spreche?«

Cisca. Rike kannte ihre Mutter nicht unter diesem Namen. In ihrer Kindheit wurde sie Francisca genannt, in Deutschland war daraus eine Franzi geworden. Zu ihrer Erleichterung hatten ihre Gedanken unbewusst die Sprache gewechselt, und die Sätze formten sich mühelos. »Ja, die bin ich. Es tut mir leid, dass Sie keine Gelegenheit mehr hatten, meine Mutter noch einmal zu treffen.«
Rike legte die mitgeschickten Bilder vor sich hin und versuchte,

sich diesen attraktiven Mann als Neunzigjährigen vorzustellen. »Sie schreiben, dass Sie sich auf der Hochzeit Ihrer Schwester kennengelernt haben.«

»Ja, lang ist es her, dass diese, unsere Geschichte, wenn Sie so wollen, ihren Anfang nahm.«

»Möchten Sie mir davon erzählen?«

Es dauerte etwas, bis Herr Rhee zu sprechen begann. »Wie ich Ihnen schon schrieb: Ihre Mutter und ich waren Trauzeugen meiner Schwester Louise und ihres Mannes Dirk. Im Vorfeld war es wie verhext gewesen: Wann immer wir ein Treffen zu viert geplant hatten, konnte ich nicht kommen oder Cisca war verhindert. Und so kam es, dass Ihre Mutter und ich uns erst am Tag der Trauung begegneten.«

»Ein ganz besonderes Treffen …«

»Das kann man wohl sagen … Und obwohl es so lange zurückliegt, kommt es mir vor, als wäre es gestern gewesen.« Herr Rhee räusperte sich. »Aber lassen wir das. Das ist alles nicht von Bedeutung für Sie.«

»Doch! Erzählen Sie bitte weiter. Meine Mutter hat mir nie von dieser Zeit berichtet.« Mit einem Mal fand Rike diese Unterhaltung interessant und überlegte, wie sie diesen Mann zum Reden bringen könnte. »Das kann doch nicht alles gewesen sein. Sonst hätten Sie nicht so lange gesucht.«

»Du bist Cisca sehr ähnlich. Lässt nicht locker, bevor …« Er hielt inne. »Entschuldigen Sie bitte, dass mir das Du herausgerutscht ist.«

»Kein Problem. Wir können uns gern duzen«, sagte Rike.

»Das wäre schön. Es ist mir wahrscheinlich wegen deines Namens passiert, der mir so vertraut ist.«

»Das verstehe ich nicht.«

»Ich heiße Hendrik, musst du wissen. Und als ich sah, dass du auf den Namen Henrike hörst ...«

Rike überlief es heiß und kalt. Es dauerte, bis sie ihre Stimme wiedergefunden hatte. »Du ... du bist aber nicht zufällig mein Vater, oder?«

»Nein, das ist zeitlich ausgeschlossen.«

»Zeitlich ...«

Ein kurzes Lachen. »Dir entgeht nichts. Genau wie deiner Mutter.«

»Ich möchte dich nicht enttäuschen, aber soviel ich weiß, hat mein Vater diesen Namen für mich ausgesucht.« Nicht, dass Rike auch nur das Geringste darüber wusste, doch plötzlich schrillten ihre inneren Alarmglocken. Warum hatte ihre Mutter diesen Mann nie erwähnt? War der Schlaganfall der Grund dafür gewesen, dass sie ihr nicht mehr von ihm hatte erzählen können?

Rike dachte an die Zeit, als sie ihr Leben in das Zimmer im Pflegeheim verlegt hatte. Als ihre Mutter jeden Tag ein wenig mehr verschwunden war.

»Das ist natürlich gut möglich«, sagte Hendrik. »Aber ich habe noch eine Frage zu der Todesanzeige. Hast du die so gestaltet?«

»Nein. Nach ihrem Tod erzählte mir die Bestatterin, dass meine Mutter bereits vor Jahren alles so festgelegt hat. Sowohl die Anzeige als auch den Ablauf der Trauerfeier. Sie hat nur ungern etwas dem Zufall überlassen. Ist das wichtig?«

»Nun, zuerst hatte ich die filigran gesetzten Zeilen über ihrem Namen für schmückendes Beiwerk gehalten. Doch dann sah ich, dass es sich um die Worte handelte, die ich wohl nie vergessen werde.« Als Rike schwieg, sprach er weiter. »Mit diesen Gedichtzeilen hat Cisca sich damals von mir verabschiedet. An einem Nachmittag, als unsere gemeinsame Zeit zu Ende war und ich nach Australien aufgebrochen bin. Mir war, als würde sie sich mit diesen Zeilen ein weiteres Mal von mir verabschieden. Diesmal für immer.« Dann zitierte er auf Deutsch den Text:

Ich bin dir nah in weiter Ferne
Und überfliege jeden Raum;
Ich grüße dich in jedem Sterne
Und küsse dich in jedem Traum.

Er räusperte sich. »Ich habe ihre warme Stimme im Ohr, die in diesem Moment brüchig wurde. Danach ist deine Mutter gegangen, ohne sich noch einmal umzudrehen. Unfähig, einen klaren Gedanken zu fassen, verließ ich ebenfalls den Park und ging nach Hause, um letzte Sachen für die anstehende Reise zu packen. Mit der qualvollen Gewissheit, dass ich mich soeben von meinem einzig wahren Zuhause getrennt hatte.«

4.

Unfähig, sich zu rühren, starrte Rike nach dem Gespräch zum Fenster hinaus. Als wäre der Boden unter ihren Füßen eine von Rissen durchzogene Eisfläche, die jeden Augenblick einzubrechen drohte. Wenn sie bisher an ihre Mutter gedacht hatte, waren da eine immense Nähe und Vertrautheit gewesen. Doch die Tatsache, dass sie diesen letzten Gruß einem Mann hatte zukommen lassen, den sie mit keinem Wort je erwähnt hatte, verletzte tief. Die

Sätze, die ihr so großen Trost gespendet hatten, waren für einen anderen bestimmt gewesen.

Je länger Rike dort saß, umso stärker wuchs die Wut in ihr. Was hatte ihre Mutter sich nur dabei gedacht? Es muss ihr doch klar gewesen sein, dass der Kerl sich womöglich bei ihr melden würde! Ungehalten setzte sie sich an ihren Laptop und starrte auf den Bildschirm, dachte an die Treffen mit ihr, an die vielen Gespräche. In den Tagen nach ihrem Tod war sie mehrmals kurz davor gewesen, sie anzurufen, um ihr zu erzählen, wie betroffen die Leute auf ihr Ableben reagiert hatten, und wie liebevoll man sie auffing.

Nein. Sie würde nicht nach Amsterdam fahren, sie wollte Herrn Rhee nicht kennenlernen, sondern in die Bretagne und sich dort erholen. Basta!

Ihr Handy klingelte. Edina fiel gleich mit der Tür ins Haus: »Rike! Wie toll, dass du dich aufraffst! Ganz ehrlich, ich beneide dich um deine Reisepläne. Wann geht es los?«

»Keine Ahnung.« Plötzlich kämpfte Rike mit den Tränen.

»Was ist los? Ist Edgar wieder da?«

»Nein, zur Abwechslung überrollt mich die Vergangenheit meiner Mutter, und ich weiß nicht, wie ich damit umgehen soll.« Nachdem sie tief Luft geholt hatte, erzählte sie Edina, was vorgefallen war, von ihrer Wut und Ohnmacht.

»Was?! Mama Franzi hatte einen Lover? Wow, wer hätte das gedacht … Ganz ehrlich, sollte ich jemals erfahren, dass meine Mutter mal eine Affäre hatte, würde ich sofort die Koffer packen und den Mann besuchen.«

Diese Vorstellung brachte beide zum Lachen. Edinas Mutter war eine konventionelle und tiefgläubige Frau gewesen, für die schon der Gedanke an einen Seitensprung als Todsünde gegolten hatte. Nach Edinas Scheidung hatte sie Monate nicht mit ihrer Tochter gesprochen.

»Darf ich dich daran erinnern, dass ich in die Bretagne fahren wollte und du diese Idee soeben noch unterstützt hast?«

»Schon. Aber das hier ändert alles, oder? Schon die Sache mit dem Gedicht. Echt, ich habe Gänsehaut!«

»Mag sein, aber …«

»Süße, ich verstehe, dass dir der Kopf schwirrt. Das würde mir nicht anders gehen. Ich weiß auch, wie viel Kraft diese Zeilen dir gegeben haben. Aber das können sie doch immer noch, oder? Auch wenn du sie jetzt mit jemandem teilen musst.«

»Es geht mir aber nicht in den Kopf, warum sie ihn nie erwähnt hat.«

»Wohl weil es ihre ganz persönliche Angelegenheit war.«

»Vielleicht hätte ich sie dazu bringen können, ihn zu besuchen.«

»Ich kann mir vorstellen, dass sie genau *das* nicht wollte. Aus welchen Gründen auch immer. Wie bist du denn mit dem Mann verblieben?«

Rike dachte an Hendriks Vorschlag, ihn bald zu besuchen, an seine unsichere Stimme und die abrupte Beendigung des Gesprächs. »Er würde mir gern mehr erzählen, aber nicht am Telefon. Daraufhin habe ich ihm gesagt, dass ich mir das alles überlege und mich wieder bei ihm melde. Stell dir vor, der Mann ist zweiundneunzig und hat eine Mailadresse!«

»Hast du dir mal überlegt, wie es wäre, wenn du ihn nicht besuchst?«

Rike hörte, wie Edina sich eine Zigarette anzündete und einen tiefen Zug nahm. »Wie ich mich kenne, würde ich in der Bretagne dauernd an ihn denken und mich fragen, was zwischen den beiden gewesen ist.« Während sie diesen Gedanken aussprach, hatte sie die Lösung vor Augen. »Weißt du was? Ich fahre mit dem Auto nach Amsterdam und nach dem Besuch an der Küste entlang nach Süden, bis in die Bretagne.«

»Endlich machen sich deine guten Erdkundenoten mal bezahlt«, sagte Edina. »Und nimm deinen Laptop mit. Sollte sich der Besuch bei ihm in die Länge ziehen, kannst du dennoch nach Frankreich fahren und dort arbeiten.«

Froh, zu einer Entscheidung gekommen zu sein, machte sich Rike daran, eine Unterkunft in Amsterdam zu suchen. Das gestaltete sich allerdings nicht so leicht wie gedacht. Die Hotels waren teuer und die bezahlbaren weit von der Innenstadt entfernt. In der Hoffnung, dort etwas Günstigeres zu finden, wechselte sie zu einer Seite, auf der Privatzimmer angeboten wurden. Dumm, dass sie vergessen hatte, Hendrik zu fragen, in welchem Stadtteil er lebte. Gab es im Stadtzentrum überhaupt Altersheime? Schließlich kannte sie niemanden, der in dem Alter noch in der eigenen Wohnung lebte. Rike wollte schon per Mail nachfragen, als ihr eine Unterkunft in der Straße vorgeschlagen wurde, in der sie früher mit ihren Eltern gewohnt hatte.

Ihr erster Impuls war, das Inserat sofort verschwinden zu lassen. Doch etwas hielt sie davon ab, und sie nahm es näher in Augenschein. Es war ein kleines Zimmer mit Bad- und Küchenbenutzung und einem Gästefahrrad. Der Preis war unschlagbar, und die Frau, etwa in ihrem Alter, machte einen sympathischen Eindruck. Wäre nicht diese Adresse …

Langsam scrollte sie durch die Bilder. Würde sie dieses Zimmer buchen, wäre es nicht nur eine Reise auf den Spuren ihrer Mutter, die Fahrt bekäme noch eine ganz andere Dimension. Wollte sie wirklich so weit in ihre Vergangenheit zurückgehen?

Mit einem Mal ärgerte sie sich, mit Hendrik Kontakt aufgenommen zu haben. Musste sie den Mann wirklich kennenlernen? Sie war bisher prima ohne ihn klargekommen – Namensgebung hin oder her. Vielleicht hatten ihre Eltern wirklich andere Assoziationen mit *Henrike* gehabt. Wer wusste das schon?

Sie ging in die Küche, brach ein Stück Fladenbrot ab und bestrich es mit einer Käsemischung. Es gab schon genug Problemmänner in ihrem Leben. Sie würde ihm einfach mitteilen, dass sie es sich anders überlegt habe. Punkt. Entschlossen ging sie an den PC zurück und berührte das Touchpad. Wieder bot der Bildschirm einen Blick auf die ihr so vertraute Straße. Dort, wo sie lange glücklich gewesen war …

Im nächsten Augenblick fand sie sich auf der Google-Street-Seite wieder und bewegte sich in Zeitlupe an den wohlbekannten Häuserblocks entlang. Ob es den Zigarrenladen mit dem großen Süßwarenangebot noch gab? Hatte das Gemüsegeschäft die Jahre überlebt? Sie wollte schon virtuell in die nächste Straße einbiegen, als sie zur Vermietungsseite zurückkehrte. Das Schicksal sollte entscheiden: War das Zimmer noch frei, würde sie schnellstmöglich fahren. Andernfalls konnte sie immer noch so tun, als hätte es den Brief nie gegeben.

*

Hendriks Gedanken bewegten sich in einer Dauerschleife. Immer wieder dachte er an die Zeilen, die Cisca ihm vermacht hatte, hörte er Henrikes Stimme am Telefon und spürte, wie sie mit ihren Gefühlen kämpfte. War es richtig gewesen, sie mit dieser Geschichte zu konfrontieren? Zuerst hatte er am Telefon ausgeharrt, in der Hoffnung, sie würde bald zurückrufen. Doch es war spät geworden, bis sie sich gemeldet hatte. Eine Mail mit der Frage, ob er übermorgen Zeit für sie habe, und zum Schluss der Vorschlag, ihn besuchen zu kommen. Die Dynamik der Ereignisse machte ihm Angst. Was, wenn sie sich nicht verstehen würden? Gleichzeitig freute er sich, Ciscas Tochter, die vielleicht sogar nach ihm benannt wurde, kennenzulernen.

Nachdem er sich eine weitere Stunde im Bett herumgewälzt hatte, stand er auf und zog sich an. Die Nacht war lau, die Straßen waren menschenleer. Leise zog er die Haustür zu und wandte sich nach links. Auf der Brücke über der kleinen Gracht blieb er stehen. Die Streben des Metallgeländers waren übersät mit kleinen Vorhängeschlössern, die Verliebte aus aller Welt angebracht hatten. Anschließend, so hatte er in einem Artikel gelesen, warfen sie den Schlüssel ins Wasser und hofften, dass sowohl das Schloss als auch ihre Liebe ewig währen würden. Er las einige der eingravierten Namen und fragte sich, ob Wim und Sanja, Ineke und Arie und alle anderen noch zusammen waren.

Niedergeschlagen blickte er auf das dunkle Wasser hinunter. In den letzten Jahren hatte er von vielen Freunden Abschied nehmen müssen. Doch in Ciscas Fall war er stets der Überzeugung gewesen, das Schicksal würde ihnen eine letzte Chance bieten. Das Schicksal, das an dieser Hochzeit seinen Lauf genommen hatte.

Er konnte sich an alle Einzelheiten jenes Tages erinnern, sah sich wieder in der Morgensonne in dem geliehenen Anzug vor dem Standesamt stehen. Wie unwohl er sich in dieser Aufmachung gefühlt hatte. Und er hatte sich gefragt, ob er sich jemals daran gewöhnen würde. Denn er wusste, weder beruflich noch gesellschaftlich führte ein Weg daran vorbei. Er war allein gekommen, seine Verlobte Katrien war mit ihrer Mutter zur Kur in Davos. Im Nachhinein hatte er sich oft die Frage gestellt, wie sein Leben sich entwickelt hätte, wäre sie an diesem Morgen an seiner Seite gewesen.

Bald war das Brautpaar in einer schwarzen Limousine vorgefahren, die Elternpaare und Verwandten folgten zu Fuß. Nur Trauzeuge Nummer zwei ließ auf sich warten. Sie überlegten schon, ob sie verschlafen habe, als Cisca klingelnd auf einem mit bunten Schleifen geschmückten Fahrrad angefahren kam. Sie stieg ab, lehnte es an den nächstbesten Laternenpfahl und begrüßte die Gesellschaft.

Ganz zum Schluss war sie auf ihn zugekommen. *Endlich*, hatte sie gesagt. *Endlich* lernen auch wir uns kennen. Ihre Hand in seiner, diese grünen, blitzenden Augen, die vom Wind zerzauste Bobfrisur, die sie mit geübten Griffen richtete. Dann zauberte sie einen Hut aus einem Netz und setzte ihn auf. Wieder sah er diesen spöttisch zwinkernden Blick und hörte ihre Stimme: *Louise hat mir verschwiegen, dass du nicht sprichst.* Er konnte es sich nicht erklären, aber in dem Moment wusste er, dass am Ende dieses Tages nichts mehr so sein würde wie vorher. Noch konnte er den Unnahbaren geben, den Wortkargen. Aber er tat es nicht. Er bot Cisca seinen Arm und deutete auf den Eingang des Standesamtes: Natürlich hat Louise das nicht erwähnt. Schließlich stimmt es nicht.

Nachdem Louise und Dirk sich das Ja-Wort gegeben hatten,

waren sie zu Dirks Eltern aufgebrochen, die eine geräumige Etage bewohnten, tranken dort Champagner und aßen zu Mittag. Dabei hatte seine Mutter ihm leidgetan. Trotz aller Freude hatte er gespürt, wie unangenehm ihr die Situation war. Die gesamte Wohnung seiner Eltern hätte leicht in zwei der vielen Räume dort gepasst, und er dachte in diesem Moment mit Schrecken an seine eigene Hochzeit. Die würde richtig pompös werden.

Gegen Abend löste die Gesellschaft sich auf. Louise und Dirk brachen zu ihrer neuen Wohnung auf, und auch Cisca und er verabschiedeten sich. Wortlos gingen sie die Treppe hinunter. Die Schlagfertigkeit, hinter der sie ihre Gefühle füreinander hatten kaschieren können, war verschwunden, und er hatte keine Ahnung, wie es weitergehen sollte. Außer, dass er bereit war, alles zu tun, damit sie nicht gleich wieder aus seinem Leben verschwand.

Vor der Tür brach Cisca das Schweigen. »Wir brauchen dringend frische Luft.« Sie nahm ihr Fahrrad, fuhr langsam los und rief ihm zu, er solle hinten aufspringen. Während sie davonfuhren, sah er sich unsicher um, ob jemand sie beobachtete. Nicht auszudenken, wenn jemand von Katriens Familie ihn so sehen würde. Doch trotz der flatternden Schleifen am Lenkrad nahm niemand von ihnen Notiz.

Sie gewannen an Fahrt, und als Cisca plötzlich abbog, verlor er fast die Balance, umfasste ihre Taille, lehnte den Kopf an ihren Rücken. Er konnte seine langen Beine nur mit Mühe vom Boden halten, doch für diese unverhoffte Nähe nahm er das gern in Kauf.

Nach einer Viertelstunde waren sie am Ziel: eine kleine bewirtschaftete Laube, vor der ein Tisch und mehrere Stühle standen.

Cisca stellte das Fahrrad ab, setzte ihren Hut auf und glättete ihr Kostüm. »Willkommen am Ende der Welt.«

Sie waren in einem kleinen Paradies gelandet, zu dem die Stadtgeräusche gedämpft durchdrangen. Eine Baumgruppe, ein buntes Blumenbeet und ein kleiner Teich, in dem Enten gründelten. Eine Familie stand gerade auf. Die Mutter schob den Kinderwagen, der Vater hatte einen kleinen Jungen auf dem Arm und grüßte freundlich. Cisca sah ihnen nach. »Das muss schön sein«, sagte sie leise.

»Eine Familie zu haben?«

Sie nickte. »Eine solche Geborgenheit zu erfahren und geben zu können.« Sie machte eine wegwerfende Handbewegung. »Setzen wir uns lieber, bevor jemand uns den Platz wegschnappt.«

In der Abendsonne schauten sie ins Grün, bis eine ältere Bedienung auftauchte. »Wollt ihr was trinken? Oder nur glotzen, bis die Sonne untergeht?« Sie lachten über die Amsterdamer Direktheit, bestellten zwei Gläser Weißwein, stießen an und sahen sich dabei tief in die Augen. »Auf das glückliche Paar!« Und beiden war klar, dass sie nicht das Brautpaar im Sinn hatten.

Der Wein war erwartungsgemäß schlecht, und Hendrik stellte sich vor, wie Katrien eine Szene veranstaltete und die Getränke hätte zurückgehen lassen. Doch dann schaffte er es, sie aus seinen Gedanken zu verbannen, und war ganz im Hier und Jetzt, wo alles aussah wie immer, aber nichts mehr so war wie sieben Stunden zuvor.

Als er etwas an den Beinen spürte, sah Hendrik erschrocken hinunter. Eine schwarz-weiß gescheckte Katze rieb den Kopf an seiner Hose und maunzte anklagend. »Hast du Hunger?« Sanft strich er über das struppige Fell. »Tut mir leid, ich habe nichts für dich. Aber ich kann dich demnächst mal zu einem Fisch einladen. Dann gehen wir gemeinsam zu Leendert, da vorn an der Gracht …«

Leendert. Der Fischhändler, bei dem er mehrmals die Woche einen Hering aß. Hatte der neulich nicht erzählt, dass seine Frau und er ihre Tanzkenntnisse aufgefrischt hätten? Als er sah, dass er Leenderts Handynummer gespeichert hatte, schickte er ihm eine Nachricht. Vielleicht konnte er diesen Tanzlehrer auch für seinen Plan gewinnen.

5.

Nachdem Rike sich dazu entschieden hatte, nach Amsterdam zu fahren, landete sie immer wieder in ihren Erinnerungen. War es im Eingangsbereich des Lagerhauses recht dämmrig, leuchteten überall Bilder auf. In einigen Räumen konnte sie sich problemlos bewegen, in anderen waren die Rückblicke so dicht gestapelt, dass sie sich nur mit Mühe zwischen ihnen hindurchzwängen konnte und sich überfordert fühlte von der Fülle. Zudem war eine Geräuschkulisse hinzugekommen, die Musik einer Drehorgel, undeutliche Gespräche, gerufene Namen – mal von ihr, mal von anderen, und diese ängstliche Kinderstimme, die *Mami* rief. All diese Dinge verwirrten sie.

Seit sie im Auto saß, zauderte sie erst recht, ob sie die Fahrt fortsetzen und Dinge über ihre Mutter erfahren wollte, die ihr bis jetzt unbekannt gewesen waren. Auch die Rückkehr in das

Viertel ihrer Kindheit verunsicherte sie mehr, als sie geglaubt hatte.

Während sie auf die Zollstation zurollte, dachte sie an die ersten Jahre in Deutschland, an die Zerrissenheit, die vor allem dann zutage trat, wenn sie die Grenze zwischen neuer und alter Heimat überquerte. Wie sie nachdrücklich Niederländisch gesprochen hatte, wenn sie den Beamten ihren deutschen Pass zeigte. Die Diskrepanz zwischen Herz und Papieren. Heute war die Grenze ein symbolischer Ort ohne Zöllner. Doch sie wusste, wären welche da, würde sie auch jetzt noch alles tun, um Ausweis und Nummernschild Lügen zu strafen.

Mit jedem Kilometer, den sie vorankam, perlten weitere Erinnerungen leicht wie Luftbläschen an die Oberfläche, verschwanden so schnell, wie sie entstanden waren. Je dichter der Verkehr aber wurde, umso fester hatten die Zweifel sie im Griff. Wäre es ihrer Mutter überhaupt recht gewesen, dass sie sich in ihre Vergangenheit einmischte? Als würde Francisca mit im Auto sitzen, hörte sie deren Stimme: *Als hätte dich das jemals interessiert!* Es brachte Rike zum Grinsen.

Um Zeit zu gewinnen, fuhr sie auf den nächstbesten Parkplatz und öffnete die Tür. Autofahrer vertraten sich die Beine oder schenkten sich Kaffee aus mitgebrachten Thermoskannen ein. »So ein bisschen Frischluft um die Nase bewirkt doch Wunder!«, sagte ein Mann im Vorbeigehen. Bilder und Sätze, die so typisch für dieses Land waren.

Rike sah auf die Uhr. Bald würde sie am Ziel sein und müsste fast drei Stunden überbrücken, bis die Vermieterin zu Hause sein würde. Plötzlich erschien ihr diese Zeitspanne so unüberwindbar, dass sie eine Entscheidung traf. Schluss mit dem Theater. Sie würde dieser Els schreiben, dass etwas passiert sei und sie das Zimmer leider stornieren müsse.

Doch die Vermieterin war ihr zuvorgekommen: *Hallo Henrike, ich konnte meinen Termin verschieben und bin schon gegen 17 Uhr zu Hause. Ich freue mich auf Sie! Gute Fahrt, Els.*

Es gab kein Zurück.

Das Navi führte sie sicher über die Stadtautobahnen, doch als sie das Viertel erreicht hatte, schaltete Rike das Gerät aus. Neugierig sah sie nach links und rechts, stellte fest, dass ihr geliebtes Papierwarengeschäft jetzt ein Café beherbergte und der Gemüseladen an der Ecke verschwunden war.

Am Ziel angekommen blickte sie wie eine Besucherin im Autokino durch die Windschutzscheibe. Sie zögerte, diese einerseits so vertraute, nun doch fremd anmutende Welt zu betreten. Dabei war vieles wie gehabt: die hohen Pappeln auf dem Rasen, die übervollen Fahrradständer, sogar die Büsche, in denen sie damals Verstecken gespielt hatten.

Als Rike feststellte, dass es erst zwanzig vor fünf war, stieg sie aus. Es fühlte sich an, als wäre sie unerlaubt in einer anderen Zeit unterwegs, wie ein Eindringling, dessen Papiere längst abgelaufen waren. Sie blickte sich mehrfach um, rechnete fast damit, angehalten und kontrolliert zu werden. Doch niemand nahm Notiz von ihr.

Sie umrundete den Block und bog in die Stichstraße ein, von der aus man die Häuser betreten konnte. Unter einer Laterne blieb sie stehen und sah zu ihrem ehemaligen Zimmer hinauf. Vor dem Fenster hingen jetzt andere Vorhänge, und es klebte ein Zettel an der Scheibe. Rike dachte an die Tage, die sie dort im Bett, an ihrem Schreibtisch und auf dem kleinen Sofa verbracht hatte. An die Sehnsucht und die Erwartungen, die allgegenwärtig gewesen waren, und sie fragte sich, wie viel Zeit sie in ihrem Leben schon mit Warten zugebracht hatte. Darauf, dass ihre Mutter die neue Bluse fertiggenäht hatte, die Eltern aufhörten zu streiten, auf den Anfang der Ferien. Und auf ein Wiedersehen mit dem Jungen im grünen Pulli.

Sie ging die Stufen zur Haustür hinauf und warf einen Blick auf die Klingelschilder. Keiner der Namen sagte ihr etwas. Doch das Treppenhaus hatte sich nicht verändert. Wie damals standen ein paar mickrige Topfpflanzen auf den Stufen, die dort eine letzte Chance bekamen. Erholten sie sich, brachte man sie in die Wohnung zurück, andernfalls war ihnen der Weg in die Mülltonne gewiss. Regungslos blieb Rike stehen, erwartete beinahe, ihre Mutter rufen zu hören, den Gestank wahrzunehmen, wenn Herr Smit sein Essen mal wieder hatte anbrennen lassen. Bis die Stimme einer jungen Frau sie aus ihren Gedanken riss. »Kann ich Ihnen helfen?«

Kurz überlegte Rike, sie nach Frau Bal zu fragen. Ob sie wüsste, wie es Herrn Kerkmeester ergangen war. Doch sie schüttelte den Kopf und ging hinaus. Dieses Kapitel war zu Ende.

Die Vermieterin öffnete telefonierend die Tür. Sie winkte Rike herein und ging ihr in die Küche voraus. »Das haben Sie schon mal gefragt«, sagte sie gereizt. »Und ich habe mehrmals bestätigt, dass ich den Router vom Strom getrennt habe. Ja, für mehrere Minuten.« Sie fuhr sich durch das kurze graue Haar und verdrehte die Augen. Rike setzte sich und verfolgte das Gespräch amüsiert.

»Ja-haaa. Auch das habe ich getan. Hören Sie mir überhaupt zu? Ja. Wie bitte?« Els holte tief Luft. »Sie wollen meinen *Mann* sprechen?!« Sie schlug mit der flachen Hand auf die Anrichte. »In welchem Jahrhundert leben wir denn? Ach, das haben Sie nicht so gemeint. Verstehe. Nun, ich kann Ihnen versichern, dass mein Partner von diesem Kram *keinen* blassen Schimmer hat, und ich diejenige bin, die solche Sachen am Laufen hält. Ja, genau. Das soll es auch geben. Richtig. Und es soll sogar schon vorgekommen sein, dass genervte Kunden den Internetanbieter gewechselt haben. So wie ich es tun werde. Aber immerhin weiß ich jetzt, warum Sie bei einer *Hotline* arbeiten. Weil Sie es hervorragend verstehen, Anrufer zur Weißglut zu bringen!« Dann unterbrach sie die Verbindung und setzte sich Rike gegenüber.

»Habt ihr in Deutschland auch solche Idioten, die der Meinung sind, als Mann die Lizenz zum Klugscheißen zu haben?« Sie reichte ihr die Hand. »Herzlich willkommen in einer Wohnung, die vorerst ohne WLAN auskommen muss. Ich bin Els.« Sie zeigte auf den Mischling, der seinen Kopf auf Rikes Bein gelegt hatte und sich von ihr kraulen ließ. »Und das ist Herr Bommel.«

»Henrike. Oder einfach Rike. Und ja, wir haben eine Menge solcher Experten. Einen kenne ich besonders gut. Doch seit ich es mal geschafft habe, unsere Telefonanlage umzustellen, hat sich mein Status erheblich gebessert.«

Nachdem Els ihr mit dem Gepäck geholfen und die Wohnung gezeigt hatte, kam es Rike vor, als würden sie einander schon lange kennen. Sie redeten über Gott und die Welt, wechselten vom *Sie* zum *Du* und von Tee zu Cidre. »In deinem Schreiben hast du erwähnt, dass du vor Jahren hier im Viertel gewohnt hast. Wo denn genau?«

»Gleich im Block gegenüber. Aber das ist nicht der Grund, warum ich hier bin.« Sie berichtete von Hendriks Brief und dem geplanten Besuch bei ihm.

»Wie spannend!« Els rutschte auf ihrem Stuhl nach vorn. »Hatte dir deine Mutter jemals von dem Mann erzählt?«

»Bis ich den Brief in Händen hielt, war ich völlig ahnungslos. Ich bin sehr gespannt auf morgen.«

»Das glaube ich gern. Ich bin neugierig, was du berichten wirst.« Sie wollte noch etwas hinzufügen, als ihr Smartphone sich meldete. Els las die WhatsApp-Nachricht, tippte ein paar Zeilen zurück und legte es zur Seite. »Von Theo.« Sie strahlte über das ganze Gesicht. »Wundere dich nicht, wenn ich ab und zu etwas verpeilt bin, aber ich habe mich vor fünf Monaten bis über beide Ohren verliebt. Meine Tochter meint, ich führe mich bisweilen auf wie ein unzurechnungsfähiger Backfisch.«

Rike staunte nicht schlecht. »Wow! Darf ich fragen, wie alt du bist?«

»Achtundfünfzig. Aber glaube mir, Liebe hat nichts mit dem Alter zu tun! Kommt dein Liebster noch nach?«

»Nein. Edgar unterrichtet zurzeit im Burgund.« Sie zögerte. »Aber wenn ich ganz ehrlich bin: Sollte er sich je von mir trennen, glaube ich nicht, wieder einen Partner zu finden.«

»Wenn du dich da mal nicht täuschst. Dafür ist es meiner Meinung nach nie zu spät.« Els stand auf. »Zeit für eine Runde mit Bommel. Hast du Lust, mich zu begleiten?«

53

Bereits nach wenigen Metern war die Vergangenheit derart präsent, dass Rike an sich hinuntersah und sich nicht gewundert hätte, den Zopfmusterpulli zu entdecken, den sie mit zehn so gern getragen hatte. Fast rechnete sie damit, dass der Nachbarsjunge Bert ihr laut rufend auf dem Fahrrad entgegenkommen würde, und glaubte, Gerda aus dem Wohnblock gegenüber zu erkennen. Was war wohl aus ihnen geworden? Lebten sie noch? Hatten sie Familie und erzählten bereits ihren Enkelkindern, was sie früher angestellt hatten?

Während sie zusah, wie Bommel eine Hausecke markierte, erinnerte sie sich an das brachliegende Areal hinter dem Kanal, wo sie früher stundenlang mit ihrem Hund Rakker unterwegs gewesen war. Als sie Els fragte, ob das noch existierte, lachte die. »Dort wurde inzwischen fleißig gebaut, es ist kaum noch Grün vorhanden.«

Damit war die Idee gestorben, sich dort der alten Zeiten wegen noch mal umzusehen. Sie gingen an ihrer alten Adresse vorbei und drehten eine Runde um das Planschbecken, das hinter Hecken verborgen lag.

»Hier hat sich damals das Leben von uns Kindern abgespielt«, sagte Rike. »In jedem Frühling war es ein Kampf mit meinen Eltern, bis sie dem ersten Baden zustimmten. Schließlich durften die anderen auch schon ins Wasser, und man wollte nicht als Weichei gelten. Natürlich war es noch viel zu kalt, und nach kurzer Zeit rannte jeder bibbernd vor Kälte nach Hause.«

»Ohne zuzugeben, dass die Eltern recht gehabt hatten«, ergänzte Els grinsend. »Kommt mir bekannt vor.« Sie zeigte auf eine Bank am Rand. »Dort haben Theo und ich uns zum ersten Mal geküsst.« Sie bekam einen verträumten Blick. »Er hatte mich zum

Essen eingeladen, aber vorher musste ich den Hund ausführen. Um die Geschichte abzukürzen: An diesem Abend sind wir nicht besonders weit gekommen.«

»Fiel das Essen aus?«

»Komplett!« Els lachte. »Wer braucht schon Pizza, wenn man verknallt ist?« Sie kraulte Bommel hinter den Ohren. »Aber heute würde es gut passen, oder? Hast du auch so einen Hunger?«

6.

Zunächst konnte Rike die Klänge, die durch die Zimmertür drangen, nicht einordnen. Da war das seltsam klingende Rauschen einer Dusche, ein Klicken auf dem Fußboden und eine leise Stimme. Verschlafen öffnete sie die Augen. Als sie das gerahmte Plakat und den bunten Strauß auf dem Tisch am Fenster entdeckte, kam es ihr zu Bewusstsein: Amsterdam. Sie langte nach ihrem Handy und schaltete es ein. Es waren mehrere Nachrichten von Edina eingegangen:

Süße, die Heimat scheint Dich fest im Griff zu haben, denn Du hast ganze Teile Deines Berichts auf NL geschrieben. Ein Glück, dass Herr Google mir beim Übersetzen behilflich war.

Die Vermieterin klingt wie ein Sechser im Lotto und ist auch noch Psychologin! Obwohl Du nicht in ihr Autisten-Schema passt, wird sie Dir vielleicht zur Seite stehen können, sollte Dich etwas aus der Bahn werfen. Aber wir sollten den Teufel nicht an die Wand malen.

Am Ende ist der Lover Deiner Mutter ein hinreißender und vermögender Mann, der Dich auf der Stelle adoptiert und zu seiner Haupterbin macht *scherz* Dann musst Du Dich nie wieder mit diesem Etepetete-Lektor herumärgern. ☺

Ich denke fest an Dich und erwarte einen lückenlosen Bericht. Lass es krachen, meine Liebe, und iss eine große Tüte Pommes für mich mit! Mit Mayo!

Rike scrollte zurück und sah, dass sie Edina tatsächlich in einer wilden Mischung aus Niederländisch und Deutsch geschrieben hatte. Kein Wunder nach dem aufwühlenden Tag. Auch Els hatte gespürt, wie angespannt Rike, war und sie darauf angesprochen. Doch trotz der vertraulichen Stimmung, die zwischen ihnen herrschte und des Bedürfnisses, sich alles von der Seele zu reden, hatte sie die wahre Ursache verschwiegen und nur von ihrer stressigen Arbeit gesprochen. Mit einem Mal wurde Rike bewusst, dass dieser Kraftakt nun endlich der Vergangenheit angehörte und mehrere freie Wochen und die Bretagne auf sie warteten. Erleichtert drehte sie sich noch einmal um und war im nächsten Moment wieder eingeschlafen.

Nach einer Dusche und einem ausgiebigen Frühstück fühlte Rike sich für den Tag gerüstet. Els war längst zur Arbeit gegangen, und es lagen noch vier Stunden vor ihr bis zur großen Begegnung. Sie erwog, ins Zentrum zu fahren und die Zeit für einen Stadtbummel zu nutzen. Schließlich wusste sie nicht, wie lange sie hier bleiben würde. Doch es gab so viele Ecken, die sie gern wiedersehen würde, dass sie sich nicht entscheiden konnte und die Idee verwarf. Stattdessen würde sie die Zeit mit Lesen vertreiben. Els' Buchregale im Wohnzimmer waren gut bestückt.

Seit Kindesbeinen standen Büchereien auf der Liste von Rikes Lieblingsorten weit oben. Bereits im Alter von drei war sie bei der Stadtbibliothek angemeldet worden, denn ihre Mutter hatte es sattgehabt, die Anzahl der Bücher, die sie pro Besuch ausleihen durfte, mit ihrer Tochter teilen zu müssen.

Auch Antiquariate standen hoch im Kurs. Seit sie entdeckt hatte, dass sie dort für wenig Geld richtige Schätze erstehen konnte, waren sie zu einer festen Anlaufstelle geworden. Ein Geschäft hatte es ihr als Kind besonders angetan. Es lag in der Fußgängerzone und erstreckte sich über mehrere, spärlich beleuchtete Etagen. In den verschachtelten Räumen hing der Geruch nach Papier und Staub, und man konnte zwischen den Bücherstapeln auf hohen Leitern bis unter die fleckigen Decken hinaufsteigen. Sie war stets auf der Suche nach Büchern und Bildbänden über Afrikas Tier- und Pflanzenwelt gewesen. Fest davon überzeugt, dort später einmal als Forscherin tätig zu sein.

Durch Zufall hatte sie später in Deutschland erfahren, dass dieses Gebäude durch einen Brand zerstört wurde, und die Tatsache, dass sie nie wieder die Möglichkeit haben würde, dort herumzustöbern, hatte sie tief betrübt. War das der Moment gewesen, in dem sie ihre Afrikapläne begraben hatte?

Els' Bibliothek entpuppte sich als Fundgrube. Neben Fachbüchern stieß sie auf eine Menge Romane, die sie gern lesen würde. Für den Anfang wählte sie ein Buch von Tommy Wieringa und tauchte in seine gekonnten Sprachspielereien ein. Dabei wurde Rike bewusst, dass sie inzwischen deutsch dachte und ihre Muttersprache aus einer anderen Perspektive wahrnahm. Eine

Sprache, die sie seit langem vernachlässigt, häufig als kühl und nüchtern abgetan hatte. Leise las sie sich einzelne Sätze vor, die ihr ein Gefühl von Heimat zurückbrachten, ohne benennen zu können, warum das so war.

Dann war es Zeit, loszuradeln. Anfangs musste Rike noch überlegen, wo es lang ging, doch bald blieb der Stadtplan im Rucksack. Während sie sich der Innenstadt näherte, fiel ihr ein, dass sie nichts für Hendrik dabeihatte. Was brachte man einem Zweiundneunzigjährigen mit? Blumen? Pralinen? Ein Buch? Sie dachte an die früheren Besuche bei den Großeltern. Oma hatte sich über Blumen gefreut, doch ihrem Opa war ein Ausflug lieber gewesen. Eine gute Idee: Sie würde Hendrik zum Essen einladen. Gerade für alte Menschen war es wichtig, mal aus den eigenen Wänden zu kommen.

An der Westerkerk bog sie in die Jordaan ab. Es war eines der typischen Arbeiter- und Handwerkerviertel Amsterdams und früher eines der ärmsten gewesen. Heute erinnerte nichts mehr an das Elend, als die Menschen in winzigen, feuchten Wohnungen eng zusammen hausten. Gegen Ende des zwanzigsten Jahrhunderts war es hip geworden, dort zu wohnen, was nicht ohne Folgen geblieben war. Viele der alteingesessenen Bewohner, die für ihre direkte und humorvolle Art bekannt waren, konnten sich die gestiegenen Mieten nicht mehr leisten und mussten wegziehen.

Rike hatte oft davon geträumt, an einer dieser kleinen Grachten zu wohnen, und genoss die Fahrt zu der Adresse, die Hendrik ihr geschickt hatte. Dabei wunderte sie sich, wie man eines dieser Häuser mit ihren steilen Treppen zu einem Altersheim hatte umbauen können.

Wie immer zu früh am Ziel, schob Rike ihr Fahrrad auf den letzten Metern. Plötzlich stellte sich ihr eine alte Dame in den Weg. »Da sind Sie ja.«

»Wie bitte?« Verdutzt betrachtete Rike die Frau. Sie ging ihr höchstens bis zur Schulter, hatte schlohweißes, dauergewelltes Haar und einen Gesichtsausdruck, der keinen Zweifel daran ließ, dass sie erst weichen würde, wenn sie das Gespräch für beendet hielt.

»Sie sind doch Henrike, oder?«

Rike nickte. »Warum fragen Sie?«

Die alte Dame verschränkte die Arme. »Unser Freund Hendrik redet andauernd von Ihnen und verspricht sich viel von Ihrem Besuch.« Sie funkelte Rike an. »Wir meinen, das sollten Sie wissen.«

Rike wollte schon fragen, was es mit dem *wir* auf sich hatte, als ein stämmiger Mann hinzukam. Die grauen Haare wuchsen ihm unregelmäßig auf dem Kopf, und auch die buschigen Brauen schienen ein Eigenleben zu führen.

»Ich habe ja gleich gesagt …«, begann er, doch die Frau fiel ihm ins Wort. »Wir hatten ausgemacht, dass du dich nicht einmischst, Karel. Wenn es sein muss, kannst du das später klären.«

»Was verspricht Herr Rhee sich denn von meinem Besuch?« Rike fühlte sich höchst unwohl bei diesem Verhör.

»Schwer zu sagen.« Die Frau sah ihren Begleiter hilfesuchend an. »Er ist nie über diese Frau, über Ihre Mutter hinweggekommen. Das sollten Sie ernst nehmen.«

»Ich bin ja ohnehin der Meinung, dass es nichts …« Der Mann, der Karel hieß, nahm einen neuen Anlauf. Diesmal reichte ein einziger Blick, um ihn zum Schweigen zu bringen.

»Ich habe nicht vor, Hendrik in irgendeiner Weise zu enttäuschen.« Rike zeigte auf ihre Uhr. »Daher wäre es nett, wenn Sie mich jetzt weitergehen ließen. Sonst komme ich zu spät zu unserer Verabredung. Was ihn wiederum enttäuschen könnte.«

Hatte Rike gehofft, die beiden mit diesem Schachzug los zu sein, wurde sie eines Besseren belehrt. Die alte Dame ging ihr auf dem schmalen Gehsteig voraus, Karel folgte ihr auf dem Fuß. Bei Hendriks Adresse angekommen, schloss die Frau wie selbstverständlich die Tür auf. »Das Fahrrad stellen Sie am besten in den Flur. Ich mache uns mal einen Kaffee.«

Auch Karel betrat das Haus. Als er die Jacke an die Garderobe hängte und seine Schuhe gegen Pantoffeln tauschte, fragte Rike: »Wohnen Sie wohl alle im selben Heim?« Sie hatte zwar nirgends ein Hinweisschild entdecken können, aber das hieß noch gar nichts.

Für einen kurzen Augenblick blickte Karel sie mit offenem Mund an. Dann brach er in schallendes Gelächter aus, was die alte Dame auf den Plan rief. »Was ist denn los?«

»Sie hat gerade gefragt … ob das hier ein Heim ist!« In den Augen, die sie vorher so finster angeblickt hatten, standen nun Lachtränen. »Ein Altersheim!«

Nun grinste auch die Frau von Ohr zu Ohr. »So weit sind wir noch lange nicht, meine Liebe. Wir leben in einer WG.«

*

Lautes Lachen ließ Hendrik aus dem Sessel hochfahren. War das Karel? Er hatte doch angekündigt, mit Greet einen Spaziergang machen zu wollen. Alarmiert sah er auf die Uhr. Gleich würde Henrike vor der Tür stehen. Nicht auszudenken, wenn sie Karel in die Arme liefe!

Nach der gestrigen Diskussion wollte er ein Zusammentreffen der beiden um jeden Preis vermeiden. »Eine *Moffen*-Tussi? Du holst uns den alten Feind direkt ins Haus?«, hatte Karel gerufen. Hendrik liebte seinen Freund, aber für dessen Vorbehalte allen Deutschen gegenüber hatte er kein Verständnis.

»Findest du nicht, dass es Zeit ist, diesen Hass endlich zu begraben?«

»So ist es, Kareltje. Der Krieg liegt schon eine Weile zurück. Beruhige dich.« Doch auch Greet war es nicht gelungen, Karel zur Räson zu bringen. Erst als sie mit der Faust auf den Tisch gehauen hatte, war Ruhe eingekehrt. Eine trügerische Ruhe, wie Hendrik befürchtete.

So schnell seine Beine es erlaubten, stieg er die Treppen hinunter. Und als er das unbekannte Fahrrad im Flur entdeckte und eine fremde Frauenstimme in der Küche hörte, rutschte ihm das Herz in die Hose. Zu spät.

Umso erstaunter war er, die drei in angeregter Unterhaltung am Küchentisch vorzufinden. Eine Frau in Jeans und türkisfarbenem Leinenhemd stand sofort auf und kam auf ihn zu.

»Hallo! Sie müssen Hendrik sein. Ich bin Henrike. Wie schön, dass wir uns persönlich kennenlernen!« Ein kräftiger Händedruck und ein offener Blick, das gefiel ihm. Seit ihrem Telefonat hatte er sich vorzustellen versucht, wie sie aussah, und unbewusst mit einem Ebenbild von Cisca gerechnet. Doch Mutter und Tochter glichen sich nur bedingt. Henrike hatte die grünen Augen und die schlanke Figur ihrer Mutter, doch das schulterlange Haar, in dem sich erste graue Fäden zeigten, war gewellt und hatte keinerlei Ähnlichkeit mit Ciscas Bob.

»Ich freue mich sehr, dass du dich auf den Weg gemacht hast. Willkommen zurück in Amsterdam.« Es war ihm unmöglich, den Blick abzuwenden. Cisca lebte nicht mehr, aber ihre Tochter war da! Sekundenlang gab er sich der Vorstellung hin, Henrike wäre ihr gemeinsames Kind, ein Beweis ihrer großen Liebe.

»Stell dir vor, wir trafen sie vorn an der Gracht und haben sie gleich mit nach Hause genommen«, sagte Greet. »Möchtest du auch Kaffee?«

Er rieb sich die Augen, verscheuchte den lästigen Gedanken, der sich einzuschleichen drohte. »Entschuldige, dass du meinen komischen Mitbewohnern in die Arme gelaufen bist und ich dich nicht zuerst begrüßen konnte.« Ihre lächelnden Blicke trafen sich, und er hätte sie am liebsten in die Arme geschlossen und an sich gedrückt. Stattdessen setzten sie sich zu den beiden anderen an den Tisch.

»Ach, ist unser Hendrik heute wieder charmant.« Greet öffnete eine Blechdose und zeigte stolz den Inhalt. »Schaut mal. Daan hat uns Kekse gebracht.« Sie wandte sich an Henrike. »Das ist mein Enkel, wissen Sie? Er hat sie selber gebacken. Zusammen mit seiner neuen Freundin.«

Karel griff sofort zu. »Dann wollen wir mal schauen, was dein Liebling zuwege gebracht hat.« Doch kaum hatte er das Plätzchen in den Mund gesteckt, verzog er angewidert das Gesicht. »Will Daan uns vergiften?«

»Warum sollte er?« Greet bediente sich ebenfalls, zog aber auch sofort eine Grimasse.

»Ach, solange er nicht Konditor werden will«, sagte Henrike.

»Nein, Daan macht irgendwas mit Chemie.« Greet schenkte sich ein Glas Wasser ein und trank es in einem Zug aus. »Mir scheint, er hat Salz und Zucker verwechselt.«

»Dann vielleicht doch lieber Konditor.« Henrike zwinkerte ihm zu. »In einem Labor kann das Verwechseln zweier Stoffe Leben kosten.«

Da entdeckte Hendrik die Cisca in ihr, diese lakonische Art, die er so schmerzlich vermisst hatte. Auch Katrien war humorvoll gewesen, aber diese Schlagfertigkeit hatte ihr gefehlt.

»Aller Anfang ist schwer«, sagte Greet. »Beim nächsten Mal gelingen sie bestimmt.«

»Du Optimistin«, brummte Karel. »So schnell wie Daan seine *Schätzchen* wechselt, ist es fraglich, ob für einen zweiten Anlauf überhaupt Zeit bleibt.«

»Wie Sie sehen, kann Karel richtig charmant sein«, sagte Greet zu Henrike. »Leben Sie auch mit einem so hinreißenden Mann zusammen?«

Hendrik bemerkte ihr Zögern sofort. »Wir sind dazu übergegangen, Daans Freundinnen allesamt *Schätzchen* zu nennen«, wechselte er das Thema. »Denn bis wir uns den Namen gemerkt haben, hat er längst eine andere.«

Karel schob die Keksdose weit von sich. »Wenn ihr mich fragt, ist der Knabe schwul, will es aber nicht zugeben.«

»Nur weil *du* ein alter Homo bist, heißt das noch lange nicht, dass Daan auch so gestrickt ist«, schoss Greet zurück. »Er hat die Richtige eben noch nicht gefunden.«

»Wie ist das denn mittlerweile in Deutschland?« Karel sah Henrike herausfordernd an. »Werden Schwule da immer noch so diskriminiert?«

Henrike überlegte kurz. »Im Vergleich zu Holland gibt es dort sicher Nachholbedarf. Aber wenn ich meinen schwulen Freunden Glauben schenken darf, ändert sich langsam einiges.«

»Und wie fühlst du dich in deiner alten Heimat?« Hendrik hatte sich geschworen, Karel so wenig wie möglich zu Wort kommen zu lassen. »Passt die Unterkunft?«

»Das Zimmer ist okay, die Vermieterin sympathisch. Und ich genieße es, überall Niederländisch zu hören.«

»Ist ja auch viel schöner als dieses hässliche Deutsch«, knurrte Karel. »Sobald ich diese Sprache höre, habe ich strammstehende Soldaten vor Augen.«

Henrike schien Karels Sticheleien gar nicht wahrzunehmen. Sie nickte ihm vertrauensvoll zu und sagte: »Das ging mir früher ähnlich. Anfangs habe ich die Sprache wegen der Grammatik und des Klangs gehasst und wollte sie so schnell wie möglich abwählen. Aber inzwischen habe ich sie lieben gelernt und verdiene sogar meinen Lebensunterhalt damit. Das Leben hat manchmal eben andere Pläne.«

Hendrik überlegte, sie jetzt nach den Gründen jenes Umzugs zu fragen, doch Greet übernahm bereits das Ruder: »Sag bloß, du bist Lehrerin!« Sie hielt inne. »Oh. Da ist die Begeisterung mit mir durchgegangen. Darf ich dich duzen?«

»Gern. Warum Begeisterung?«

»Weil Greet bis heute Lehrerin mit Herz und Seele ist. Wenn wir nicht spuren, droht sie uns mit schlechten Noten und Nachsitzen«, sagte Hendrik.

»Na, so schlimm ist es nicht«, protestierte Greet. »Glaub bloß nicht alles, was die beiden erzählen.«

»Doch, genau so ist es!«, rief Karel. »Erst letzte Woche wolltest du mir eine Strafarbeit aufbrummen, weil ich mein Geschirr nicht weggeräumt habe.« Er wandte sich Henrike zu. »Dieser Frau entgeht nichts. Es würde mich nicht wundern, wenn wir eines Tages Zeugnisse ausgehändigt bekommen. Sei also auf der Hut, wenn du nicht sitzenbleiben willst!«

Henrike lachte. »Ich muss dich leider enttäuschen, Greet. Ich übersetze Romane aus dem Englischen ins Deutsche, manchmal auch aus dem Französischen.«

»Mit Niederländisch hast du nichts am Hut? Du sprichst akzent- und fehlerfrei!«

»Meiner Muttersprache bin ich untreu geworden.« Ein tiefer Seufzer. »Zuerst habe ich tatsächlich Englisch und Deutsch fürs Lehramt studiert. Da Niederländisch in Deutschland kein Schulfach ist, kam das nicht in Frage. Doch bald wurde mir klar, dass ich vor der Klasse nichts verloren habe, und bin Übersetzerin geworden. Das ist zwar nicht so gut bezahlt, aber ich kann mir meine Zeit frei einteilen und im Prinzip überall arbeiten.«

»Immerhin hast du nun quasi zwei Muttersprachen.«

»Die deutsche Grammatik hat es immer noch in sich«, gab Henrike zu. »Auch nach all den Jahren muss ich manchmal noch überlegen, ob es *dem* oder *den* sein muss.« Sie sah Greet an. »Auf die Gefahr hin, dass ich mir mit diesem Geständnis eine Strafarbeit einfange: Als wir dieses Thema in der Schule durchgenommen haben, war ich schrecklich verliebt in einen Jungen, der oft grüne Pullis trug. Und wenn *er* mich angelächelt hat, war in meinem Kopf keine Kapazität mehr frei für Akkusativ oder Dativ. Dann kam der Umzug nach Deutschland. Und zu der neuen Sprache ein unverständlicher Dialekt.«

»Schade um den holden Knaben«, fand Greet. »Und wie hast du dich vor Ort durchgeschlagen?«

»Das war nicht leicht. Zumal ich feststellen musste, dass die Schulbücher, aus denen hier Deutsch gelehrt wurde, restlos veraltet waren. Ich werde nie den Lachkrampf meiner Mitschüler vergessen, als ich ihnen eine *Angenehme Nachtruhe* gewünscht habe.«

»Es geht nichts über ein handfestes *Slaap lekker*«, murmelte Karel.

»Wenn man wiederum jedes Wort versteht, das geredet wird, kann es auch lästig sein«, sagte Henrike. »Als wir vor Jahren in Frankreich gezeltet haben, ließ sich ein niederländisches Paar mit Kleinkind neben uns nieder. Die Eltern waren sehr darauf erpicht, dass der Kleine endlich aufs Töpfchen geht und fragten pausenlos: *Musst du kacka?* Nach einem Tag haben mein Freund und ich uns das ebenfalls schon gefragt, wenn einer von uns beiden Anstalten machte, irgendwohin zu gehen.«

Greet und Hendrik lachten. Auch Karel konnte sich ein Grinsen nicht verkneifen.

»Ach, *la France* …. Auf einem französischen Campingplatz habe ich als junge Frau im Eiltempo Französisch gelernt«, sagte Greet verträumt. »Ich wollte nämlich unbedingt mit einem *beau* ins Gespräch kommen. Mein Gott, war der Kerl hübsch!«

»Davon hast du mir noch nie erzählt«, beschwerte sich Karel.

»Wenn du wüsstest, was ich schon alles erlebt habe, würdest sogar du rot werden!«

»Und – hat es geklappt?«, fragte Henrike.

»Leider nein. Ich habe zwar seine Adresse in Erfahrung bringen können und ihm einen langen, gefühlvollen Liebesbrief geschrieben, aber nie eine Antwort bekommen.« Sie seufzte tief. »Doch du hast meine Frage nicht beantwortet: Lebst du mit einem hinreißenden Mann zusammen?«

Wieder schien Henrike zu zögern. »Im Prinzip schon. Edgar ist Lehrer und unterrichtet im Augenblick in Frankreich, an einer Schule im Burgund.«

»Eine schöne Gegend«, sagte Hendrik. »Wo ist er da gelandet?«

Sie runzelte die Stirn. »Ich vergesse andauernd den Namen. Ich glaube, in Dijon. Ja, genau. Wo der Senf herkommt.«

Greet war hellhörig geworden. »Und warum besuchst du ihn dort nicht?«

»Weil man nicht an zwei Orten gleichzeitig sein kann. Ein bisschen Abstand bekommt unserer Beziehung ganz gut«, sagte Henrike. »Daher habe ich mich für Hendrik entschieden.«

Hendrik wollte dazu noch etwas anmerken, doch sein Handy klingelte. »Ja, alter Junge, zum Thema Tanzkurs kann ich dir einen heißen Tipp geben«, schrie Fischhändler Leendert ihm ins Ohr. »Am besten kommst du mal vorbei. Dann erzähle ich dir mehr. Jetzt ist gerade zu viel los.«

»Gute Nachrichten?«, fragte Greet, als das Gespräch zu Ende war.

»Sehr gute sogar«, sagte Hendrik. »So wie es aussieht, hat Leendert einen Tanzlehrer für uns gefunden.«

»Herr im Himmel«, seufzte Greet. »Das hat mir gerade noch gefehlt.«

7.

Zum Glück diskutierten Greet und Karel nun über dieses Thema, und Rike stand nicht mehr im Fokus. So konnte sie sich ein paar handfeste Fakten zu Edgar zurechtlegen. Zu dumm, dass sie das nicht gleich gemacht hatte. Aber die Sache mit Dijon konnte sie sich gut merken: Der Senf war ihr ebenso verhasst wie die Situation. Zu weiteren Details kam sie aber nicht, denn Greet wollte wissen, wie ihre Erfahrung mit Tanzkursen sei.

»Da habe ich eher seltsame Erinnerungen«, gab Rike zu. »Unser Kurs fand in einem ziemlich maroden Saal statt. Der Tanzlehrer war klein und rund, trug spitze Lackschuhe und hatte die Angewohnheit, uns Mädchen fest an seinen dicken Bauch zu pressen. Währenddessen stand seine Frau am Rand der Tanzfläche und beobachtete den Gatten abfällig mit zusammengekniffenem Mündchen.«

»Hast du das gehört, Hendrik? Wenn es so ein Typ sein sollte, kannst du mich von deiner Liste streichen«, sagte Greet.

»Nix da.« Karel schüttelte den Kopf. »Du hast verloren, also bist du dabei. So sind nun mal die Regeln.«

Doch Hendrik schien mit seinen Gedanken woanders zu sein. Plötzlich erhob er sich. »Ich möchte mich gleich mal um die Sache kümmern.« Er sah Rike an. »Hättest du Lust, mich zu begleiten?«

»Gern.« Rike wandte sich an Greet und Karel. »Wir sehen uns noch, oder?«

»Ganz bestimmt«, sagte Greet. »Und solltest du es schaffen, ihm diesen Kurs auszureden, bedenke ich dich in meinem Testament!«

An der Garderobe blieb Hendrik vor einem Sammelsurium von Jacken, Mänteln, Schals und Hüten stehen und entschied sich für einen leichten Trenchcoat. Dann nahm er einen Gehstock aus dem Schirmständer und zog eine Grimasse. »Ich hoffe, es ist dir nicht peinlich, mit einem so alten Mann gesehen zu werden.«

»Ganz im Gegenteil«, sagte Rike. »Meine Mutter hatte einen guten Geschmack.« Sie trat vor die Haustür und beobachtete, wie Hendrik folgte. Tatsächlich konnte sie nachvollziehen, dass das Herz ihrer Mutter für diesen Mann geschlagen hatte. Auch mit zweiundneunzig war er keiner, den man übersah – was nicht nur an seiner stattlichen Größe lag. Mit seiner hohen Stirn und seiner markanten Nase entsprach er zwar nicht dem klassischen Schönheitsbild, doch Rike fand ihn auch jetzt noch attraktiv. Zudem hatte er freundliche Augen und einen vollen Haarschopf, für den so mancher Mann einen Mord begehen würde. »Wo finden wir diesen Leendert?«

Hendrik wies mit dem Stock nach links und bot Rike galant seinen freien Arm. Obwohl er sich alle Mühe gab, Smalltalk zu machen, spürte sie, wie angespannt er war.

Zehn Minuten später hatten sie ihr Ziel erreicht. Der Fischstand, der mitten auf einer Brücke stand, war gut besucht. Hendrik gab dem Inhaber ein Zeichen, dass er auf ihn wartet, dann stellten sie sich auf die andere Seite an das Geländer.

»Was hat dich dazu bewogen, diesen Tanzkurs organisieren zu wollen?«, fragte Rike. Ihr war klar, dass die Sache ihm wichtig war.

»Der Arzt sagte mir vor kurzem, ich müsse mich mehr bewegen. Und da ich nicht gern spazieren gehe, kam mir diese Möglichkeit in den Sinn.« Er sah sie wehmütig an. »Das war auch der Anlass, warum ich deine Mutter gegoogelt habe. Cisca hat immer so gern getanzt. Daher kam sie mir bei diesem Vorhaben in den Sinn.«

»*Meine* Mutter war eine begeisterte Tänzerin?« Sprachen sie von derselben Frau? Weitere Fragen drängten sich Rike auf, doch sie war sich nicht im Klaren darüber, ob sie die Antworten hören wollte.

»Na, alter Junge, da bist du ja!« Der Fischhändler, ein korpulenter Mann mit Plastikschürze und Gummistiefeln, kam mit großen Schritten auf sie zu. Der Geruch von Zwiebeln stieg ihr in die Nase. »Wusste gar nicht, dass du so eine hübsche Tochter hast!« Er zwinkerte Rike zu. »Oder ist das deine neue Liebe?«

»Hallo. Ich bin Henrike.« Sie schüttelte ihm die dargebotene Hand.

»Ha! Hendrik und Henrike! Ihr solltet zusammen auftreten!« Leenderts dröhnende Lache ließ einige Passanten zu ihnen herüberschauen »Willst du deswegen diesen Tanzkurs machen?«

Hendrik verdrehte die Augen. »Genau. Ich sage dir aber noch Bescheid, wann die Show fürs Fernsehen aufgezeichnet wird. Vielleicht kannst du eine Nummer mit dressierten Heringen einbauen. Also, wie heißt dieser Mann, und wo finde ich ihn?«

Leendert sah Rike verschwörerisch an. »Heute hat er es aber eilig … Dabei habe ich ihm schon immer prophezeit, dass er eines Tages noch mit einer Schönheit durchbrennt!« Er kramte in der Brusttasche seiner Schütze und förderte einen zerknitterten Zettel zutage. »Der Mann heißt van der Woude, ein pensionierter Notar. Wundere dich nicht, wenn du ihn zum ersten Mal siehst. Man könnte glauben, er hätte einen Stock verschluckt, aber das täuscht. Spätestens wenn er über die Tanzfläche wirbelt, erkennst du ihn nicht wieder. Außerdem brauchst du anfangs etwas Fingerspitzengefühl, er fremdelt gern und lässt sich bitten. Aber für einen Auffrischungskurs kann ich ihn dir wärmstens empfehlen.« Grinsend reichte er Hendrik den Zettel. »Viel Glück, ihr Turteltäubchen.«

Da der Notar ganz in der Nähe wohnte, machten sie sich gleich auf den Weg. Hendrik wirkte so nervös, dass Rike sich fragte, um was es hier tatsächlich ging. Bald hatten sie die Adresse erreicht: ein gepflegtes Haus mit Glockengiebel, an dem alles auf Hochglanz geputzt war. Die Sprossenfenster im Parterre spiegelten die Häuser auf der anderen Seite der schmalen Gracht wider, in der Boote sanft auf dem Wasser schaukelten.

»Dann will ich mein Glück mal versuchen!« Hendrik stieg die Stufen zu der schwarzlackierten Haustür hinauf und drückte den kupfernen Klingelknopf neben dem Namensschild. Eine Glockenmelodie hallte durch das ganze Haus, doch nichts rührte sich.

Hendrik sah fragend zu Rike. »Kannst du oben etwas erkennen?«

Rike legte den Kopf in den Nacken und sah hinauf. In keinem der Stockwerke bewegte sich etwas am Fenster, nirgendwo brannte ein Licht. »Nein. Vielleicht ist er einkaufen oder etwas trinken gegangen?«

Vorsichtig kam Hendrik die Treppe herunter. Trotz aller Eile schien er geradezu erleichtert und lächelte. »Ein gutes Stichwort. Ich kenne eine nette Kneipe in der Nähe. Wollen wir?«

Sie fanden einen freien Tisch auf dem Gehsteig, und Hendrik

war wieder zugewandt wie zu Beginn. Er berichtete, wie das Lokal sich im Lauf der Jahre immer wieder neu erfunden hatte, und reicherte die Geschichte mit Anekdoten an. Er war ein unterhaltsamer, gestenreicher Erzähler, und Rike hörte ihm gern zu. Doch dann ging ihm der Stoff aus, und sie schwiegen. Es war, als würde eine dritte Person am Tisch sitzen. Eine, die sie zusammengeführt hatte, über die aber keiner das Gespräch eröffnen wollte. Als ein Kellner ihnen die Speisekarten auf den Tisch legte, griffen sie dankbar zu und tauschten sich über das Angebot aus, als sei dies das A und O dieses Treffens.

In der Gaststube drehte jemand die Musikanlage auf. David Bowies *Let's dance* drang bis auf die Straße.

»Na, wenn das kein gutes Omen ist!« Hendrik strahlte. »Magst du Bowie?«

»Schon als Teenie«, sagte Rike. »Ich weiß noch gut, dass ich mit dreizehn mein Erspartes für die LP *Aladdin Sane* ausgab und meiner Mutter begeistert erzählte, dass ich wie Bowie bisexuell zu werden gedenke. Damit ich mir von beiden Seiten das Beste heraussuchen kann.«

Hendrik lachte laut heraus. »Da muss man erst mal draufkommen! Und wie hat Cisca reagiert?«

»Es war gerade eine Tante zu Besuch, die förmlich erstarrte. Meine Mutter überspielte die Sache geschickt. Später kam sie in mein Zimmer und meinte, es sei ihr ganz egal, wie ich mich sexuell entscheide. Hauptsache, ich behielte es für mich, wenn bestimmte Leute zu Besuch seien. Manche würden das nicht so gut verkraften und dumme Fragen stellen. Damit war das Thema vom Tisch.«

»Du warst ganz schön cool für dein Alter!«

»Das war ich kein bisschen. Aber die Reaktion meiner Mutter fand ich gut.« Mit einem Mal war die Befangenheit verschwunden, und Rike wagte sich weiter vor. »Magst du mir ein bisschen mehr von euch beiden erzählen? Immerhin sitzen wir uns jetzt gegenüber. Wie du dir das am Telefon gewünscht hast.«

Hendrik schlug die langen Beine übereinander. »Wenn ich nur wüsste, wo ich beginnen soll.«

»Du hast erzählt, dass ihr euch als Trauzeugen bei der Hochzeit deiner Schwester kennengelernt habt. Vielleicht kannst du dort wieder einsteigen?«

*

»An dem Morgen der Trauung war ich todmüde, denn ich war spät ins Bett gekommen«, begann Hendrik, nachdem er von seinem Bier getrunken hatte. »Mein zukünftiger Schwager Dirk und ich kannten uns vom Jura-Studium und hatten große Pläne. Doch an seinem letzten Abend als Junggeselle war natürlich die Ehe unser Thema, zumal auch ich bald heiraten wollte.

Kurz nach dem letzten Examen waren Katrien van Dongen und ich uns vorgestellt worden. Wir hatten uns auf Anhieb verstanden, aber ich war kein standesgemäßer Partner. Die Familie van Dongen betrieb seit Generationen eine gut gehende Blumenzucht und war steinreich. Meine Eltern hingegen kamen mit ihrem Lebensmittelladen gerade so über die Runden, und es glich einem Wunder, dass ich, als Erster der Familie überhaupt, die Möglichkeit hatte, zu studieren.

Ich muss dennoch einen guten Eindruck hinterlassen haben, denn Katrien ließ mir über Dirk ausrichten, dass sie mich wiedersehen möchte. Danach trafen wir uns regelmäßig, und eines Tages, so war das damals üblich, wurde ich zu ihr nach Hause eingeladen. Ich glaubte zwar noch immer, dass ich nicht als *standesgemäß* galt, aber ich wollte mir diese fremde Welt unbedingt mal anschauen.

Umso erstaunter war ich, dass man mir geradezu den roten Teppich ausrollte und sich erfreut zeigte, mich kennenzulernen. Herr van Dongen hatte sich wohl eingehend über mich informiert und äußerte sich lobend über meine Examensnoten. Ein Mann, der weiß, was Arbeit bedeutet, und zudem Jurist ist – etwas Besseres könne er sich für seine Tochter nicht wünschen.

Nachdem man unsere Verlobung bekanntgegeben hatte, kam mein zukünftiger Schwiegervater auf mich zu und bot mir eine Stelle im Familienunternehmen in Australien an. Ich musste nicht lange überlegen. Schon als kleiner Junge hatte dieser Kontinent eine unwiderstehliche Wirkung auf mich gehabt, und dieses Abenteuer kam wie gerufen. Nun hatte ich einen guten Grund, Holland mit all seinen Krisen der Nachkriegszeit den Rücken zu kehren und mich am anderen Ende der Welt ins gemachte Nest zu setzen.«

»Dann war deine Verlobte also dabei, als du meiner Mutter begegnet bist?«

»Nein. Katrien war in der Woche zuvor mit ihrer Mutter zu einer Kur nach Davos gefahren. Lungenprobleme waren damals ein ernsthaftes Hindernis, wenn es um die Genehmigung der Emigrationspapiere ging, und wir wollten kein Risiko eingehen.«

»*Ironie des Schicksals* sozusagen …«

»Allerdings. Damals ahnte niemand, dass genau diese Vorsichtsmaßnahme Unheil verursachen würde. Im Nachhinein habe ich mich oft gefragt, wie mein Leben sich entwickelt hätte, wäre Katrien an diesem Morgen an meiner Seite gewesen.«

Henrike nickte gedankenverloren. »Wusste meine Mutter, dass du verlobt bist?«

»Nach den Feierlichkeiten entführte Cisca mich in eine Art Gartenwirtschaft. Auch wenn keiner von uns es aussprach, aber wir wollten den Abschied so lange wie möglich hinauszögern. Wir tranken schlechten Wein, schauten in die untergehende Sonne und taten so, als hätten wir das ganze Leben noch vor uns.« Er fuhr mit dem Zeigefinger über den Rand des Glases. »Irgendwann hielt ich es nicht mehr aus und gestand ihr, dass ich verlobt war.« Wie damals spürte er eine leichte Übelkeit, die sich bei diesem Geständnis breitgemacht hatte.

»Und wie hat sie reagiert?«

»Cisca hat mich mit einem wehmütigen Lächeln angeschaut. ›Das wusste ich von Anfang an‹, sagte sie. ›Aber ich wollte es aus deinem Mund hören.‹«

Nach dem Imbiss versuchten sie ihr Glück erneut beim Notar. Wieder vergeblich.

»Warum ist dir der Kurs so wichtig?«

Erstaunt sah er sie an. Henrike schien über ähnliche Antennen zu verfügen wie ihre Mutter. Manchmal war ihm selber nicht klar gewesen, was ihn umtrieb, da hatte Cisca bereits gewusst, was los war.

»Ich hätte einfach Lust, bald anzufangen«, sagte er, wohl wissend, wie lahm das klang. »Ich rufe ihn heute Abend mal an. Vielleicht habe ich dann mehr Glück.«

Greet war hocherfreut, dass sie den Mann nicht angetroffen

hatten. »Das ist ein Zeichen, Hendrik. Ein Wink, diese verrückte Idee zu begraben.« Dann wandte sie sich an Henrike. »Ich habe im Internet nachgeschaut, was du beruflich so treibst. Du hast sogar eine Auszeichnung für eine Übersetzung bekommen. Alle Achtung!«

»Ich habe das Buch nicht geschrieben. Nur übersetzt«, spielte Henrike das Lob herunter. Doch Greet war anderer Meinung.

»Von wegen *nur* übersetzt! Es ist auch die Sprache des Übersetzers, die uns erfreut oder entzürnt«, sagte sie ernst. »Es ist *dein* Empfinden für den Ton des Autors. Für diese Vermittlung bist *du* zuständig. Hast du denn schon mal mit dem Gedanken gespielt, selber zu schreiben?«

»Als Kind habe ich Leserbriefe geschrieben, wenn ich bei den Comics in der Zeitung etwas unlogisch fand. Wenn eine Figur im Hochsommer dicke Pullis trug, habe ich sofort zum Stift gegriffen.« Henrike schüttelte gedankenverloren den Kopf. »In der Grundschule wollte ich mal eine Schulzeitung gründen. Verrückt, was mir alles wieder einfällt, seit ich hier bin. Das war in der fünften Klasse. Zuerst stand der Lehrer der Sache ganz aufgeschlossen gegenüber. Bis ich ihm klarmachte, dass ich keine jährliche, sondern eine wöchentliche Ausgabe plante.«

Greet grinste. »Sehr ehrgeizig. Seid ihr euch einig geworden?«

»Eine Jahresausgabe war weit unter meiner Würde«, gab Henrike zu. »Daher habe ich die Idee fallengelassen.«

Greet deutete auf die Treppe. »Komm mal mit. Ich möchte dir etwas zeigen.«

Neugierig, wie Henrike auf Greets Wohnzimmer reagieren würde, schloss Hendrik sich den beiden an. Auch diesmal verfehlte der Raum seine Wirkung nicht.

»Sind das alles Schüler, die du mal unterrichtet hast?« Henrike ging staunend an der Wand entlang, die über und über mit Klassenfotos bedeckt war. Eine beeindruckende Ansammlung, die Greets Zöglinge aus Jahrzehnten zeigte. »Unglaublich …«

»Von vielen weiß ich noch die Namen, und mit einigen bin ich nach wie vor in Kontakt.« Greet freute sich sichtlich über Rikes Interesse. »Ich wollte dir aber etwas anderes zeigen.« Sie lotste Rike zu einem Regalbrett voller Notizbücher. »Wie hast du es vorhin formuliert? *Verrückt, was mir alles wieder einfällt, seit ich hier bin?*«

Rike nickte. »Beim Anblick der Klassenfotos fällt mir sofort der Umzug nach Amsterdam ein. Mein Vater hat häufig die Stelle gewechselt, und ich weiß noch genau, wie schrecklich es war, einer fremden Klasse vorgestellt zu werden. Ich kam mir vor wie ein exotisches Tier, das von allen angegafft wurde.«

»Das kann ich mir vorstellen«, sagte Greet. »Kinder schenken sich nichts. Es gibt übrigens eine Homepage, über die man alte Klassenkameraden kontaktieren kann. Wenn du mir deine Handynummer gibst, schicke ich dir den Link mal zu.«

Dann legte Greet einige Bücher vor Henrike auf den Tisch. »Es fing damit an, dass ich schön gestaltete Hefte für die Schüler gekauft habe, die gern geschrieben haben. Irgendwann entwickelte ich einen Spleen für diese Blankobücher und wollte sie eines Tages mit meinen Memoiren füllen. Daraus ist nie was geworden, aber du könntest dir eines aussuchen und es mit deinen Erinnerungen füllen. Etwas sagt mir, dass dir das guttun würde. Womöglich als Vorstufe zum eigenen Schreiben. Wer weiß?«

»Das kann ich nicht annehmen.« Hendrik erkannte Henrikes Liebe für Handgebundenes an der Art, wie sie die Bände behutsam berührte und von allen Seiten betrachtete. Eines mit blaugrünem Muster und dünnen dunklen Streifen schien es ihr besonders angetan zu haben. Auch Greet hatte es bemerkt. »Das hier ist das Richtige, oder?« Sie reichte es Henrike. »Bitte schön. Vielleicht kannst du das Gespräch mit dem kleinen Mädchen von damals suchen.«

»Na, das wird sie schon selber entscheiden können«, sagte Hendrik. »Da musst du dich nicht einmischen.«

»Erzähl du mir nichts über Hilfestellungen.« Greets Blick nach zu urteilen, hatte er sich gerade eine Sechs eingehandelt. »Das überlass mal hübsch der Lehrerin.«

8.

Zurück in Els' Wohnung, legte Rike das neue Notizbuch vor sich hin. Sie fand Greets Idee schön, doch wo sollte sie anfangen? Sie lehnte sich auf dem Küchenstuhl zurück und ließ den Blick durch den Raum schweifen. Neben der Tür hing ein Abreißkalender, dessen Blätter Els so nachlässig entfernt hatte, dass Edgar beim Anblick in Ohnmacht gefallen wäre. Wie nun wohl auch bei seinem eigenen Kalender. Zufrieden dachte Rike an ihre letzte Handlung, bevor sie gegangen war: Mit einem einzigen Ruck hatte sie alle Seiten, die seit seinem Weggang hängen geblieben waren, abgerissen. So würde Edgar leicht feststellen können, wann sie ihre Reise angetreten hatte. Eine Reise, die sich als Fahrt in die Vergangenheit zu entpuppen schien.

Doch so präsent die Erinnerungen tagsüber gewesen waren,

hatte sie nun den Eindruck, vor einer Milchglasscheibe zu stehen, durch die sie die Gestalten aus ihrem früheren Leben zwar erahnen, aber nicht benennen konnte. Hatten Rückblicke ein Haltbarkeitsdatum? Und was war wichtiger: die Erinnerung oder die Wahrheit? Gab es überhaupt wahre Erinnerungen? Oder hatten alle eine subjektive Färbung?

Rike dachte an die Schülerfotos in Greets Zimmer. Eine Zeitreise durch Jahrzehnte, schon an der Kleidung und den Frisuren der Kinder abzulesen. Gleichzeitig war Greets Stimme wieder da: *Vielleicht kannst du das Gespräch mit dem kleinen Mädchen von damals suchen.* Ja, das könnte sie versuchen. Wäre da nicht die Befangenheit, sich dieser Zeit zu nähern.

Bedächtig schlug Rike das Notizbuch auf, strich die erste Seite glatt. Sie schloss die Augen und konzentrierte sich auf den Umzug nach Amsterdam, von dem sie Greet und Hendrik erzählt hatte, versuchte, ein Bild von sich als Achtjährige heraufzubeschwören: ein Hosenkind mit Brille und kurzen Haaren, das Lackschuhe und weiße Strümpfe verabscheute.

Hallo kleine Rike, sagte sie in die Stille hinein. *Kannst du dich noch an die Zeit erinnern, als wir nach Amsterdam kamen? Wie bei den vorhergehenden Umzügen hatte Mami die Aufgabe, dich im Vorfeld auf die kommenden Veränderungen vorzubereiten, weißt du noch?*

Das waren die Worte, die die entscheidende Tür im Lagerhaus aufrissen und Rike alles klar erkennen ließ:

Als das Jahr 1968 anbricht, deutet nichts darauf hin, dass sich dein Leben grundlegend ändern wird. Du liest erste Bücher, spielst mit deinen Freunden und lernst auf Rollschuhen rückwärts im Kreis zu

fahren. Dabei stellst du dir vor, abheben und davonfliegen zu kön-
nen. In gewisser Hinsicht geht dieser Wunsch in Erfüllung: Du ziehst
wieder um. Papi hat eine neue Arbeit gefunden.

Von Amersfoort nach Amsterdam, vom vierten in den ersten
Stock. Dein Hund Rakker und die Rollschuhe kommen mit, deine
Freundinnen verewigen sich im Poesiealbum und bleiben zurück.

Mami sagt, dass dir Amsterdam gefallen wird. Sie erzählt von
den vielen Museen, die man dort besuchen kann, von der großen
Bibliothek an einer der Grachten und vom Zoo, der dort Artis heißt.
Dabei wirst du den Eindruck nicht los, dass sie sich vor allen Din-
gen selber Mut zuspricht.

Als du Artis zum ersten Mal betrittst, ist es um dich geschehen. Du
planst schon länger, Biologin zu werden, doch nun werden letzte
Zweifel beseitigt. Mit deiner Jahreskarte gehst du ein und aus und
verbringst viele Stunden in den historischen Anlagen, kennst bald
jedes Tier beim Namen. Du hast zwei feste Anlaufstellen: zum einen
das Nachttierhaus, wo du den Plumplori besuchst, zum anderen das
große Terrarium. Dort lebt das Gila-Monster. Erst später wird dir
klar, dass beide Lieblingstiere giftig sind.

Der neuen Schule siehst du mit gemischten Gefühlen entgegen. War
die vorherige lichtdurchflutet, landest du nun in einem abweisenden
Klinkerbau mit schmalen Oberlichtern und einer Eingangstür, die
einer Festungsrampe ähnelt.

Der Schulleiter, ein einschüchternder Mann mit tiefer Stimme
und großer Nase, nimmt dich unter seine Fittiche und begleitet dich
zum Zimmer der dritten Klasse. Dort starren dich alle an, und dir
wird klar, wie es für die Tiere in Artis sein muss, wenn Zoobesucher

vor ihrem Gehege stehen. Während der Rektor Belangloses erzählt,
mustern dich dreißig Augenpaare, versuchen einzuschätzen, was du
für eine bist: Kann man mit dir Spaß haben oder bist du langweilig
und brav? Ein paar Mädchen tuscheln, doch ein einziger Blick von
Herrn Bos reicht, sie verstummen zu lassen, und du wünschst dir, er
würde noch eine Weile bleiben. Doch er überlässt dich der Lehrerin,
die dich neben eines dieser Mädchen platziert.

Die neue Lehrerin ist weder jung noch blond, wie Frau Visser es war,
sondern in deinen Augen uralt. Doch hinter der rauen Schale ver-
birgt sich eine einfühlsame Pädagogin. Sie lehrt dich, dass das Wort
Interesse nur ein R hat, da es sich aus den Teilen inter und esse
zusammensetzt, das Wort Terrasse hingegen zwei, weil sich dort der
Begriff terra versteckt. Diese Hinweise bleiben dir für immer im
Gedächtnis. Genau wie ihr feiner Humor, der trotz aller Strenge im-
mer wieder aufblitzt. Eine Autorität, die ihre Rabauken gut im
Griff hat, eine, der nichts entgeht. Auch nicht, dass du dich mutter-
seelenallein fühlst.

Der sichere Schulhof gehört den ersten beiden Klassen, die anderen
Kinder toben sich in der Pause auf dem Gehsteig vor der Schule aus.
Dort herrscht Anarchie, niemand kümmert sich. Du rennst mit den
anderen schreiend um die Wette, spielst Fangen, Gummitwist und
ein beliebtes Spiel, bei dem man jemanden mit verbundenen Augen
küssen muss. Du liebst diese neuen Freiheiten und bist bald Teil der
Klasse.

Einmal die Woche steht Schulschwimmen auf dem Stundenplan. In ei-
ner langen Zweierreihe, Badesachen und Handtuch in der Schwimm-

tasche, läuft die ganze Klasse zur Badeanstalt einige Straßen wei-
ter. Die Rufe der Kinder schallen durch die Halle, der beißende
Chlorgeruch reizt deine Nase, und die enge Badekappe ist unbe-
quem. Aber du liebst es, im Wasser zu sein, und schaffst im Hand-
umdrehen die ersten Schwimmabzeichen. Jetzt, glaubst du, wirst du
niemals untergehen können. Ein Trugschluss, wie sich herausstellen
wird.

Ungläubig ließ Rike den Stift sinken. Wo kamen all diese Einzelheiten her? Als hätten die Kinder nur darauf gewartet, erwähnt
zu werden, sieht sie Gesichter vor sich, erinnert sich an die Namen ehemaliger Mitschülerinnen und -schüler. Was war wohl
aus Atie geworden, mit der sie nachmittags gespielt hatte, aus
Ansje, die sich um ihre kranke Mutter kümmern musste? Aus
Hugo, der immer Witze gemacht hatte? Aus dem ernsten Hans,
aus Fränklin, Karin und Alex?

Ihr Handy meldete den Eingang einer Nachricht. Sie kam
von Greet: Es war der versprochene Link. Neugierig fuhr Rike
ihren Laptop hoch und gab die Internetadresse ein. Wenige Klicks
später erschien ein Klassenfoto, und sie sah sich selber in vorders-
ter Reihe zwischen Atie und Karin sitzen. Es war nicht die einzige Aufnahme aus dieser Zeit. Jemand hatte Bilder von einem
Aufenthalt im Schullandheim hochgeladen, und nach weiterer
Suche stieß sie auf ein Foto, das in der vierten Klasse in der Turn-
halle gemacht worden war.

Als sie entdeckte, dass sie Atie eine Nachricht zukommen lassen konnte, zögerte sie kurz, dann wischte sie ihre Bedenken bei-
seite. Sollte sie keine Lust haben, ihr zu antworten, konnte sie es
ja sein lassen.

Nachdem sie ihr ein paar Zeilen geschrieben hatte, lehnte Rike sich mit geschlossenen Augen zurück, sah sich mittags zusammen mit ihrer Mutter, Atie und Rakker nach Hause laufen. Was würde sie dafür geben, ihre Mutter jetzt anrufen und erzählen zu können, dass sie Hendrik kennengelernt hatte und wieder in diesem Viertel gelandet war.

Das Klingeln ihres Telefons holte sie in die Gegenwart zurück. »Na? Wie ist es dir heute ergangen? Wie war das Treffen mit diesem Mann?«

Rike ließ den Tag Revue passieren. Es war nicht leicht, Edinas Frage zu beantworten. »Die Kurzfassung lautet: Hendrik ist sehr sympathisch, für sein Alter voller Elan, und wir haben uns viel zu erzählen. Er lebt in einer WG mit zwei ebenfalls betagten Freunden: Greet und Karel. Und ich kann gut nachvollziehen, dass meine Mutter sich damals in ihn verliebt hat.«

»Das klingt ganz so, als würdest du noch in Amsterdam bleiben.«

Rike sah aus dem Küchenfenster. »Da könntest du recht haben.«

*

Erschöpft von den vielen Eindrücken des Tages saß Hendrik am Fenster und beobachtete, wie der Abendhimmel sich färbte. Er ärgerte sich, dass er nicht nachgehakt hatte, als Henrike diesen Umzug erwähnte. Waren sie verschwunden, weil der Vater eine neue Stelle hatte? Aber warum hatte Cisca Louise ihre neue Adresse nie zukommen lassen? Es war die Rede davon gewesen, Ciscas Mann sei Schwede und sie sei mit ihm in seine Heimat gezogen. Doch das schien ein Märchen zu sein, nach dem, was Henrike bislang erzählt hatte.

Wie auch immer, jetzt war Ciscas Tochter hier, und ihm wurde warm ums Herz. Henrike war ein unerwartetes Geschenk. Er hoffte nur, sie würde nicht so plötzlich aus seinem Leben verschwinden wie ihre Mutter.

9.

Nach einem Frühstück mit Els und ihrem Traummann war Rike guter Dinge. Sie mochte Theo, der genauso verliebt schien wie Els, und hatte sich überlegt, ob auch ihr noch mal ein solches Glück vergönnt sein würde. Doch sie verdrängte die Frage rasch. Schließlich war sie in anderer Mission unterwegs und erleichtert, als Els ihr anbot, das Zimmer länger zu nutzen als gebucht. Theo und sie planten zusammenzuziehen, und Rike würde vorerst der letzte Gast sein.

Glücklich über diesen Wink des Schicksals schwang Rike sich am Nachmittag aufs Fahrrad. Sie freute sich auf ein Wiedersehen mit Hendrik, von dem sie in der Nacht wilde Träume gehabt hatte: Zusammen mit Leendert waren sie unterwegs gewesen und hatten die Passanten zum Walzertanzen aufgefordert. Vielleicht klappte es ja mit diesem Kurs, und sie konnten bald zusammen tanzen. Sie würde ihm gleich erzählen, dass sie noch bleiben würde.

Doch so weit kam es nicht. Kurz bevor sie das Haus erreichte, trat Greet auf die Fahrbahn. »Besser, du tauchst nicht bei uns auf.

Wir haben die Polizei im Haus wegen einer anonymen Anzeige. Angeblich vermiete Hendrik illegal Zimmer an Touristen.« Als sie Rikes Staunen sah, strich sie ihr beruhigend über die Hand. »Keine Bange, das hat sich jemand aus den Fingern gesogen. Dennoch ist es besser, wenn du nicht hineingezogen wirst. Hast du Lust, mich auf den Markt zu begleiten, bis die Typen wieder verschwunden sind?«

Nachdem Greet Rikes Fahrrad untergestellt hatte, hakte sich die kleine Frau bei ihr ein und berichtete von den abstrusen Anschuldigungen, die auch schon im vergangenen Jahr eingegangen waren. »Die können sich denken, dass Hendrik eine weiße Weste hat, aber sie sind verpflichtet, diesen Behauptungen nachzugehen. In Amsterdam gibt es viele Leute, die eine Wohnung suchen und keine finden. Ich würde aber gern erfahren, wer hinter dieser Sache steckt … Auch wenn jemand uns nur einen Schreck einjagen möchte, ist ihm das gut gelungen. Karel ist völlig von der Rolle. Bullen, die plötzlich vor der Haustür stehen, erinnern ihn sofort an die Kriegszeit.«

»Hat Hendrik irgendwelche Feinde?«

»Nicht, dass ich wüsste. Aber komm, wir lassen uns den Tag nicht vermiesen!«

Schon von weitem wehten die Klänge einer Drehorgel vom Markt zu ihnen herüber. Rike passte ihre Schritte der Melodie an und erzählte Greet von ihrem verrückten Traum. Greet sah grimmig drein. »Wie es aussieht, werden wir tatsächlich das Tanzbein schwingen müssen. Hendrik hat diesen Notar gestern Abend erreicht und meinte, es sähe gut aus.«

»Ich hoffe, dass ich dabei sein kann.«

»Wir machen einen Deal«, sagte Greet. »Du machst an meiner Stelle bei dem Quatsch mit, und ihr lasst mich in Ruhe.«

»Kommt nicht in Frage«, sagte Rike. »Wir haben bestimmt eine Menge Spaß zusammen.«

Auf dem Markt standen die bunten Stände dicht an dicht.

»Hast du ein spezielles System bei deinen Marktbesuchen?«

Greet schüttelte den Kopf. »Eine Reihe nach der anderen. Und solltest du eine Idee fürs Abendessen haben, lass es mich wissen.«

Im nächsten Moment wurden sie von dem Menschenstrom mitgezogen, vorbei an Kleiderständern mit Kittelschürzen und Paillettenshirts, üppigen Fisch- und Käseangeboten, überquellenden Brotkörben, Blumen, Pflanzen und bunten Stoffrollen. Rike ließ sich treiben, Greets weißen Haarschopf stets im Augenwinkel. Sie genoss es, den breiten Amsterdamer Dialekt zu hören, der aus jedem S ein dreifaches machte, und blieb immer wieder stehen, um den schlagfertigen Sprüchen der Verkäufer zu lauschen.

Vor einem bunten Gemüsestand zog Greet sie am Ärmel. »Schon eine Ahnung, was wir kochen könnten?«

Rike wollte schon verneinen, als ein Berg roter Zwiebeln sie auf eine Idee brachte. »Wie wäre es, wenn ich einen *Flammkuchen* mache? Das ist eine Spezialität aus dem Elsass, schmeckt köstlich und lässt sich mit links zubereiten.«

»Das klingt sehr deutsch«, sagte Greet skeptisch. »Ich sage das wegen Karel, der Probleme hat mit allem, was mit diesem Land zusammenhängt.«

»Dann verwenden wir die französische Bezeichnung: *Tarte flambée.*« In wenigen Sätzen erklärte sie Greet, was sich hinter dem Namen verbarg, und sie einigten sich auf die traditionelle Variante mit Zwiebeln und Speck.

Während sie anstanden, wurden sie Zeugen eines Telefongesprächs, das eine ausladende Frau neben ihnen führte. »Schätzchen, wie oft habe ich dir schon gesagt, dass du die Finger von *Löwen* lassen solltest? Sie sind arrogant, herrschsüchtig und stur.« Sie schnauft. »Was? Leidenschaftlich? Wenn es darum geht, einen Streit vom Zaun zu treten, gebe ich dir recht. Das kann dieser Kerl gut.« Sie sah Rike an. »Meine Tochter«, zischte sie. »Ach … Verspielt? Das nennst du positiv? Liebes, darf ich dich daran erinnern, dass er dein ganzes Geld im Kasino auf den Kopf gehauen hat?« Sie rollte die Augen. »Nein. Wenn du meine bescheidene Meinung hören willst: Er ist ein unberechenbarer Saftsack.«

Während das Telefonat in die nächste Runde ging, dachte Rike an Edgar, der ebenfalls im Zeichen des Löwen geboren war. *Stur* konnte sie unterschreiben, den Faktor *unberechenbar* neuerdings auch. Und *verspielt* … Na, vielleicht in der Anfangsphase ihrer Beziehung, wenn man sie eng begrenzte. Doch zum weiteren Grübeln kam sie nicht. Nach einer letzten Schimpftirade steckte die Frau das Handy in die Tasche und führte die Unterhaltung mit ihr persönlich fort.

»Trau niemals einem Löwen, meine Liebe!« Sie blickte finster auf die Kartoffeln. »Ich habe es von Anfang an gesagt, aber was *Mama* von sich gibt, ist bekanntlich egal. Das ist nichts Neues. Ja, ein Pfund Bohnen und fünf Möhren!« Letzteres richtete sich an den Gemüseverkäufer. »Schon der letzte Kerl war ein Griff ins Klo. Na, und rate mal, wann *der* geboren wurde. Ganz genau. Soll ich dir verraten, was der Typ gestern zu ihr gesagt hat? Fünf Paprika. Aber nur rote! Er hat doch tatsächlich gemeint, dass er … und zwei Zucchini.«

»Das liegt aber nicht am Sternzeichen, schöne Frau«, mischte der Verkäufer sich ein. »Mein Großer ist Löwe und durch und durch Gentleman. Vielleicht hat deine Tochter einfach einen Riecher für *Klerelijers* im Allgemeinen. Darf es sonst noch was sein?«

Rike sog jede Silbe der Unterhaltung mit Wonne ein und wünschte sich mehr denn je, dass Edina dieses Schimpfwort irgendwann in seiner natürlichen Umgebung kennenlernen würde. Doch nun war die Vorstellung zu Ende: Die Frau zahlte, packte zusammen und verschwand murrend in der Menschenmenge.

»Jetzt bin ich reif für einen Kaffee«, seufzte Greet, als das Gewünschte im Korb lag. Sie zeigte auf einen freien Tisch vor einem Lokal am Rand der Straße. »Wollen wir?«

Auch Rike war froh, eine Pause einlegen zu können. Doch kaum hatten sie sich gesetzt, spürte sie Greets Lehrerinnenblick auf sich ruhen. »Was ist?«

»Das würde ich gern von dir erfahren.«

Plötzlich fühlte Rike sich wie eine Schülerin, die zum wiederholten Mal zu spät gekommen war, und sie begriff, dass Greet sich diesmal nicht mit einer Ausrede abspeisen lassen würde. »Du meinst, warum ich nicht in … Dijon bin?«

»Dijon …« Greet bedankte sich bei der Bedienung und schob eine der Tassen zu Rike hinüber. »Tut mir sehr leid, aber ich kaufe dir die Geschichte nicht ab. Weißt du, ich hatte auch schon Pech mit Beziehungen. Da erkennt man Artgenossinnen auf den ersten Blick. Also, was ist zwischen dir und diesem … Edgar vorgefallen?« Zwei kluge, graue Augen musterten sie. »Und warum fällt es dir so schwer, deinen Kummer zu zeigen? Glaub mir, es macht dich nicht weniger liebenswert, wenn du anderen davon erzählst.«

Greets direkte Art brachte Rike ins Schleudern. Sie hatte sich mittlerweile so mit ihrer Notlüge identifiziert, dass es ihr schwerfiel, sich die Wahrheit einzugestehen. Doch zu ihrer großen Überraschung tat es ihr gut, mit dem Versteckspielen aufzuhören. »Dann zog er die Tür hinter sich zu, und seitdem habe ich nichts mehr von ihm gehört«, schloss sie ihren Bericht.

Greet, die aufmerksam zugehört hatte, nickte. »Mach dir bloß keinen Vorwurf, dass du in dem Moment nicht nach dem wahren Grund seines Abhauens gefragt hast. Aber es wäre ein wichtiger Schritt, dich wegen dem, was passiert ist, nicht zu schämen oder dich gar als Frau in Frage zu stellen.« Sie drückte Rikes Hand. »Glaube mir, ich kenne diese Situation. Als mein zweiter Mann ging, hatte ich das Gefühl, komplett gescheitert zu sein. Auch die guten Zeiten unserer Ehe waren mit einem Mal verschwunden. Ich fühlte mich wie ein alter, nasser Putzlappen, der in die Ecke geworfen worden war.« Sie trank ihre Tasse aus. »Da war ich in etwa so alt wie du.«

»Hast du danach noch jemanden kennengelernt?«

»Viele. Aber von festen Beziehungen hatte ich die Nase voll. Guter Sex ist das Einzige, was mir fehlt. Daher lache ich mir immer wieder einen Mann für gewisse Stunden an.«

Rikes Gesicht sprach anscheinend Bände, denn Greet lachte laut. »Kopfkino, mhm? Nein, es ist nicht so, wie du dir das gerade ausmalst. Inzwischen geht es mir um ganz andere Dinge. Mein derzeitiger ist ein Mann, der mir einfach guttut und mich nachts träumen lässt, dass ich wieder dreißig bin. Oder sechzig. Je nachdem.« Sie stellt ihre Tasse auf den Tisch. »Im Internet habe ich es auch mal versucht und mich mit einem getroffen. Der Kerl hatte behauptet, er sei fünfundsechzig und Lehrer. Dabei war er siebenundsiebzig!« Sie grinste. »Okay, auch ich hatte mich jünger gemacht. Aber ansonsten bin ich ehrlich geblieben. Er hingegen war irgendwo Sachbearbeiter gewesen, betonte aber stets, er sei ein *Lehrer des Lebens und der Liebe*, und hat mir immer wieder die Hand aufs Knie gelegt. Den Nachtisch habe ich noch mitgenommen, aber dann schnell das Weite gesucht. So groß war der Notstand dann doch nicht.«

»So etwas würde ich mich nie trauen!«

»Ich würde es auch nicht mehr machen, obwohl ich Leute kenne, bei denen es funktioniert hat. Aber zum Glück habe ich auch ohne Onlinebörsen nette Männer kennengelernt. Denn diese Art von Nähe, die direkten Berührungen tun mir gut, verstehst du? So, wie es jetzt ist, passt es für beide. Wir machen keine Versprechungen, die wir nicht halten können, und treffen uns, wenn uns danach ist. Nur meine Tochter sollte nichts davon erfahren.«

»Wieso das?«

Greet beugte sich verschwörerisch zu Rike herüber. »Ab einem bestimmten Alter ist es wichtig, unauffällig zu leben. So zu wirken, als hätte man alle Tassen im Schrank, verstehst du? Saskia war schon beunruhigt, dass ich mit zwei alten Schulfreunden zusammengezogen bin. Das findet sie nicht *normal*. In meinem Alter sollte eine Frau hinter den Topfpflanzen am Fenster sitzen, hinausschauen und stricken. Oder Kreuzworträtsel lösen. Ein falsches oder vergessenes Wort und ich stehe auf ihrer Demenzliste. Immer wieder droht sie mir, einen Platz im Pflegeheim zu suchen. Aber glaube mir: Eher springe ich bekifft in die nächste Gracht.«

»Und was sagen Hendrik und Karel zu deinen Liebschaften?«

Greet hob alarmiert die Brauen. »Kein Wort zu den beiden! Sonst ziehen sie mich damit auf, bis ich in der Kiste liege. Die würden darüber noch bei meiner Trauerfeier Scherze machen.« Wieder nahm sie Rikes Hand. »Aber jetzt erzähl du mal weiter. Warum diese Wut auf Edgar? Im Grunde hast du ihm einen Blankoscheck ausgestellt, den er jetzt für sich in Anspruch nimmt.«

»Er könnte sich wenigstens mal melden!«

»Habt ihr das vereinbart?«

»Nein. Aber so was macht man doch, oder?«

»Halt!« Greet hob die Hand. »*Du* würdest das machen. Er jedoch nicht, wie du jetzt siehst. Das ist ein Unterschied.«

»Und wie soll ich mich deiner Meinung nach verhalten? Das Ganze begrüßen?«

»Wie du es letztendlich beurteilst, ist deine Sache. Es hat ohnehin keine Auswirkung auf die Situation. Wie wäre es, wenn du dir selber eine Auszeit gönnst und Sachen unternimmst, die dir guttun? Und ganz unter uns: Er hat doch sicher genug Marotten, auf die du gern eine Weile verzichten kannst, oder?«

Rike starrte auf das Pflaster vor ihren Füßen. Zu ihrem Erstaunen – oder war es Entsetzen? – gab es einige: allein schon das ewige Jammern über die zu korrigierenden Arbeiten, sein Ordnungswahn im Badezimmer und seine Sukkulentensammlung, die er besser pflegte als seinen Freundeskreis. Ganz abgesehen von den Besuchen bei seinen Eltern, pensionierte Lehrer, die nicht müde wurden, Rike darauf hinzuweisen, dass sie im Schuldienst wesentlich besser aufgehoben wäre. Zwei Menschen, die bisher keine Ahnung hatten, dass ihr geliebter Edgar … ausgezogen war? Eine andere hatte?

Sie spürte, dass Greet richtig lag, als sie von *Wut* sprach. Vorhin hatte sie es noch durch Trauer ersetzen wollen, doch das entsprach nicht der Wahrheit. Sie war *wütend* auf diesen Kerl, der sich mit einer scheinheiligen Begründung aus dem Staub gemacht und sie verunsichert zurückgelassen hat.

Wie würde es weitergehen, wenn sie nach Hause kam? Hatte sie überhaupt noch ein Zuhause? Ein Gefühl von Verlorenheit ließ unscharfe Erinnerungen aufblitzen. Bevor sie aber konkreter werden konnten, stürzte Rike aus dem Lagerhaus, knallte die Tür ins Schloss und lehnt sich mit dem Rücken dagegen. Nicht jetzt. Nicht hier.

»Du hast recht. Marotten gibt es zuhauf«, sagte sie mit dünner Stimme.

»Veränderungen verursachen Angst, Henrike. Doch ohne sie kann man das Glück nur aus der Ferne betrachten.« Greet lächelte. »Und wer weiß, vielleicht läuft dir dieser Typ mit dem grünen Pulli noch mal über den Weg. Das wäre doch was, oder?«

*

»Geht es wieder?« Hendrik beobachtete seinen Freund mit Sorge. Seit Karel den Beamten die Tür geöffnet hatte, schien er um Jahre gealtert zu sein. Auch er war erschöpft von den Ereignissen, doch für Karel kamen andere Aspekte hinzu. Aufgrund seiner Widerstandsaktivitäten im Zweiten Weltkrieg hatte er oft untertauchen müssen, und unerwartete Konfrontationen mit Polizisten und Soldaten lösten bis heute Angstzustände bei ihm aus, die tagelang anhalten konnten.

»Ich bin ans Meer gefahren.« Karel schaltete den Wasserkocher ein. »Eigentlich wollte ich ein Stück am Strand entlanggehen, aber nach den ersten Schritten im weichen Sand hat mein Körper mich daran erinnert, dass ich ein alter Knacker bin. Also war ich vernünftig, habe mich in ein Café mit Blick auf die See gesetzt und versucht, die Bilder aus meinem Kopf zu vertreiben. Zum Glück trugen die Kerle keine Uniform. Möchtest du auch einen Tee?«

»Gern.« Hendrik dachte an die Nächte, die er schon mit Karel teetrinkend am Fenster verbracht hatte. Er hatte immer wieder Phasen, in denen die Kriegserinnerungen so präsent waren, dass er schreiend aus Albträumen erwachte, in denen die Gestapo ihm auf den Fersen war. Karel hatte nie viel von diesen Jahren erzählt, doch was Hendrik erfahren hatte, reichte, um sich vorzustellen, wie schlimm es für ihn gewesen sein muss.

»Als die Typen wieder weg waren, habe ich mich um unseren Tanzkurs gekümmert«, sagte Hendrik. »Leendert hatte mich zwar vorgewarnt, dass dieser Notar recht zugeknöpft sei, aber das war noch untertrieben. Erst als das Gespräch auf Australien gekommen ist, taute er langsam auf.«

»Wie bist du denn auf Australien gekommen?«, fragte Karel verwundert. »Willst du den Tanzkurs dort veranstalten?«

»Ach, was man halt so redet. Jedenfalls stellte sich heraus, dass van der Woude schon mehrmals in der Gegend war, wo ich damals gelebt habe. Lange Rede, kurzer Sinn: Übermorgen um sieben geht es los. Ich habe die Interessenten schon angerufen, und bis auf einen können alle kommen.«

»Da wird Greet sich aber freuen!« Karel stellte Tassen und Teekanne auf den Tisch und setzte sich Hendrik gegenüber. »Und was ist mit Henrike? Wurde die auch von den Bullen verhört?«

»Greet wollte sie abfangen und mit ihr zum Markt gehen. Die beiden kommen sicher bald zurück.«

»Tut mir leid, dass ich mich wegen Henrikes Besuch so blöd benommen hab. Sie ist wirklich nett und erinnert mich sogar ein bisschen an deine Cisca.« Karel blickte ihn an. »Ich habe gesehen, dass du ein Foto von ihr aufgestellt hast. Dafür ist das von Katrien verschwunden …«

»Dir entgeht nichts, oder?«

Karel grinste. »Das kann man sich als Fensterputzer nicht leisten.« Er schenkte ihnen ein. »Wenn ich daran denke, wie ich als Jungspund die Leiter rauf- und runtergeklettert bin … Jetzt japse ich schon beim Treppensteigen.«

Hendrik lachte. »Ja, du hast den Affen Konkurrenz gemacht.« Auch der berufliche Aufstieg war Karel gelungen. Nach seiner Lehre hatte er eine Blitzkarriere hingelegt und war nach einigen Jahren zum Chef der Reinigungsfirma avanciert.

»Wir kommen vom Thema ab. Was hat es mit dem neuen Bild auf sich, Hendrik? Hast du dich nach all den Jahren endlich für Cisca entschieden?«

War das so? Beim Austauschen der Fotos hatte er sich darüber keine Gedanken gemacht. Aber Karel hatte recht. Zudem handelte es sich nicht um irgendeine Aufnahme von Cisca, sondern um das Bild, das an ihrem einzigen gemeinsamen Tag am Strand gemacht wurde. Kurz bevor die Zeit gekommen war, an dem sein Leben geendet hatte und dennoch weitergegangen war.

»Durch Henrikes Anwesenheit ist mir klar geworden, wie sehr Cisca mir gefehlt hat und wie lange ich das nicht wahrhaben wollte«, sagte er leise. »Sogar die Auswahl der Fotos habe ich mir von den Moralvorstellungen diktieren lassen.«

»Dieses verdammte Wertesystem hat vieles auf dem Gewissen«, sagte Karel verächtlich. »Als ich heute in dem Café saß, fiel mir ein, dass ich dort auch mal mit meinem Hans war. An einem seiner *mutigen* Tage. Schade, dass ihr ihn nie kennengelernt habt. Aber seine Angst, seine Familie zu verlieren, war so groß, dass ich mich nicht mal getraut habe, es vorzuschlagen.« Er schüttelte den Kopf. »Und dabei leben wir in Amsterdam! Wenn das hier nicht möglich ist, wo dann?«

»Er fehlt dir immer noch, oder?«

Karel nickte. »Dieses Haus ist so voller Erinnerungen an ihn, dass ich an manchen Tagen erwarte, dass er gleich zur Tür hereinkommt. Hier konnten wir, wenn auch nur zeitweise, zwanglos miteinander leben. Du wirst lachen, aber immer wenn ich Spiegeleier brate, höre ich seine Stimme. *Lass die Ränder nicht anbrennen, Karel,* sagt er dann. An Tagen, an denen ich wütend auf ihn bin, weil er so plötzlich gestorben ist, lasse ich sie extra lange in der Pfanne.« Er seufzte. »Er fehlt an allen Ecken und Enden.« Er sah Hendrik an. »Weißt du was? Greet macht es genau richtig. Die angelt sich hin und wieder einen netten Mann, verbringt gelegentlich die Nacht bei ihm und erzählt uns, dass sie bei einer Freundin schläft.«

Hendrik lachte. »Ich weiß. Das mit der Freundin erwähnt sie etwas *zu* explizit. Ich habe die beiden mal beim Chinesen sitzen sehen. Sie schienen sich richtig gut zu verstehen.«

»Hat sie dich entdeckt?«

»Nein! Ich bin gleich weitergegangen. Ich würde sie auch niemals darauf ansprechen. Das würde sie nur verunsichern.«

»Das kann ich mir bei Greet zwar nicht vorstellen, aber du könntest recht haben.«

Sie hörten, wie die Haustür geöffnet wurde. »Wenn man vom Teufel spricht …« Er zwinkerte Karel zu. »Kein Wort!«

Im nächsten Moment kamen Greet und Henrike herein. »Es gibt was Gutes zum Abendessen«, sagte Henrike, während sie den Korb auf die Anrichte hievte. »Ich mache uns Flamm … Tarte flambée!«

Greet hingegen musterte Karel und Hendrik. »Ihr guckt, als könntet ihr kein Wässerchen trüben … Heckt ihr irgendetwas aus?«

Zwei Backbleche später saßen sie satt und zufrieden vor den leeren Tellern.

»Danke, es war köstlich. Dabei hatte ich dich heute schick zum Essen einladen wollen …« Hendrik sah Henrike wehmütig an. »So viel Zeit haben wir schließlich nicht. Wann musst du denn wieder fahren?«

»Vorerst bleibe ich hier. Vielleicht tanzen wir sogar noch zusammen. Hast du diesen Notar erreicht?«

»Ja!« Hendrik spürte, wie seine Lebensgeister zurückkehrten. »Übermorgen um sieben geht es los. Alle, bis auf einen, können kommen.« Er zögerte. »Hat dein Partner nichts dagegen, dass du noch bleibst? Ich könnte mir vorstellen, dass du ihm fehlst.«

»Edgar ist viel zu beschäftigt, um sich um sie zu kümmern.« Greet zwinkerte Henrike zu. »Aber dieser Kurstermin ist denkbar ungünstig. Übermorgen habe ich abends bereits was vor. Wirklich schade …«

»O nein!« Karel sah sie streng an. »Das wurde ausgeflippert, und die Entscheidung steht!«

»Ausgeflippert?« Henrike sah von einem zum anderen. »Ist das ein Geheimcode?«

Nachdem Hendrik sie aufgeklärt hatte, strahlte Henrike. »Ob wir mal eine Runde spielen könnten? Das habe ich seit Ewigkeiten nicht mehr gemacht.«

10.

Die WG-Bewohner hatten sie zwar souverän auf den vierten Platz verwiesen, doch auf dem Heimweg wurden Rikes Gedanken in ein Flipperspiel ganz anderer Art verstrickt. Als würde die Spielkugel nun durch ihren Kopf flitzen, blitzten Assoziationen auf, grelle Lichter, die so schnell erloschen, wie sie aufgeflammt waren, und es ihr unmöglich machten, sie zu benennen. Erst als sie um die letzte Straßenecke fuhr, kamen Gesprächsfetzen und Klänge hinzu, und die Zusammenhänge wurden allmählich konkreter.

Froh, niemanden vorzufinden, warf sie Tasche und Jacke auf einen Küchenstuhl und nahm sich ihr Notizbuch vor, bevor die Gedanken wieder verschwinden konnten. Dann konzentrierte sie sich auf die Stimmen und Geräusche, bis sie einen Sinn ergaben:

Ein halbes Jahr später verliert Papi die neue Arbeit. Die Stimmung ist schlecht, das Geld knapp. Mami sucht sich eine Stelle und hat bald zwei: Papi fühlt sich nicht zum Hausmann berufen, was bedeutet, dass der Haushalt am Abend wartet. Der überquellende Korb mit Schmutzwäsche riecht muffig, das Leben besteht aus dicker Luft. Du versuchst zu helfen, schälst Kartoffeln und schneidest

Gemüse. Doch das kann die erbitterten Streitgespräche am Abend nicht abwenden.

Du liegst im Bett und hörst, wie der Streit im Wohnzimmer an Fahrt aufnimmt. Wenn er kurz verstummt, zählst du leise. Bleibt es bis fünf ruhig, wird alles gut, sagst du dir. Doch du täuschst dich. Immer wieder.

An Samstagen zählst du nicht bis fünf, da ist die Zahl drei von Bedeutung: blau für Milch, rot für Buttermilch und grün für Joghurt. Bis heute hast du die Farben der Alukappen parat, auf den Flaschen, die du zu den Kunden trägst.

Sobald der Milchmann alles auf den Wagen gestapelt hat, geht es los. Die kleine Karre hat drei Räder, die schmale Sitzbank ist im Freien. Der Motor knattert, die bimmelnden Flaschen auf der Ladefläche spielen eine eigene Melodie. Oft ist es kalt, doch die Aussicht, abends reich zu sein, wärmt dich besser als die dickste Jacke.

Die Tour ist getaktet, die Kundenwünsche sind bekannt, alles verläuft nach festem Plan. Den Drahtkorb mit den Bestellungen in der Hand, drückst du die Klingel, hörst, wie die Schnur im Treppenhaus sich spannt, bis die Haustür aufspringt. Die Treppen sind steil, aber der Satz »Und das ist für dich!« verleiht dir Flügel. Immer wieder fasst du in die Hosentasche, lässt die Münzen durch die Finger gleiten, schätzt ab, wie viel bereits zusammengekommen ist.

Gegen halb eins ist alles erledigt, der letzte Halt ist die Snackbar. Ein Ort voller Köstlichkeiten, die sonst unerreichbar sind. Jetzt darfst du dir an der Theke etwas aussuchen und entscheidest dich für Pommes mit Mayo und eine Krokette. Während die Sachen frittiert werden,

lauschst du den Kunden. Jeder kennt jeden, und der Milchmann ge-
hört zum Viertel wie die Kirche gegenüber.

Nach dem Essen folgt ein weiteres Highlight: Der Milchmann
spendiert eine Runde am Flipper. Aufgrund deiner Größe fällt es
dir schwer, den umherflitzenden Kugeln zu folgen. Doch die Punk-
tezahl ist Nebensache, die Töne, das Aufleuchten der Bumper und
Slingshots sind aufregend genug. Außerdem bist du reich.

Mami wartet mit einer Tasse Tee und fragt, was du erlebt hast.
Du erzählst ihr von seltsamen Kunden und bringst sie zum Lachen.
Währenddessen wächst die Vorfreude, endlich das Geld zu zäh-
len.

Rike las die hastig geschriebenen Zeilen. Flippern und das Gefühl, reich zu sein, gehörten damals untrennbar zusammen. Selt-
samerweise stellten sich keine Bilder ein, wie sie die Münzen aus
der Hosentasche genommen und gezählt hat. Doch das Gefühl
von Sicherheit, das von diesen kleinen Geldsummen ausgegangen war, hatte sich so tief in ihr Bewusstsein gegraben, dass es
bis heute zwingend für sie war, etwas auf der hohen Kante zu
haben.

Apropos Geld. Sie griff in das Seitenfach ihrer Tasche, um nach-
zusehen, wie viel Bargeld sie noch hatte. Doch es war ein Griff ins
Leere. Alles, was ihre Finger berührten, war glattes Seidenfutter.
Bestürzt stellte sie den kleinen Lederrucksack unter die Hän-
gelampe und sah hinein. Eine Packung Taschentücher, Kugel-
schreiber, Bonbons, ein Lippenstift, alte Kassenzettel. Im nächsten Moment hatte sie den Inhalt auf den Tisch gekippt, doch ihr
Portemonnaie war nicht dabei.

Während sie hektisch die Taschen ihrer Jacke durchsuchte,

dachte sie mit Entsetzen an die Dokumente, die ebenfalls verloren wären, an die vielen Anträge, die sie zur Wiederbeschaffung würde stellen müssen, dass sie auf der Stelle nach Hause fahren sollte, aber war das ohne Ausweis überhaupt – stopp!

Sie atmete tief ein und aus, ein und aus. Wo war sie heute gewesen, wann hatte sie den Geldbeutel aus der Tasche genommen? Sie ließ den Tag Revue passieren, bis sie sich mit Greet am Gemüsestand stehen sah. Dort hatte sie die Zwiebeln bezahlt. Und dann? Einen Anruf später war klar: Sie hatte den Geldbeutel zu den Einkäufen gelegt, und nun lag er sicher auf Hendriks Schreibtisch.

Erleichtert, dass sich alles zum Guten gefügt hatte, schloss Rike das Notizbuch. Ein seltsames Experiment, das Greet ihr da vorgeschlagen hatte. Noch war sie sich nicht im Klaren darüber, ob sie das Mädchen von damals wirklich in ihr Leben lassen wollte.

II.

Am nächsten Tag erkannte Rike rasch, dass es keine Frage ihrer Bereitschaft war, sondern Versionen ihres jüngeren Ichs sie bereits auf Schritt und Tritt begleiteten. Wie das Mädchen, das sie soeben auf dem Weg in die Innenstadt überholt hatte, das halblange Haar offen im Wind, das lächelnde Gesicht der Sonne entgegengestreckt.

Während Rike ihr nachsah, dachte sie an die Zeit, als sie dreizehn war und den Kopf voller Wünsche und Träume hatte. Eine richtige Urlaubsreise stand weit oben auf der Liste, zarte Bande mit dem Jungen im grünen Pulli sowie eine knallenge weinrote Cordhose, wie er eine trug. Doch als sie sich die Hose endlich kaufen durfte, wurde sie von ihrem Vater begleitet. Eigenmächtig entschied er, dass sie schön locker sitzen sollte, alles andere wäre ja unbequem. Sie hatte ihn dafür gehasst.

Überhaupt drehte sich damals alles ums Aussehen. Sie war mit ihrem Äußeren sehr unzufrieden: Ihre Haare hatten einen langweiligen köterbraunen Ton, die Brüste waren zu klein und die Beine zu dünn. Zudem stand ständig die Frage im Raum, ob sie *ihm* gefiel, ob der Blick, den er ihr im Vorbeigehen zugeworfen hatte, interessiert oder gleichgültig gewesen war. Und es ging darum, was sie anziehen sollte, in der Schule oder zu einem Fest. Die zu weite Cordhose ganz sicher nicht.

Die WG-Mitglieder hatten ihre Garderobe ebenfalls mit Sorgfalt ausgewählt und standen wartend vor der Tür. Hendrik trug einen schicken Trenchcoat aus dunklem, changierendem Stoff, Greet hatte sich für ein zartblaues Kostüm entschieden. Ihr weißer Haarschopf erinnerte Rike heute an Zuckerwatte.

Karel fiel aus dem Rahmen. In der schwarzen Lederjacke glich er einem alten, schlecht gelaunten Rocker. »Jedes Mal dasselbe Theater.« Er nestelte an seiner Krawatte. »Nächstes Jahr überlege ich mir das gründlich.«

»Nächstes Jahr sind wir vielleicht alle schon unter der Erde«, sagte Hendrik. »Nelis freut sich, dass wir kommen, und damit basta.« Er reichte Rike ihren Geldbeutel. »Cornelis, ein alter Freund von uns, hat Geburtstag, und ja, es ist immer eine etwas zähe Veranstaltung, aber wir werden es überleben. Was hast du heute noch vor?«

»Ich werde mich durch die Stadt treiben lassen, im Café sitzen, lesen und den Passanten zugucken.«

»Du hast es gut«, seufzte Karel.

Greet zwinkerte Rike zu. »Klingt nach einem perfekten Sonntagsprogramm. Vielleicht triffst du sogar den Knaben mit dem grünen Pulli wieder. Ich drücke dir die Daumen …«

»Wer weiß?« Rike machte einen Schritt zur Seite, um dem heranfahrenden Taxi Platz zu machen. »Habt einen schönen Tag und bis morgen Abend. Ich komme vor der Tanzstunde hierher. Ist das okay?«

»Mehr als okay.« Hendrik schloss Rike in die Arme. »Ich freue mich so, dass du mit dabei bist. Pass auf dich auf!«

Sie winkte den dreien nach, dann radelte Rike an der Prinsengracht entlang. Es war einiges los. Viele Geschäfte hatten geöffnet, und sie war froh, dass der Tag fast wie ein normaler Werktag wirkte. Sie hasste Sonntage.

Vor dem Anne-Frank-Haus wartete eine Menschenschlange auf Einlass. Wäre sie mit Edgar unterwegs, würden sie ebenfalls irgendwo anstehen. Wie vor Jahren, als sie gemeinsam in Amsterdam gewesen waren und er im Vorfeld einen genauen Plan erstellt hatte, was sie wann besichtigen sollten. *Sich treiben lassen*, kam in Edgars Wortschatz nicht vor, und wieder wurde Rike klar, dass sie ihn nicht vermisste.

An der nächsten Ampel meldete sich ihr Handy. »Du rätst nie, wen ich gestern Abend getroffen habe«, fiel Edina mit der Tür ins Haus. »Never!«

»Dann versuche ich es erst gar nicht. Erzähl.« Während sie die Rosengracht überquerte, erzählte Edina von einem ehemaligen

Schüler aus der Parallelklasse, in den sie in der neunten Klasse schrecklich verliebt gewesen war und den sie nun in einer Bar in Philadelphia getroffen hatte. »Stell dir vor, was er mir gleich zu Beginn gebeichtet hat: Er sei damals total verknallt in mich gewesen! Ist es nicht tragisch, das vierzig Jahre später zu erfahren? Ich habe manchmal vor Sehnsucht kaum schlafen können.«

»Sieht er immer noch gut aus?« Rike versuchte, sich das Gesicht von diesem Harald vor Augen zu holen. In jenen Tagen ein Sunnyboy mit Lockenkopf.

»Na ja … Wenn ich ehrlich bin, fand ich ihn zu geschniegelt, und er scheint viel Zeit im Solarium zu verbringen. Zudem betonte er so oft, wie toll sein Leben sei, dass ich es ihm am Ende nicht mehr abgenommen habe.«

»Und – wirst du ihn wiedersehen?«

»Er würde gern, aber ich lasse die Finger davon. Ich wüsste nicht mal, worüber wir einen ganzen Abend reden sollten.« Ein tiefer Seufzer drang in Rikes Ohr. »Und du? Treibst du dich mit den alten Herrschaften herum?«

»Die haben heute etwas anderes vor. Ich schau mal, wo es mich hinverschlägt. Planlos zu sein ist wunderbar.«

»Was macht das Selbsterforschungsprogramm à la Greet? Schon viel geschrieben?«

Rike wusste, warum Edina als Unternehmensberaterin so erfolgreich war: In Gesprächen entging ihr nichts, egal, wie geschickt man es in einem Nebensatz tarnte. »Ich habe mir mal ein paar Dinge notiert, aber ich weiß nicht, ob sich die Mühe lohnt.«

»Kein Aber. Es wird dir guttun. Dieser Umzug damals war eine harte Nuss. Wer weiß, was noch alles zum Vorschein kommt.«

Genau das war der Punkt. Rike sah keinen triftigen Grund, längst Vergessenes ans Tageslicht zu zerren. »Ich schau mal, wie es sich entwickelt«, wich sie aus.

»Hast du das Notizbuch dabei?«

»Ja, wieso?«

»Das ist ein Zeichen, dass du schreiben möchtest. Trau dich!«

Schon beim Aufwachen hatte Rike sich gefragt, wie es sein würde, durch die Straßen und Gassen zu gehen, die früher für sie von Bedeutung gewesen waren. Würde sie diese Gefühle nach all der Zeit noch nachvollziehen können?

Nach Stunden des Umherschlenderns stellte sie fest, dass Amsterdam sich gewandelt, einen anderen Rhythmus bekommen hatte, so wie sie nicht mehr das Mädchen war, das sich hier früher herumgetrieben hatte. Und Edina lag mit ihrer Annahme richtig: Die Rasanz, mit der der Umzug damals vonstattengegangen war, hatte sie nie richtig mit Amsterdam abschließen lassen.

An jeder bekannten Ecke kamen weitere Bilder an die Oberfläche. Daher ließ Rike ihr ursprüngliches Ziel, die große Buchhandlung am Spui, links liegen und ging auf das Café gegenüber zu. Die Tische draußen waren alle besetzt, doch im Wintergarten gab es noch freie Plätze. Sie bestellte einen Kaffee und legte das Notizbuch vor sich hin. Die Lagerhaustür war heute nur leicht angelehnt.

Alles beginnt mit einer Anzeige, die Papi in einer Zeitschrift findet. Er hat inzwischen zweimal seine Arbeitsstelle verloren und studiert nun. Er kommt in dein Zimmer und fragt nach dem Schulatlas, um einen deutschen Ort ausfindig zu machen. Der Papi, der stets betont, nie wieder in dieses Land reisen zu wollen. Du hast keine Lust, dich damit zu beschäftigen. Du schreibst am nächsten Tag einen Englischtest. Das ist wichtiger.

Doch er bewirbt sich und wird zu einem Vorstellungsgespräch eingeladen. Bereits am zweiten Abend ruft er begeistert an: Die Stelle sei perfekt, die Gegend schön und die Dienstwohnung groß. Er könne im Januar anfangen.

Bis dahin sind es nur zwei Monate. Und sechs bis zu deinem fünfzehnten Geburtstag.

Diese Nachricht stellt alles auf den Kopf. Mami erhebt Einspruch gegen den Umzug und lässt nichts unversucht, Papi die Idee auszureden. Bis sie aus heiterem Himmel ihre Meinung ändert und doch einverstanden ist. Dieser Sinneswandel ist dir ein Rätsel, und dir wird klar, dass sich dein Leben gravierend verändern wird. Das ist einerseits spannend, andererseits macht es dir Angst. Es ist ein bisschen so, als würdest du Achterbahn fahren. Ohne zu wissen, wann die Fahrt zu Ende sein wird.

Du würdest alles dafür geben, die verbleibenden Stunden dehnen, die Tage langziehen zu können, damit dir genügend Zeit bleibt, dich von Menschen und Dingen zu verabschieden, die dir wichtig sind. Doch sie lässt sich auf keinen Deal ein.

Du gehst durch die Stadt, die du bald verlassen musst, streifst durch die Gassen der Jordaan und lauschst den Klängen des Carillons der Westerkerk. Du steigst die ausgetretenen Stufen der alten Bibliothek hinauf, besuchst dein Lieblingsantiquariat und gehst an den hohen Regalen vorbei, atmest den vertrauten Geruch, eine Mischung aus

Büchern, Holz und Staub, ein, damit du dich für immer daran erinnern wirst.

Im Zoo zeigst du deine Jahreskarte ein letztes Mal vor, machst einen Abschiedsbesuch beim Plumplori im Nachttierhaus und schaust beim Gila-Monster vorbei, das regungslos in seinem Wüstenterrarium döst. Du flüsterst ihnen zu, dass du bei nächstmöglicher Gelegenheit wieder zu Besuch kommst. Wobei du keine Ahnung hast, wann das sein wird.

Und dann passiert es: Der Junge mit dem grünen Pulli bleibt stehen, schaut dich an und sagt: »Hallo!«

Du hast dir schon oft ausgemalt, wie es wäre, wenn ihr miteinander ins Gespräch kämt. Da gibt es den Fantasiefilm »Die Party«, bei dem schon im Intro Engtanzmusik erklingt und er dich zu diesen Klängen in den Armen wiegt. Auch der Streifen »Zufälliges Treffen mit Hunden im Park« ist beliebtes Kopfkino. »Hallo im Schultreppenhaus« fehlt bislang in der Sammlung.

Du bringst keinen Ton heraus, versuchst zu lächeln und könntest dich ohrfeigen, weil du dich wie eine Idiotin benimmst. Du schaust ihm nach, bis er verschwunden ist. Dann schwebst du zur Mathestunde weiter. Dort geht es um parallele Geraden, die sich im Unendlichen treffen. Doch in deinem Kopf wiederholt sich die Begegnung in Endlosschleife. Als der Lehrer wissen will, wo du mit deinen Gedanken bist, bleibst du stumm. Du kannst ihm schlecht erzählen, dass du diesen Linien etwas voraushast, dass du dich nicht erst im Unendlichen mit ihm treffen wirst, sondern sicher schon bald.

Bis dir am Ende der Stunde klar wird, dass du nach den Weihnachtsferien hier nicht mehr zur Schule gehen wirst.

Abgründe tun sich auf. Mit deinen Freundinnen schmiedest du Plä-
ne, wie du ohne Eltern in Amsterdam bleiben könntest. Doch die
Hoffnung währt nur kurz: Nirgendwo gibt es Platz für ein zusätz-
liches Bett.

Du verfluchst das Leben für sein mieses Timing.

Rike rührte in ihrem kalt gewordenen Kaffee. Noch heute konnte sie sich an dieses Kaleidoskop der Emotionen erinnern, Sehnsucht, Zuversicht und Unsicherheit in wilder Abfolge.

Mit einem Mal wird dir klar, wie absurd die Situation ist: Du bist
im Begriff, dich zu verabschieden, ohne zu wissen, was auf dich zu-
kommt. Eine Gratwanderung im Nebel, ein Seiltanz ins Ungewisse.
Erst nach dem Ankommen wirst du sehen, wo du gelandet bist. Da-
für musst du alles, was dir wichtig ist, eintauschen gegen Dinge, von
denen du weder Wert noch Funktion kennst.

So füllt sich das Lagerhaus unaufhaltsam. Du stellst dir vor, wie ein
alter Hausmeister die dir liebgewonnenen Details schweigend ent-
gegennimmt und sich mit den ihm anvertrauten Relikten entfernt.
Du möchtest ihm noch etwas sagen, dich erklären, doch er ist be-
reits im Halbdunkel verschwunden. Alles, was du hörst, sind seine
schlurfenden, leiser werdenden Schritte.

Ob sie die erwachsene Version dieses Jungen erkennen würde,
wenn er vor ihr stünde? Damals hatte er welliges, halblanges
Haar und war hoch aufgeschossen. Unwillkürlich ließ Rike den
Blick über die anderen Gäste schweifen. Bis sie einen hochgewachsenen Mann entdeckte, der sie von der Tür aus fixierte. Im

nächsten Moment stand er neben ihrem Tisch. »Ist hier noch frei?«

Rike stellte ihren Rucksack auf den Boden und klappte das Notizbuch zu.

»Tut mir leid, wenn ich Sie störe, aber alle Plätze sind belegt.« Er machte eine Handbewegung, die das ganze Café umfasste. Dann zeigte er auf das Buch. »Wie schaffen Sie es bloß, in diesem Trubel einen einzigen vernünftigen Satz zu schreiben?«

»Wer sagt denn, dass die Notizen etwas taugen?« Rike betrachtete ihn. Abgesehen von der Größe hatte er keinerlei Ähnlichkeiten mit ihrem früheren Schwarm. Aber ihr gefielen sein offenes Gesicht, die markante Nase und die dunklen kurzen Haare, die an den Schläfen schon grau wurden. Die blauen Augen hatten etwas Spöttisches. Obwohl es ihr sonst nicht leichtfiel, mit Fremden in Kontakt zu kommen, machte seine aufgeschlossene Art es ihr leicht, sich auf ein Gespräch einzulassen. »Hatten Sie in Ihrer Jugend zufällig eine Vorliebe für grüne Pullover?«

Sein Lachen ist tief und wohlklingend. »Tut mir leid, meine Lieblingsfarbe ist rot.« Er zeigte auf eine seiner knallroten Socken. »Schon immer gewesen. Warum fragen Sie?«

»Wegen der *vernünftigen Sätze*. Als ich aus Amsterdam wegzog, war ich hoffnungslos verliebt in einen Jungen, der oft grüne Pullis trug. Und vorhin fragte ich mich, ob ich ihn wohl wiedererkennen würde, sollte er meinen Weg kreuzen.«

»Sehe ich ihm denn ähnlich?«

»Abgesehen von Ihrer Größe … nein.«

»Aber jetzt haben wir uns kennengelernt. Das ist ja auch schön. Außerdem habe ich einen Sitzplatz.« Wieder ruhte sein Blick auf ihr. »Wo sind Sie damals denn hingezogen?«

»In den bayerischen Dschungel.« Rike zog eine Grimasse. »Was einem Umzug auf den Mond gleichkam. Jedenfalls landete ich in einer Gesellschaft, für die ich eine Außerirdische war. Die Leute dort waren irgendwo in den fünfziger Jahren stecken geblieben.«

»Ein Freund von mir hat ähnliche Erfahrungen gemacht, nur andersherum. Er kam über den großen Teich und fand hier alles furchtbar klein und provinziell. Es ist wohl immer eine Sache der Perspektive.« Er gab der Bedienung ein Zeichen. »Möchten Sie noch etwas trinken?«

Rike betrachtete den kalten Kaffee, dann sah sie auf die Uhr. Gleich halb sechs. »Einen Grünen Veltliner, bitte.«

»Eine gute Wahl.« Er bestellte zwei Gläser Wein und wandte sich ihr wieder zu. »Ich heiße übrigens Ian.«

»Rike.«

»Und jetzt hast du Deutschland wieder den Rücken gekehrt und hoffst, deine alte Liebe zu treffen?« Er sah sie entschuldigend an. »Sorry, dass ich so neugierig bin.«

Rike konnte es sich nicht erklären, doch sie spürte eine seltsame Verbundenheit mit diesem Fremden. Zudem liebte sie die Unbefangenheit, mit der man hierzulande miteinander ins Gespräch kommen konnte. Davon konnte man sich in Deutschland eine Scheibe abschneiden.

»Nein, es geht um eine andere Romanze. Ich bekam einen Brief von einem alten Herrn, der lange auf der Suche nach meiner Mutter gewesen ist. Als er im Netz auf ihre Todesanzeige stieß, nahm er Kontakt mit mir auf.«

»Warum hat er denn Nachforschungen angestellt?«

»Er bezeichnet sie als die Liebe seines Lebens. Doch als sie sich damals kennenlernten, war er bereits verlobt.« Sie legte eine Hand auf das Notizbuch. »Als ich erfuhr, dass dieser Mann Hendrik heißt, wollte ich ihn unbedingt kennenlernen. Denn ich wurde auf den Namen Henrike getauft.«

Die Bedienung brachte den Wein, und sie hoben das Glas. »Auf die großen Lieben dieser Welt«, sagte Rike.

»Und auf grüne Pullover! Hast du den Mann schon kennengelernt?«

»Ja. Ein sehr netter, alter Herr, der mit einem Freund und einer Freundin in einer WG lebt. Ich bin gespannt, was ich noch alles über diese Zeit erfahren werde.«

»Das kann ich mir vorstellen.« Er nippte an seinem Glas. »Bayern … Ich bin da nur mal auf dem Weg nach Italien durchgefahren. Schöne Landschaft, aber ob ich dort wohnen wollte … Warum seid ihr denn damals ausgerechnet dorthin gezogen?«

»Meinem Vater wurde eine interessante Stelle angeboten.«

»Und deine Mutter hat das ohne Weiteres mitgemacht?«

Rike dachte an ihre letzten Einträge zurück. »In der Hinsicht tappe ich im Dunkeln. Zuerst war sie absolut dagegen. Bis sie plötzlich ihre Meinung änderte. Ich kann mir da bis heute keinen Reim darauf machen.«

»Wer weiß, wie er sie unter Druck gesetzt hat. Es sind oft die Väter, die die Familien auf dem Gewissen haben.« Ian starrte durch die Scheibe auf die Straße, wo der Wind eine alte Zeitung vor sich hertrieb. »Ich habe mich mit meinem schon vor Jahren entzweit.«

»Fehlt er dir?«

»Jemand, der nie für einen da war, kann einem nicht fehlen,

oder?« Nachdenklich fuhr Ian mit dem Zeigefinger über das beschlagene Glas. »Aber das sollte kein Grund sein, sich die Stimmung verderben zu lassen. Auf dein Wohl!« Er lachte und sah sofort um Jahre jünger aus. Rike stellte fest, dass sie ihn attraktiv fand. Umso enttäuschter war sie, als er kurz darauf Anstalten machte, aufzubrechen.

»Ich muss jetzt leider los. Hättest du vielleicht Lust, morgen Abend mit mir essen zu gehen? Ich würde mich gern weiter mit dir unterhalten.«

Sie wollte schon zusagen, als ihr einfiel, dass sie bereits verabredet war. »Morgen passt es mir nicht. Dieser alte Herr hat einen Tanzkurs organisiert, und ich habe versprochen, zu kommen. Wie wäre es am Dienstag?«

Zwischen Ians Brauen bildete sich eine tiefe Falte. »Da muss ich erst nachschauen. Gibst du mir deine Handynummer?«

Rike kritzelte sie ihm auf eine liegengebliebene Rechnung. »Ich würde mich freuen.«

Während sie beobachtete, wie Ian mit großen Schritten auf sein Fahrrad zuging, dachte sie an den Satz, der ihr nicht aus dem Kopf ging: *Jemand, der nie für einen da war, kann einem nicht fehlen.* Stimmte das? Sie schlug das Notizbuch wieder auf.

Wenn du ehrlich bist, weißt du fast nichts über deinen Vater, seine Kindheit liegt im Dunkeln. Manchmal berichtet er von der Zeit, die er bei einer gewissen Tante Anna verbracht hat. Eltern spielen bei den Schilderungen keine Rolle.

Seine abenteuerlichen Geschichten ändern und widersprechen sich immer wieder. Als würde er die Wahrheit nur umtänzeln, aus Furcht, sie aussprechen zu müssen. Erst viel später erwähnt er, dass er

mit vierzehn, kurz vor Kriegsende, als Kanonenfutter aufs Schlacht-
feld geschickt worden ist.

Im Alltag ist er selten greifbar, die Situationen, in denen er mit dir
etwas unternimmt, kannst du an einer Hand abzählen. Dabei hätte
er alle Zeit dazu, denn er ist immer wieder arbeitslos. Doch wenn es
dazu kommt, dienst du oft nur als Vorwand, gibt es Umstände, de-
nen er sich entziehen will, und er ist erleichtert, sich mit dir als Alibi
abseilen zu können.

Du fragst dich häufig, warum er nicht so sein kann wie andere
Väter, die zur Arbeit, zum Fußball, zum Angeln gehen. Du sehnst
dich nach Normalität.

Im Nachhinein wird dir klar, dass er nie in der Lage gewesen ist,
eine Vaterrolle auszufüllen, weil ihm die Vorbilder fehlten. Du be-
trachtest ihn irgendwann als eine Art Besucher, der in Holland nur
auf der Durchreise war.

Ein Heimatloser, der die Schrecken des Krieges nie hat verarbei-
ten können und sein Leben auf Lügen und Halbwahrheiten auf-
gebaut hat. Ein traumatisierter Mann, den deine Mutter als Schwe-
den ausgibt, um nicht ins gesellschaftliche Abseits zu geraten. Ein
Mann, der kaum Kontakte hat und immer wieder aneckt. Einer,
der seine wahre Last nie ablegen kann.

Manchmal ist er dir dennoch nahe. Wenn dir unverhofft Worte, Aus-
drücke in den Sinn kommen, die er benutzt hat. Gesten, die du un-
bewusst von ihm übernommen hast.

Rike blickte auf den Text. Kein *Papi* mehr, sondern *Vater*. Dabei hätte sie in mancher Situation etwas dafür gegeben, einen *Papi* an ihrer Seite zu wissen. Erst später, als ihr bewusst geworden war, dass dieser Wunsch sich nie verwirklichen würde, hatte sie ihm verzeihen und sich von ihm verabschieden können. Von einem Mann, den sie nie richtig gekannt hatte.

12.

Hendrik fand keine Ruhe. Seit dem gestrigen Besuch bei Nelis hatte er den Eindruck, dass in seinem Kopf eine Dia-Show ablief. Eine dieser Veranstaltungen, bei denen man eng zusammen auf unbequemen Stühlen saß und einer nicht enden wollenden Bilderflut ausgeliefert war. Doch im Gegensatz zu damals, als man meist ahnungslos war, wo der gezeigte Ort sich befand, hatte er bei dieser Privatvorführung zu jedem Bild umfangreiche Kenntnisse.

Es war Nelis' einundneunzigster Geburtstag gewesen, und sie hatten betroffen feststellen müssen, dass ihr langjähriger Freund inzwischen in vergangenen Zeiten unterwegs war und wiederholt von seiner bevorstehenden Emigration nach Australien erzählte. Infolgedessen wurde nun auch Hendrik von Erinnerungen eingeholt und hatte Szenen vor Augen, die er lieber für immer vergessen hätte.

Er stellte sich ans Fenster und sah auf die Gracht hinunter. Down Under. Das Leben dort hatte viel Unerwartetes für ihn bereitgehalten. Sogar das Englisch, das dort gesprochen wurde, war ein anderes als das, was er kannte. Ganz abgesehen vom Wetter. Bereits im ersten heißen Winter hatte er den niederländischen Regen und die grauen Nebeltage vermisst. Sogar den stürmischen Gegenwind, der ihm beim Fahrradfahren so verhasst gewesen war.

Doch immer wieder hatte er geglaubt, das Blatt wenden, Katrien die Liebe schenken zu können, die er ihr feierlich versprochen hatte. Er wollte alles geben, jenes kleine nasse Land zu vergessen, wo diese eine lebte, die ihn vom ersten Augenblick an in ihren Bann gezogen hatte. Wäre sie bei ihm gewesen, hätte er sogar in dieser sengenden Hitze zu Hause sein können, wäre es ihm möglich gewesen, die vielen Veränderungen durchzustehen. Wenn. Wäre. War aber nicht.

Stattdessen begriff er allmählich, dass er aus dem Land der Verlorenen Leidenschaft auf den Kontinent der Trügerischen Hoffnung gezogen war, und die sicher geglaubte Liebe zu seiner Frau sich nicht mehr einstellen wollte. Aus der geplanten Befreiung von der Vergangenheit wurde ein Zurücklassen voller Trauer, ein Schmerz, den er niemandem zeigen durfte, eine Verzweiflung, die sich tief in sein Herz fraß und dort immer weniger Platz ließ für anderes.

Manchmal gestattete er sich einen Ausflug in das Land der Unerfüllten Träume, schrieb Cisca lange Briefe, erleichterte sein Herz, indem er seine Sehnsucht, sein Verlangen in Worte zu fassen versuchte. Wenn er den Brief dann zusammengefaltet zu den anderen stummen Liebeserklärungen in die Schachtel gelegt hatte, ging es ihm für kurze Zeit besser, spürte er so etwas wie Zuversicht.

Eines Tages, daran hatte er sich festgehalten, würde sich alles zum Besseren wenden. Dann würde er vor Cisca stehen, sie stumm in die Arme schließen und alles, was bis dahin gewesen war, vergessen und ein neues Leben mit ihr …

»Hendrik! Was ist mit dir?« Henrike stand in der Tür und sah ihn mit großen Augen an. Henrike. Alles, was ihm von Cisca geblieben war. Er ging auf sie zu und schloss sie fest in die Arme. Als könnte sie ihm im Sturm der Erinnerungen Halt geben.

Als er sich von ihr löste, holte er tief Luft. »Entschuldige, aber der gestrige Tag hat mich sehr aufgewühlt.« Er ließ sich in den Lehnsessel fallen und deutete Henrike, auf dem Sofa Platz zu nehmen. »Wir haben unseren alten Freund Nelis besucht und waren erschrocken, wie weit die Demenz bei ihm fortgeschritten ist. Im Augenblick erlebt er die Zeit seiner Emigration so intensiv, als würde er morgen aufs Schiff gehen. Immer wieder hat er mir auf die Schulter gehauen und sich auf den gemeinsamen Neuanfang in Australien gefreut.«

»So etwas ist schwer zu ertragen. Hast du Angst, ebenfalls dement zu werden? Oder hat dich etwas anderes aus dem Gleichgewicht gebracht?«

Am liebsten hätte Hendrik die letzte Frage ignoriert, doch die Wahrheit drängte ans Licht. »Wenn ich diese Jahre aus heutiger Sicht betrachte und daran denke, mit welchem Optimismus Nelis auf dieses neue Leben zugegangen ist, überkommt mich tiefe Trauer. Es ging schon bei der Überfahrt schief: Nelis war fest der Meinung, dass wir dem Kontinent gemeinsam entgegenreisen würden. Doch die Familie van Dongen hatte für Katrien und mich Plätze auf einem Luxusdampfer gebucht. Dort gab es ein Schwimmbad, Tanzabende und eine hervorragende Küche.

Nelis musste andere Erfahrungen machen: Sieben Wochen

auf einem übervollen Schiff, in denen beide Kinder und zum Schluss auch seine Frau krank wurden. Und während wir feierlich von Katriens Familie in Empfang genommen und in ein eigenes Haus ziehen konnten, brachte man sie in ein Auffanglager.«

»War euch das im Vorfeld bekannt gewesen?«

»Nein. Mein Schwager hatte mich darüber informiert und mir im nächsten Satz deutlich zu verstehen gegeben, dass sie keine zusätzlichen Arbeiter benötigten.« Hendrik fuhr sich über das Gesicht. »Ich habe mich dennoch auf den Weg gemacht, weil ich wissen wollte, wie es ihnen geht. In den Niederlanden herrschte damals Wohnungsnot, immer mehr Menschen drohten arbeitslos zu werden, und man hatte große Angst vor dem Kalten Krieg. Kein Wunder, dass viele den großen Versprechungen der australischen Regierung nur zu gern Glauben schenkten. Immerzu war die Rede davon, dass es dort Arbeit und Häuser für alle gab. Daher erwartete jeder, das große Los zu ziehen.«

»Aber die Wahrheit sah anders aus?«

Er nickte. »Als ich das große Camp in Bonegilla erreichte, war ich entsetzt. Ein altes, mit Stacheldraht eingezäuntes Armeelager, wo man die Neuankömmlinge in primitiven Wellblechbaracken untergebracht hatte. Als wären dort Schwerverbrecher interniert anstatt hoffnungsvolle Menschen, die alles hinter sich gelassen hatten.

Nelis lebte mit seiner Familie auf engstem Raum und freute sich unbändig, mich zu sehen. Er ging fest davon aus, dass ich Arbeit für ihn gefunden hatte und gekommen war, um sie abzuholen. Es sah auf dem Arbeitsmarkt nämlich bei weitem nicht so rosig aus wie versprochen. Nelis, der in Amsterdam in einem

Büro gearbeitet hatte, war bislang leer ausgegangen, bis auf ein Angebot, in den Minen zu arbeiten.«

»Das muss ja auch für dich schrecklich gewesen sein.«

»Ich wusste nicht, wie ich ihm die Wahrheit sagen sollte, und habe mich in eine Notlüge geflüchtet: dass es uns auch nicht sehr gut gehe und man in der Firma meines Schwiegervaters schon viele habe entlassen müssen. Dabei starrte ich auf eine Kiste, über die Nelis' Frau ein Tuch drapiert hatte, der einzig bunte Gegenstand in dem trostlosen Raum, und dachte an unser schönes Haus und den weitläufigen Garten.«

»Ist die Familie in Australien geblieben?«

»Es blieb ihr nichts anderes übrig. In Amsterdam hatten sie alles aufgegeben. Hinzu kam, dass die australische Regierung ihre Überfahrt finanziert hatte. Wären sie in die Heimat zurückgekehrt, hätten sie die nachträglich bezahlen müssen, auch wenn die Lage sich zu dem Zeitpunkt für Emigranten stark geändert hatte. Arbeit war rar geworden, Mietwohnungen gab es kaum. Doch auch das hatte niemand im Vorfeld erzählt. Ich habe die Familie mit allen Mitteln zu unterstützen versucht und nach einigen Monaten zum Glück eine Stelle für Nelis gefunden. Danach ging es für sie langsam aufwärts.«

»Hat Katrien dich denn bei alledem unterstützt?«

Hendrik spürte, wie sein Magen sich zusammenzog. Schon ein Besuch bei seinen Eltern war für seine Frau einer Heimsuchung gleichgekommen. Auch wenn sie es abgestritten und sie über den grünen Klee gelobt hatte, war ihr abschätziger Blick ihm nie verborgen geblieben. Nicht auszudenken, wenn er mit dem Vorschlag gekommen wäre, Nelis und seine Familie aufzunehmen.

»Soweit das in ihrer Macht stand, ja.« Er warf einen Blick auf die alte Standuhr, die tickend neben dem Bücherregal stand. »Aber wenden wir uns schöneren Dingen zu.« Er stand auf und verbeugte sich vor Henrike. »Wenn Sie mir die Ehre erwiesen, mir heute Abend einen Tanz zu schenken, junge Frau, wäre ich hocherfreut!«

*

Erleichtert stellte Rike fest, dass Hendriks Elan sich mit jeder Treppenstufe mehrte. Unten angekommen schien Australien in weite Ferne gerückt, und die Aussicht, das Tanzbein zu schwingen, ließ ihn strahlen.

Greet beäugte ihn skeptisch. »Denk daran: Vorfreude ist die schönste Freude. Danach geht es oft steil bergab.« Sie zog ihren Mantel an und überprüfte ihr Aussehen im Spiegel.

In dem Moment klingelte es Sturm. »Erwarten wir noch jemanden?« Hendrik öffnete die Tür. Im nächsten Augenblick stand eine Frau im Flur. Sie war älter als Rike, hatte einen verbissenen Zug um den Mund und die Haare in einem seltsamen Rotton gefärbt. Irritiert sah sie in die Runde.

»Schon ist der Absturz da«, flüsterte Karel Rike ins Ohr. »Wenn man so eine Tochter hat, ist man gestraft fürs Leben.« Dann etwas lauter: »Wir haben jetzt leider keine Zeit, Saskia. Wir müssen zu unserem Tanzkurs.«

»Tanzkurs? In eurem Alter?« Saskia zog eine Mappe hervor und drückte sie Greet in die Hand. »Schau mal, Mama. Hier sind die Unterlagen für das betreute Wohnen, von dem ich dir erzählt habe. Die Wohnungen sind hübsch, es wird dort gut für dich gekocht, und sie haben ein tolles Freizeitprogramm. Dort wird dir bestimmt nicht langweilig.«

»Ich denke nicht im Traum daran.« Greet gab ihr die Mappe unbesehen zurück. »Ich langweile mich nie, und einen besseren Koch als Karel kann ich mir nicht vorstellen.«

»Du hast gehört, was deine Mutter von deinem Vorschlag hält.« Karel führte Saskia sanft, aber bestimmt vor die Tür. »Vielleicht kannst *du* dir dort schon mal ein Plätzchen sichern. Du gehst ja bald in Rente, oder? Deine Mutter hat jetzt andere Pläne.« Sein Gesicht bekam einen lüsternen Ausdruck. »Es kommen ein paar ganz heiße Typen zu diesem Kurs. Die will sie sich nicht durch die Lappen gehen lassen.«

»Das ist nicht euer Ernst, oder?« Saskia schnappte nach Luft.

»Und ob!« Greet funkelte sie an. »Es geht nicht jeder so freudlos durchs Leben wie du. Auf Wiedersehen.«

»Ja, wir sollten wirklich los.« Hendrik sah zum wiederholten Male auf seine Uhr. »Ich möchte nicht zu spät kommen.«

»Damit ist alles gesagt.« Karel schloss die Tür und hakte sich bei Greet ein, Hendrik bot Rike seinen Arm. Beschwingt gingen sie davon.

»Wer hätte gedacht, dass dieser Kurs mich vor meiner Tochter retten würde.« Greet kicherte. »Sie war richtig geschockt.«

»Heute Nacht träumt Saskia von hemmungslosen Kerlen, die dir an die Wäsche wollen«, sagte Karel zufrieden. »Die Vorstellung gefällt mir.«

»Apropos Männer.« Greet drehte sich zu Rike um. »Bist du dem grünen Pulli gestern begegnet?«

»Das nicht. Aber ich habe rote Socken kennengelernt.« Rike

linste erneut auf ihr Handy. Immer noch keine Nachricht von Ian.

»Erzähl!« Greet löste sich von Karels Arm und nahm Hendriks Platz ein. »Sind die Füße hübsch?«

»So weit sind wir nicht gegangen, aber die obere Hälfte ist ansprechend.« In kurzen Sätzen erzählte sie Greet von ihrer Begegnung. »Ich bin gespannt, ob er sich meldet.«

»Von diesem Edgar hast du immer noch nichts gehört?«

Rike schüttelte den Kopf. »Aber das ist mir gerade egal. Mein normales Leben ist weit weg, und das darf noch eine Weile so bleiben.«

»Das sehe ich auch so«, sagte Greet. »Eine Auszeit wird dir guttun.«

Sie überquerten mehrere kleine Grachten, dann kam das Ziel in Sicht. Vor dem Haus des Notars hatte sich bereits eine bunt zusammengewürfelte Gruppe eingefunden, die ihnen fröhlich zuwinkte. Die Stimmung war aufgekratzt und übertrug sich sofort. Karel ging in albernen Tanzschritten auf einen Herrn mit Hut zu, Greet wurde von einem Paar mit lautem Hallo in die Arme geschlossen.

Nachdem Hendrik alle begrüßt hatte, bat er um einen Augenblick Ruhe. »Bevor wir hineingehen, möchte ich euch Henrike Kehrmann vorstellen«, begann er. »Sie ist die Tochter einer ganz besonderen Freundin. Bei den Vorbereitungen zu diesem Kurs, zu dem ich ihre Mutter gern eingeladen hätte, musste ich zu meinem großen Kummer feststellen, dass dies nicht mehr möglich war.« Er räusperte sich. »Doch nun ist sie nach Amsterdam gekommen und …«

»… senkt das Durchschnittsalter um mindestens dreißig Jahre«, rief eine Frau mit toupierten Haaren. Sie ging auf Rike zu und drückte ihr lachend die Hand. »Ich bin Jans. Willkommen in diesem verrückten Haufen! Schön, dass du dabei bist!«

Nun stellten sich auch die anderen vor, doch von den vielen Namen konnte Rike sich kaum einen merken. Das Treiben wurde unterbrochen, als jemand energisch in die Hände klatschte. Alle Augen richteten sich auf die Eingangstreppe, wo ein distinguiert aussehender Herr stand.

»Meine Damen und Herren. Wenn ich bitten darf ...« Er trat ins Haus zurück. Ein Raunen ging durch die Wartenden, manche sahen Hendrik fragend an.

»Dann wollen wir mal.« An Hendriks Seite schritt Rike die Stufen hinauf. Die anderen folgten schweigend. Die Szenerie erinnerte sie an ihre Grundschulzeit: Wenn der Rektor ein Machtwort gesprochen hatte, waren alle lammfromm seinen Anweisungen gefolgt. Sie spürte ein Kichern aufsteigen.

Als sie die Diele betraten, sah Rike sich ehrfürchtig um. Jede verfügbare Fläche glänzte, die Gegenstände und Gemälde schienen ihren Platz dort schon seit Generationen zu haben und mussten ein Vermögen wert sein. Das ganze Haus verströmte Tradition.

»Nobel geht die Welt zugrunde«, sagte Jans hinter ihnen. »Von einem Palast hast du in deiner Einladung nichts verlauten lassen, Hendrik.«

Hendrik setzte gerade zu einer Antwort an, als Herr van der Woude vor ihnen auftauchte. »Links in der Nische befindet sich die Garderobe. Danach bitte ich Sie, diese kleine Treppe hinunterzugehen. Sie führt in den Saal, wo die Damen rechts, die Herren links Platz nehmen.« Und er verschwand so plötzlich, wie er erschienen war.

»Ich fühle mich, als müsste ich ein Examen ablegen, für das ich nicht gelernt habe«, hörte Rike einen der Männer sagen. Eine Frau lachte nervös. Rike ging es nicht anders. Doch als sie den kleinen Raum betrat, drehte sie sich staunend im Kreis. Dieses Haus hatte etwas von einer Zeitmaschine. War oben alles antik und gediegen, hatte sie nun das Gefühl in den zwanziger Jahren gelandet zu sein. Fasziniert betrachtete sie die glamouröse Art-déco-Einrichtung und bedauerte es, nicht passend gekleidet zu sein.

Auch die anderen Teilnehmer bewunderten alles ausgiebig. Bis Herr van der Woude hereinkam und sie erneut zur Eile mahnte. »Wir wollen schließlich tanzen, nicht wahr?« Er stellte sich neben einen schwarz glänzenden Flügel, und Rike konnte ihn in Ruhe betrachten. Sein Alter war schwer zu schätzen, ungefähr Anfang siebzig. Alles an diesem Mann war exakt: vom Anzug bis hin zum akkurat frisierten grauen Haar. Seine Mimik verriet keine Emotionen.

»Ich heiße Sie herzlich willkommen, meine Damen und Herren. Erlauben Sie mir, in wenigen Worten den geplanten Ablauf dieses Abends zusammenzufassen. Zuallererst möchte darauf hinweisen, dass hier kein Kurs im engeren Sinne stattfindet, sondern es Ziel ist, Ihre Kenntnisse aufzufrischen.«

Es folgte ein Vortrag, der so geistreich war wie die Verlesung eines Immobilienvertrags. Rike ließ ihn reden und dachte an Ian. Ob er sich in der Zwischenzeit gemeldet hatte?

Dann geschah etwas Kurioses. Kaum hatte der Notar seine Ansprache beendet, erklangen aus den Lautsprechern perlende Klaviertöne, und eine Geige setzte ein. Rike erkannte die Melodie sofort: *When somebody thinks you're wonderful.*

Im nächsten Augenblick forderte van der Woude sie zum Tanz auf. Sie wollte ablehnen, doch die Wandlung dieses Mannes, der bis jetzt so steif dahergekommen war, verblüffte sie derart, dass sie aufstand und seiner Bitte nachkam. Als hätte jemand den Notar neu programmiert, waren seine Bewegungen nun geschmeidig und so fließend, dass Rike den Eindruck hatte, von einer völlig anderen Person über das Parkett geführt zu werden.

When somebody thinks you're wonderful
What a difference in your day
Seems as though your troubles disappear
Like a feather in your way

Erstaunlich schnell fand sie in die Schrittfolge zurück, die sie vor Jahrzehnten gelernt hatte, und sah, dass sich nun auch andere Paare auf die Tanzfläche wagten.

»Es ist wunderbar, mit Ihnen zu tanzen«, sagte der Notar leise. »Leicht wie eine Feder.«

»Und Ihre Musikauswahl ist vom Feinsten«, gab Rike zurück. »Ich liebe diese nostalgische Aufnahme.«

»Dann werden Sie den heutigen Abend genießen.« Van der Woude deutete ein Lächeln an. »Herr Rhee hat mir eine hervorragende Auswahl zukommen lassen.« Als das Stück zu Ende war, brachte er sie an ihren Platz zurück und verbeugte sich elegant. »Es war mir ein Vergnügen.«

Sofort war Hendrik zur Stelle und bat Rike um den nächsten Tanz. Auch er tanzte hervorragend. Während sie sich zu Klängen von *Blueberry Hill* durch den kleinen Saal drehten, dachte Rike an ihre Mutter. Wie war es wohl für sie gewesen, von einem Mann in den Armen gehalten zu werden, der bald eine andere heiraten sollte? Wie lebte es sich mit einer großen Liebe auf Zeit?

Hatte sie ihn je zu einer Trennung von Katrien überreden wollen?

»Hast du auch mit Cisca zu diesen Melodien getanzt?«

»Nur ein einziger Tanz auf der Hochzeit.« Hendrik lächelte wehmütig. »Später war es nicht leicht, sich davonzustehlen. Aber getanzt haben wir so oft wir nur konnten.«

Rike wollte eine weitere Frage stellen, doch als sie die feinen Schweißperlen auf seiner Stirn entdeckte, steuerte sie ihn sanft zu einer angelehnten Glastür. »Es ist ziemlich stickig hier«, sagte sie. »Wollen wir kurz frische Luft schnappen?«

Hendrik sah sie dankbar an. »Gern.«

Sie gelangten in einen kleinen Innenhof, der mit Terrakottafliesen gepflastert war und dessen Wände mit Efeu bewachsen waren. Überall standen Töpfe mit Kräutern, hinten in der Ecke verbreitete eine Sockelleuchte warmes Licht. Schwerfällig ließ Hendrik sich auf der Holzbank nieder. Der elegante Tänzer hatte sich in einen alten, müden Mann verwandelt, der sich die Stirn mit einem Taschentuch abtupfte und Rike wehmütig ansah. »Ich hatte mich so darauf gefreut, mit dir zu tanzen, und nun mache ich schlapp. Das tut mir sehr leid.«

»Kein Problem. Du bist das einfach nicht mehr gewohnt.« Rike setzte sich zu ihm. »Vielleicht erzählst du mir, wie es nach der Gartenwirtschaft weiterging? Das lenkt dich von deiner Müdigkeit ab, und danach schwingen wir wieder das Tanzbein.«

»So machen wir das.« Hendrik überlegte kurz. »Ich hatte dir erzählt, dass Cisca von meiner Verlobung wusste, oder?«

Rike nickte.

»Als wir endlich aufbrachen, sah die Bedienung uns forschend an und meinte, wir sollten nichts tun, was wir später bereuen könnten. Das war genau die Frage, die uns umtrieb. Wie sollten wir mit dieser Situation, mit unseren Gefühlen umgehen?« Er sah in den dunkel werdenden Abendhimmel hinauf. »Doch als wir bei Ciscas Fahrrad ankamen, wusste ich, dass ich keine Wahl hatte. Ich wollte sie unter allen Umständen wiedersehen. Und sie erwiderte meine Gefühle.«

»Wie habt ihr euch denn treffen können? Das war sicher nicht einfach, oder?«

»Nein. Zumal ich zu der Zeit viel um die Ohren hatte. Mein zukünftiger Schwiegervater verpasste mir einen Crash-Kurs in Sachen Blumenhandel, und wenn ich nicht in der Firma zugange war, nahm er mich zu Geschäftsessen mit, um unsere Kunden kennenzulernen. Ich hatte den Eindruck, ständig unter Beobachtung zu stehen – von meinem schlechten Gewissen ganz zu schweigen. Daher blieb uns zunächst nur diese kleine Laube. Die Bedienung ließ uns in Ruhe, und wir redeten über … ach, über Gott und die Welt.«

»Hast du Katrien in ihrer Kur mal besucht?«, fragte Rike. In diesem Augenblick wurde die Tür zum Tanzsaal aufgerissen.

»Hier habt ihr euch versteckt!«, rief Jans. »Mein lieber Hendrik, ich suche dich schon überall. Schließlich hast du mir einen langsamen Walzer versprochen, und der läuft gerade. Wie sieht's aus?«

Hendrik sah Rike hilfesuchend an, doch sie stand lachend auf. »Meine Frage kann warten. Lös lieber dein Versprechen ein.« Sie kehrte mit den beiden in den Saal zurück. Die Stimmung war gelöst. Herr van der Woude hatte sein Notarskorsett nun endgültig abgelegt und führte eine betagte Dame elegant im Kreis.

Viel Zeit blieb ihr nicht, die Szenerie zu betrachten. Hendriks

Freunde forderten sie unentwegt auf, und Rike genoss es, sich in dieser schönen Umgebung von ihnen führen zu lassen. Sie hätte die ganze Nacht durchtanzen können und war enttäuscht, als der Notar die Veranstaltung für beendet erklärte.

Nachdem sie sich von allen verabschiedet hatten, machten Hendrik, Karel, Greet und Rike sich auf den Nachhauseweg. Fröhlich tauschten sie ihre Erlebnisse aus, bis Rike plötzlich stehen blieb. Eine WhatsApp-Nachricht war eingegangen: *Der Absender ist nicht auf Deiner Kontaktliste.* Sie drückte auf *zu Kontakten hinzufügen* und las die Nachricht von Ian:

Morgen um 19 Uhr auf der Brücke Keizersgracht/Seite Westerkerk?

Rike überlegte, mit welchen Worten sie antworten sollte, doch die WG-Mitglieder umringten sie bereits.

»Gute Nachrichten?«, wollte Greet wissen.

»Die roten Socken.« Sie tippte ein schlichtes *Ja!* 😊 und schickte die Antwort ab.

»Du bekommst Nachrichten von roten Socken?«, fragte Karel.

Rike lachte. »Ja. Die sind mir gestern über den Weg gelaufen, und morgen Abend gehe ich mit ihnen essen.«

»Oh, là, là!« Greet zog die Brauen hoch. »Interessant.«

Karel wandte sich an Hendrik. »Ich mag deine Rike wirklich sehr, aber sie hat seltsame Pläne ...«

»Apropos Pläne«, sagte Greet. »So schön es heute war, die nächste Stunde muss ich leider ausfallen lassen.«

»Bist du dann wieder bei deiner Freundin?« Hendrik legte einen Arm um ihre Schulter.

»Richtig. Sie war sehr enttäuscht, dass ich sie heute versetzen musste. Beim nächsten Mal ist sie wieder dran.«

»Wie wäre es, wenn du ihn einfach mitbringst, Greet?«, fragte Karel.

»Wie bitte?!« Greet blickte beide Männer überrascht an. Dann fixierte sie Rike. Doch die schüttelte unmerklich den Kopf.

»Wir wissen es schon eine ganze Weile«, gab Hendrik zu. »Und freuen uns, dass du jemanden gefunden hast.«

»Wir werden es Saskia niemals verraten. Großes Ehrenwort«, sagte Karel. »Aber kennenlernen würden wir ihn gern mal.«

Zum ersten Mal erlebte Rike Greet sprachlos – wenn auch nur kurz.

»Eigentlich sollte ich euch dafür lange nachsitzen lassen.« Ein schelmisches Grinsen umspielte ihren Mund. »Aber es würde nichts nützen. Ihr seid unverbesserlich!«

13.

Rike stand am Fenster und betrachtete den Balkon ihres früheren Zuhauses auf der anderen Straßenseite. Während sie sich in diesen Anblick versenkte, wandelte sich der Ausschnitt in ein verblichenes Farbfoto. Eine Kanne Tee und Tassen auf einem Servierblatt, und ihre Mutter, die dort an schönen Tagen nach Schulschluss auf sie wartete. Geschichten vom Unterricht, Noten von zurückgegebenen Klassenarbeiten und Pläne schmieden für einen gemeinsamen Stadtbummel. Das fragile Bild einer heilen Welt.

Die derzeitigen Mieter hatten den Sonnenschirm schon abgebaut und ihn zusammen mit den Klappstühlen in eine Ecke des

Balkons gestellt. Heute begann der Oktober, und für die kommenden Tage waren stürmische Winde angesagt. Schon als Kind hatte sie dieses Herbstwetter gemocht, es geliebt, zu dieser Jahreszeit am Meer zu sein, an der Flutlinie entlangzulaufen, bis sie todmüde gewesen war. Dafür sollte sie sich schon hier Zeit nehmen, nicht erst in Frankreich. Vielleicht hatten die WG-Bewohner Lust, sie zu begleiten?

Sie staunte, wie schnell die Tage bisher vergangen waren. Sie war schon eine Woche da, und es drängte sie nicht, in die Bretagne zu fahren. Vielleicht nach der nächsten Tanzstunde. Vielleicht.

Sie hatte die Musik des gestrigen Abends lange im Ohr gehabt, war vor dem Einschlafen im Geist in den schönen Saal zurückgekehrt und hatte sich zu den Melodien im Kreis gedreht. Warum hatte sie sich das Tanzen von Edgar nur so madig machen lassen? Obwohl, das stimmte nicht ganz. Es war wohl eher so, dass sie sich im Lauf der Jahre von seiner ablehnenden Haltung hatte anstecken lassen. Doch damit war Schluss.

Getanzt haben wir so oft wir nur konnten, hatte Hendrik betont. Noch immer klang das für sie, als wäre dabei von einer fremden Frau die Rede. Hatte ihre Mutter später nicht mehr tanzen wollen, weil es sie an die Zeit mit Hendrik erinnerte?

An Rikes Abschlussball hatte sie sich nur zu einem einzigen Tanz hinreißen lassen. An jenem Abend hatten sie sich alle drei völlig fehl am Platz gefühlt. Ihre Mutter in einem selbstgeschneiderten Kleid, das nichts mit der Eleganz der anderen Gewänder gemein hatte, sie selber in einem schlichten, langen Rock mit schwarzem T-Shirt. Nur ihr Vater war in seinem Anzug nicht groß aufgefallen.

Ihre Mitschülerinnen und deren Eltern hatten sich in Schale

geworfen, froh, endlich mal zeigen zu können, was im Kleider-schrank hing. Sie konnte sich schwach an Discofox-Schlager er-innern – an den ewigen *Sand in den Schuhen aus Hawaii –*, an das Rauschen der bunten Roben, an die Steckfrisuren der Mädchen.

Das Ganze hatte in dem holzgetäfelten Saal eines Vereinsheims stattgefunden. Einem Gebäude aus den fünfziger Jahren, dessen Räume eine ermüdende Tristesse ausstrahlten, auch wenn man sich alle Mühe gegeben hatte, diese hinter bunten Bahnen Krepp-papier zu verbergen. Krönung dieser baulichen Depression wa-ren die Toiletten gewesen, deren Beleuchtung jeden in ein Ge-spenst verwandelt hatte. Während sie dort auf eine freie Kabine gewartet hatte, war ihr klar geworden, wie lächerlich dieser Affen-zirkus im Grunde war, und sie hatte sich nach Amsterdam zu-rückgesehnt wie selten zuvor.

Obwohl sie froh war, diesem Alter längst entronnen zu sein, gab es eine Frage, die sie heute ebenso beschäftigte wie damals: Was sollte sie zu ihrem heutigen Date anziehen? Sie betrachtete das Chaos auf dem Bett. Sie hatte einiges an Kleidung im Ge-päck, doch das machte die Entscheidung nicht leichter. Daher war sie froh, als sie die Wohnungstür zufallen und Els' Stimme hörte.

Bommel rannte ihr entgegen, sein Frauchen folgte mit vollen Taschen. »Wie schön, dass wir uns sehen!« Els stellte die Einkäu-fe auf die Anrichte. »Du kannst dir nicht vorstellen, wie schwer es ist, eine vernünftige Wohnung in Amsterdam zu finden. Wir haben uns heute eine Schuhschachtel angeschaut, für die man 1500 Euro haben wollte. Plus Nebenkosten.« Sie zog den Kühl-schrank auf und räumte die Lebensmittel ein. »Du kannst dir hier also alle Zeit lassen.«

»Die nächste Tanzstunde möchte ich gern noch mitmachen«, sagte Rike. »Danach sehe ich weiter.«

»Klingt nach einem guten Plan.« Els angelte ein Buch aus ihrem Korb und gab es Rike. »Schau mal, das hat Theo mir für dich mitgegeben. Er lässt dich herzlich grüßen.« Während Els eine weitere Tasche auspackte und von den Geheimtipps in dem Buch erzählte, ließ Rike sich auf einen der Küchenstühle sinken und starrte betreten auf das Cover des Reiseführers. Die roten Buchstaben des Wortes *Bourgogne* blendeten sie regelrecht. Sie hatte sich diese Situation schon öfter vorgestellt, doch nun kam sie anders als gedacht.

»Danke, aber das brauche ich nicht.« Sie legte den Band in die Mitte des Tisches.

»Ist dein Partner nicht mehr dort?« Els setzte sich ebenfalls. »Oder habe ich etwas falsch verstanden?«

»Ich habe dir etwas Falsches erzählt.« Bevor sie groß nachdenken konnte, wie sie es Els erklären sollte, sprudelte die ganze Geschichte aus ihr hervor. »Seitdem habe ich nichts mehr von ihm gehört. Und keine Ahnung, wie es weitergehen soll.«

»Du lieber Himmel! Wie lange lässt er dich denn schon am ausgestreckten Arm verhungern?« Hätte Rike es ihr vor ihrer Reise auf den Tag genau sagen können, musste sie jetzt überlegen. »Seit etwa sechs Wochen.«

»Und du bist nicht ausgeflippt? Hast ihm keine Szene gemacht, sondern ihn einfach ziehen lassen?«

»Streiten war noch nie meine Stärke.« Rike machte eine Handbewegung zur Straße hin. »Meine Eltern haben sich dauernd bekriegt, darunter habe ich sehr gelitten. Seit meiner Kindheit gehe ich Konflikten möglichst aus dem Weg.«

»Das scheint Edgar erkannt zu haben und es für sich ausgenutzt«, sagte Els. »Und während er mit Abwesenheit glänzt, fühlst du dich vermutlich mies und suchst die Ursache für sein Weggehen und Schweigen bei dir. Stimmt's?«

Als Rike nickte, sprach Els weiter. »Hast du das Ganze schon mal aus einer anderen Perspektive betrachtet, dich mal gefragt, was die Beziehung *dir* bedeutet? Was du für *ihn* empfindest?« Els strich ihr über die Hand. »Es ist verständlich, dass du dich vor Verletzungen schützen möchtest und Angst vor starken Emotionen entwickelt hast. Das macht dich aber nicht weniger liebenswert. Vielleicht versuchst du mal, *deine* Bedürfnisse zu benennen?«

»Dafür ist es wohl allerhöchste Zeit.« Gedankenverloren strich sie Bommel über den Kopf. »Meine Freundin Edina ermutigt mich schon seit Jahren dazu. Doch ich fürchte mich vor dem Moment, wenn ich feststellen muss, dass ich mir im Lauf der Jahre einen imaginären Mann erschaffen habe. Einen, der mit dem realen Edgar nichts gemein hat.« Sie sah Els an. »Aber es kommt schon einiges in Bewegung. Heute Abend treffe ich mich sogar mit einem netten Typen.« Rike erzählte von der Begegnung am Sonntag.

»Das gefällt mir«, sagte Els. »Humor scheint er auch zu haben. Weißt du schon, was du anziehst? Hast du genug dabei oder soll ich dir etwas leihen?«

Rike lachte. »Danke, dass du gleich auf die Frage der Fragen zu sprechen kommst. Ich könnte deine Unterstützung tatsächlich brauchen.«

Im nächsten Moment standen sie vor Rikes Bett und betrachteten die Auswahl. »Rot ist seine Lieblingsfarbe.« Rike zog ein T-Shirt dieser Farbe aus dem Koffer. »Was hältst du davon?«

»Gar nichts«, sagte Els. »Rot ist *seine* Lieblingsfarbe. Nicht deine.« Sie nahm das jadegelbe Shirt in die Hand. »Wie wäre es damit? Auch der Schnitt ist toll.« Sie hielt es vor Rike und nickte. »Es bringt deine Augen perfekt zum Strahlen. Und dazu vielleicht das noch?« Sie zeigte auf die dunkelgraue Jeans und die schwarzen Stiefeletten. »Er wird dir zu Füßen liegen!«

14.

Der Tonfall, in dem Greet telefonierte, verhieß nichts Gutes. Zuerst konnte Hendrik kaum etwas verstehen, doch mit jeder Stufe, die er sich ihren Räumen näherte, änderte sich das. Noch fünf Schritte, als der Satz »Glaub ja nicht, dass du diese Nummer noch mal bringen kannst! Ich bin alt. Aber nicht plemplem!« durch die Tür drang.

Nun bestand kein Zweifel mehr, dass Greet mit ihrer Tochter sprach. Unentschieden, ob er klopfen sollte, verharrte Hendrik vor der Tür. Für einen Moment war es still, dann läutete Greet das Finale ein: »Das ist mir völlig egal. Aber ich schwöre dir: Wenn ich noch einmal Post von diesem Heim bekomme, verklage ich dich bis in die höchste Instanz!« Mit einem lauten Knall landete etwas auf dem Tisch.

Wenn Greet wütend war, wollte sie meistens ihre Ruhe haben. Doch Hendriks Gefühl sagte ihm, dass er nicht so tun konnte, als habe er nichts gehört. Er klopfte und spitzte ins Zimmer. Seine Freundin stand am Fenster und starrte hinaus. Er räusperte sich, doch Greet rührte sich nicht. Als er neben sie trat, sah er, dass ihr Tränen in den Augen standen. Die Hände hatte sie zu Fäusten geballt.

»Ach, Greetje, was ist passiert?« Er legte einen Arm um sie und drückte sie an sich. »Macht Saskia wieder Probleme?«

»Ich kann dir nicht sagen, wie wütend ich bin«, sagte Greet mit erstickter Stimme. »Sie will mich einfach nicht in Ruhe hier leben lassen.« Ungehalten wischte sie sich über die Augen und sah ihn an. »Was habe ich nur falsch gemacht, dass aus diesem niedlichen Mädchen eine so unerträgliche Tussi geworden ist?«

»Nicht immer sind wir Eltern daran schuld«, sagte Hendrik leise. Er kannte Kummer dieser Art und wusste, er hatte eine lange Halbwertzeit. »Worum ging es denn konkret?«

»Sie erzählte mir, sie wolle sich keine Sorgen mehr um mich machen müssen, und ist besessen von der Idee, mich in diesem verfluchten betreuten Wohnen unterzubringen. Als wäre ich jemals bei ihr aufgekreuzt und hätte sie um Hilfe gebeten! Ist es zu fassen?«

»Vermutlich ist genau das der Punkt«, überlegte Hendrik. »Vielleicht kann Saskia nicht akzeptieren, dass sie sich allmählich alt fühlt, während du zwar alt *bist*, aber mit viel Elan durchs Leben gehst.« Er drückte sie erneut kurz an sich. »Und jetzt lässt du dich nicht mal in so ein schönes Heim einweisen. Ein Ort, an dem du endlich etwas Ordentliches zu essen bekommst.«

Wider Willen musste Greet lachen. »Du hast recht. Ich bin eine böse, alte Hexe. Nicht mal das gönne ich meiner Tochter. Wenn sie aber noch einen Vorstoß unternimmt, wird sie mich kennenlernen.« Greet holte tief Luft. »Apropos Elan. Wollen wir was trinken gehen? Ich muss dringend mal raus.«

Während Greet sich im Bad frisch machte, dachte Hendrik an

seine Eltern. War er ihnen ein guter Sohn gewesen? Was bedeutete dieser Begriff schon? Er hatte ihnen im Laden oft unter die Arme gegriffen und nach der Schule die Bestellungen ausgeliefert. Später war er seinem Vater bei der Buchhaltung behilflich gewesen. Natürlich hat es auch mal Streit gegeben, aber im Vergleich zu den Kämpfen, die seine Schwester Louise mit ihnen ausgefochten hatte, war er ein braver Junge gewesen.

Erst sein gesellschaftlicher Aufstieg hatte ihnen Probleme bereitet. Schon beim Empfang zu seiner Hochzeit stand ihnen die Verunsicherung ins Gesicht geschrieben, und seine Mutter hatte ihm später anvertraut, dass sie sich am liebsten unter das Personal gemischt hätte.

Auch seine Emigration war schwer für sie gewesen. Wenn er an diesen Abschied dachte, sah er sie winkend am Kai, klein wie Ameisen zwischen den vielen anderen, die zurückblieben. Anfangs hatte er sie regelmäßig angerufen. Bis seine Mutter ihm gestand, dass solche Gespräche den Trennungsschmerz noch vergrößerten. Erst recht, als sie ihr Enkelkind nicht in die Arme schließen konnte. Er war diesem Wunsch nachgekommen, auch wenn er den Klang ihrer Stimmen vermisste hatte. Stattdessen war er dazu übergegangen, ihnen wöchentlich einen Brief zu schreiben, dem er Fotos beilegte.

Sie landeten in einer dieser typischen alten Kneipen. Dunkles Holz, knarzende Dielen, einfache Tische und Stühle. Ein altes Blechschild warb für Genever, am Billardtisch fachsimpelten drei Männer über den nächsten Stoß.

Hinter der Theke stand die Wirtin, eine ältere Blondine, die von allen Tante Cato genannt wurde und ihn freundlich begrüßte.

Hendrik kannte das Lokal aus den Jahren, als er sich regelmäßig mit seinem Schwiegervater getroffen und über alte Zeiten geplaudert hatte. Die Verbundenheit der beiden Männer hatte ihren Anfang während Katriens unheilbarer Krankheit genommen. Als die Eltern von der Diagnose erfuhren, hatten sie das nächste Flugzeug nach Australien genommen, um bei ihrer Tochter sein zu können. Der alte Herr van Dongen und er waren sehr vertraut miteinander geworden, die Distanz zu Mutter und Tochter hatte sich indessen noch vergrößert.

Nach der Geburt ihres Sohnes war Hendrik zuversichtlich gewesen, dass der kleine Junge sie wieder zusammenbringen würde. Doch Katrien hatte nur Augen für das Baby gehabt und ihn ausgeschlossen, wo es nur ging. Da war ihm zum ersten Mal klar geworden, dass ihre Ehe vor dem Aus stand, und er hatte sich gefragt, warum er damals nicht seinem Herzen gefolgt und bei Cisca in Amsterdam geblieben war.

Der aggressive Ton eines Gastes riss Hendrik aus seinen Gedanken. Wüst schimpfend verließ der Mann die Kneipe und stellte sich einer jungen Frau in gewagtem Minirock in den Weg. Durch die offene Tür konnte die Kundschaft den Streit gut verfolgen. Greet verdrehte die Augen. »So wie der Kerl sich aufführt, könnte er ein Bruder von Saskias Vater sein. Vor kurzem ist mir klar geworden, dass ich froh sein kann, dass es zu Klaas' Zeiten noch keine Handys gab. Er hätte mich pausenlos in der Schule angerufen, um seinen Unmut über mich hinauszuposaunen.«

»Ich habe den Kerl nie leiden können.« Hendrik dachte mit Widerwillen an den grobschlächtigen Mann, den Greet geheiratet hatte, als sie von ihm schwanger geworden war. »Wie war denn das Verhältnis zwischen ihm und Saskia nach eurer Trennung? Hatten die beiden noch Kontakt?«

Greet schüttelte den Kopf. »Er war von heute auf morgen verschwunden. Wenn sie ihren psychologischen Tag hat, macht Saskia mir immer noch Vorwürfe, dass ich ihn vor die Tür gesetzt habe.« Sie legte ihm die Hand auf den Arm. »Ich weiß, dass du auch schon viel Kummer mit deinem Sohn hattest. Aber glaube mir, du kannst von Glück sprechen, dass er in den USA lebt. Dadurch, dass Saskia direkt vor Ort ist, entwickle ich allmählich eine richtige Aversion gegen sie.

Vor einer Woche ging ich durch die Fußgängerzone, als ich glaubte, sie komme mir entgegen. Ich bin sofort ins nächste Geschäft – ausgerechnet in einen Haushaltsladen – und habe mich ausführlich über teure Küchenmaschinen beraten lassen. Dabei habe ich die Straßen genau im Auge behalten. Der Verkäufer muss gedacht haben, ich bin verrückt …«

»Ich finde die Kombi eher verrückt: du und Küchenmaschinen!«

»Lach du nur. Wenn Saskia jetzt hier wäre, würde sie mir auch noch zum Vorwurf machen, dass ich nicht kochen kann.« Sie schnappte sich die Karte und blätterte darin. »Ein Glück, dass Karel das erledigt.«

Nachdem der Kellner die Getränke gebracht hatte, tranken sie in einträchtigem Schweigen und sahen den Passanten zu, die am Fenster vorbeigingen. Es dämmerte bereits, und im Haus gegenüber brannte in den ersten Fenstern Licht.

»Denkst du manchmal darüber nach, wie dein Leben verlaufen wäre, wenn du andere Entscheidungen getroffen hättest, anderen Menschen begegnet wärst?«, fragte Greet.

»Seit Henrike da ist, geht mir das ständig durch den Kopf.«
Hendrik ließ das Bier im Glas kreisen. »Auch in Australien, als
meine Ehe zerbrach, habe ich damit gehadert, dass ich mich den
gesellschaftlichen Zwängen gefügt und nicht auf mein Herz gehört habe. Aber wer weiß, wie das Leben weitergegangen wäre,
hätten wir uns für einen anderen Weg entschieden …« Er ließ
den Satz ausklingen, dachte an die Zeit nach Katriens Tod. Adriaan war damals erst vierzehn, und er selber hatte keine Ahnung,
wie sein Leben weitergehen sollte. Alle glaubten, er vermisse seine verstorbene Frau. Doch in Wahrheit trauerte er darüber, dass
er Cisca nirgendwo finden konnte.

»Ich denke auch immer mal wieder darüber nach«, sagte Greet.
»Der Hang zu schlechten Beziehungen zieht sich wie ein roter
Faden durch unsere Familien. Schon meine Großeltern waren
kreuzunglücklich miteinander. Ich habe mal gelesen, dass es für
das eigene Glück wichtig sei, welche Vorbilder man als Kind gehabt habe. Und siehe da: Auch Saskia war nie lang mit ihren Männern zusammen.«

»Dann hätte ich glücklich verheiratet sein müssen«, gab Hendrik zu bedenken. »Bei meinen Eltern gab es nie ein böses Wort.«

»Stimmt. Und Karel wäre heute Vater von fünf Kindern.« Greet
kicherte. »Du hast recht: Diese Regel können wir getrost vergessen.« Sie sah auf die Uhr. »Ich hoffe, dass Henrike heute einen
richtig schönen Abend erlebt. Gleich trifft sie sich mit diesem
Mann.«

»Irgendwie wundert mich das«, sagte Hendrik. »Wo sie doch
mit Edgar zusammen ist und sicher bald nach Dijon fahren wird,
um ihn zu besuchen.«

»Vergiss Dijon. Der Kerl hat sie vor sechs Wochen mehr oder

weniger sitzen lassen. Weil er eine *Aus*zeit braucht.« Greets Tonfall ließ keinen Zweifel daran, wie sie die Angelegenheit beurteilte. »Ich finde es prima, dass sie sich auf dieses Rendezvous einlässt. Es ist höchste Zeit, dass deine Henrike es sich mal gutgehen lässt. Ich hoffe, es knistert ordentlich.«

»Woher weißt du das alles?« Er sah Greet erstaunt an.

»Sie hat es mir erzählt. Frauen reden eben miteinander.«

»Apropos.« Hendrik konnte sich ein Grinsen nicht verkneifen. »Hast du deine Freundin schon gefragt, ob sie zur nächsten Tanzstunde kommt?«

15.

Rike lehnte ihr Rad ans Brückengeländer und sah hinunter. In der Keizersgracht stritten sich einige Enten quakend um ein Stück Brot, bis eine es sich schnappen konnte und davonflog. Kaum war dort Ruhe eingetreten, stellten sich zwei Mädchen neben sie, und das Geschnatter setzte sich auf andere Art fort. Dabei ging es nicht um Brotkanten. Es war ein typisches Gespräch der Gattung *Dann-sagte-er-und-dann-sagte-ich*. Amüsiert hörte Rike zu. Sie kannte diese Unterhaltungen zur Genüge aus der eigenen Pubertät. Gespräche, die in der Schule ihren Anfang nahmen, um nachmittags in epischer Länge am Telefon weitergeführt zu werden. Bis die Eltern einen auf die Telefonrechnung aufmerksam machten und betonten, der Apparat sei nicht für Gespräche dieser Art erfunden worden.

In diesem Fall ging es um einen Liam, der ein echter Loser war, und um die Frage, ob Nienke das checkte, und wie die Freundinnen mit der Angelegenheit verfahren sollten. Wo Nienke doch schon mit Jesse so ein Pech hatte und …

Die Ursache für Nienkes Hang zu tragischen Beziehungen blieb Rike verborgen, denn Ian stieg vom Rad und kam auf sie zu. »Du bist ja gekommen!« Die Mädchen scannten ihn wohlwollend, Rikes Herz machte einen Sprung. »Na klar, ich hatte doch zugesagt!«

Ian zuckte die Schultern. »Es wäre möglich gewesen, dass du im letzten Moment einen Rückzieher machst. Schließlich kennst du mich gar nicht. Aber in dem Fall …«, er nestelte am Reißverschluss seiner Jacke, dann öffnete er sie weit, »wäre dir mein grüner Pulli durch die Lappen gegangen!«

Als Rike das Sweatshirt sah, lachte sie. »Ich bin beeindruckt!«

»Dann hat sich der Aufwand ja gelohnt.« Er zeigte hinter sich. »Ich kenne da einen Italiener, der hervorragend kocht. Wäre das in deinem Sinn?«

Zehn Minuten später waren sie am Ziel: ein kleines Restaurant in einer Seitenstraße. Als die Bedienung sie mit Wasser, Wein und Brot versorgt hatte, kam Ian sofort zum Thema: »Seit du von diesem Umzug erzählt hast, versuche ich, mir vorzustellen, wie das damals für dich gewesen sein muss. Bayern ist doch erzkonservativ, oder?«

»Inzwischen hat sich einiges geändert, aber Mitte der siebziger Jahre hinkte man der Zeit gewaltig hinterher.« Rike teilte ein Stück Ciabatta und reichte ihm eine Hälfte. »Wenn ein Lehrer morgens die Klasse betrat, standen alle auf und leierten im Chor eine Begrüßung herunter. *Gu-ten-Mor-gen-Herr-So-wie-noch*! Erst dann durfte man sich setzen.«

Ian sah sie ungläubig an. »Nicht dein Ernst, oder?«

»Doch! Wie in einem Schwarzweißfilm der fünfziger Jahre. Kam der Schulleiter herein, stand auch der Lehrer stramm. Zucht und Ordnung waren angesagt. Als ich das meinen Amsterdamer Freundinnen erzählt habe, kamen sie aus dem Lachen nicht mehr heraus.«

»Was hat dir dort am meisten gefehlt?«

»Wo soll ich anfangen? Meine Freundinnen und Freunde natürlich, das Meer, salzige Lakritze, Grünkohleintopf, Artis sowieso. Da möchte ich vor der Abreise unbedingt noch hin …« Rike überlegte weiter. »Und Sinterklaas!« Das niederländische Nikolausfest vermisste sie bis heute. Für die Kleinen ähnelte es einer deutschen Version von Weihnachten. Doch für Jugendliche und Erwachsene, die nicht mehr an den Heiligen glaubten, war es ein ausgelassener Abend mit schrägen Gedichten und lustig verpackten Geschenken.

Ian lachte. »Ich hätte auf alten, bröckligen Gouda getippt. Den habe ich schon so oft ins Ausland schicken müssen, dass es sich gelohnt hätte, einen Käseversand zu gründen.«

»Himmel nein! Früher habe ich Käse gehasst«, rief Rike. »Eine Tatsache, die meine Großmutter regelrecht in Panik versetzt hat. Ein niederländisches Kind, das keinen Käse isst … Das kommt einem Fluch gleich.«

»Ein schlimmeres Defizit ist in der Tat kaum vorstellbar.«

»Daher griffen meine Mutter und sie in die Trickkiste: Sie strichen mir eine dicke Schicht Schmelzkäse aufs Brot und verkauften es mir als Butter. Daraufhin habe ich jahrzehntelang keine Butter gegessen.«

»Und was lernt man daraus? Man darf Kinder nicht hinters

Licht führen«, sagte Ian nachdenklich. »Aber jetzt lebst du gern in Deutschland, oder?«

Schnell schob Rike das Bild der verwaisten Wohnung zur Seite. »Ja. Ich habe liebe Freunde gefunden und bin als Übersetzerin gut im Geschäft. Aber ich zähle und fluche nach wie vor in meiner Muttersprache.«

Ian neigte den Kopf zur Seite. »Weißt du, dass du manchmal ganz altmodische Begriffe verwendest? Das finde ich sehr charmant.«

»Manche Ausdrücke sind sicher überholt, aber ich möchte sie nicht alle updaten. Sie verbinden mich mit Menschen und Situationen, bringen mir ein ganz bestimmtes Gefühl von Heimat zurück.« Sie überlegte. »Mein Opa hat zum Beispiel immer ein *Nickerchen* gemacht. Das kann man nicht durch *Powernap* ersetzen. Das eine hat nichts mit dem anderen zu tun.«

»Hast du von Anfang an gut deutsch gesprochen?«

Die Frage brachte Rike zum Lachen. »Im Gegenteil. Ich hatte nie Probleme mit Sprachen, aber Deutsch habe ich gehasst. Schon die Grammatik und die ellenlangen Listen, die wir auswendig lernen mussten, damit wir wussten, dass die Mehrzahl von Haus *Häuser* war, es bei Brot aber *Brote* und nicht Bröter hieß. Nur die Aussicht, diese Sprache bald abwählen zu können, hielt mich bei Laune.«

»Und der Junge mit dem grünen Pulli.« Ian betrachtete sie mitfühlend. »All das hast du innerhalb kurzer Zeit zurücklassen müssen.«

»Ja. Der Typ wurde unerreichbar und ich ins kalte Wasser geworfen. Dabei dauerte es gar nicht so lange, bis ich dem deutschen Unterricht folgen, Sachen benennen und mich verständigen konnte. Doch diese Dinge bilden nur das Gerüst einer Verständigung. Was mir schmerzhaft fehlte, waren die feinen Nuancen, die notwendig sind, um Emotionen auszudrücken. Ohne sie fühlte ich mich wehrlos. Das Gleiche galt für Sprachwitz. Es hat eine ganze Weile gedauert, bis ich in einer Unterhaltung so schlagfertig kontern konnte, wie ich das im Niederländischen gewohnt war. Bis mir das gelang, fühlte ich mich irgendwie unvollständig.«

»Aber beim Broteinkauf wusstest du immerhin, dass es Brote hieß.«

»Dafür lauerte dort eine andere Falle. Als ich zum ersten Mal beim Bäcker ein Brot verlangte, begann die Verkäuferin in diesem unverständlichen Dialekt auf mich einzureden, anstatt mir das Gewünschte auf die Theke zu legen. Später erfuhr ich, dass sie wissen wollte, ob es ein Ein-, Zwei- oder Vierpfundbrot sein sollte, ob mit oder ohne Gewürze, und hinzufügte, dass es auch noch Backwaren vom Vortag zum Sonderpreis gebe.

In dem Moment muss ich sehr konsterniert geschaut haben, denn die gesamte Kundschaft mischte sich ein und versuchte mir – ebenso unverständlich – zu erklären, was gemeint war.« Auch nach den vielen Jahren spürte Rike diese Ohnmacht, sah sich, den Tränen nahe, inmitten dieser Frauen stehen. »So kam es, dass ich ohne Brot nach Hause ging.«

Die Unterhaltung wurde von einem beschürzten Italiener unterbrochen, der eine Vorspeisenplatte brachte und guten Appetit wünschte. Erst jetzt merkte Rike, wie hungrig sie war, und langte beherzt zu. Nach den ersten Bissen sah sie Ian an. »Und womit verdienst du deine …«, sie schaute auf die Platte, »Artischocken?«

Ian grinste. »Ich habe vor Jahren mit einem Freund eine IT-Firma gegründet.« Er teilte das Artischockenherz und schob die Hälften etwas auseinander. »Albert kümmert sich hauptsächlich um den Bereich Webdesign, während ich die Kunden in Sachen Hard- und Software berate. Natürlich sind wir nicht allein.« Er gruppierte einige Oliven um die Artischockenstücke. »Wir haben ein gutes Team, das sich um die individuellen Aufgaben und Wünsche der Kunden kümmert.«

Während Ian weiter erzählte, betrachtete Rike seine blauen Augen, die vor Begeisterung sprühten, seine lebhafte Mimik und die gepflegten Hände, die aus den Antipasti eine Firmenstruktur zusammensetzten. »Das heißt, ich kann auch als Privatperson zu euch kommen, wenn mein Laptop einen Virenbefall hat?« Sie stibitzte sich eine schwarze Olive.

»He, du isst meine Mitarbeiter!« Ian sah sie mit gespieltem Entsetzen an. »Nimm lieber den Praktikanten.« Er schob ihr eine gegrillte Zucchinischeibe zu. »Der steht nur dumm herum und wartet, bis es Zeit ist, nach Hause zu gehen. Aber genug von der Arbeit.« Ian verteilte die Geschäftsleitung samt Mitarbeiter auf ihre Teller. »Ich habe diese Woche endlich mal frei und sollte das genießen.«

»Fährst du weg?« Rike versuchte, die Frage beiläufig klingen zu lassen.

»Habe ich nicht vor. Und du? Wie lange kannst du die Suche nach dem grünen Pulli noch fortsetzen? Wann wirst du wieder zu Hause erwartet?« Ian schob die Ärmel seines Sweatshirts nach oben, und Rike ertappte sich bei der Frage, wie es wohl sei, von diesen gebräunten Armen gehalten zu werden.

Während sie den Zucchinipraktikanten zerteilte, überlegte sie, wie viel sie von sich preisgeben wollte. Die Tatsache, dass niemand sie erwartete, ging Ian nichts an. Edgar wollte sie nicht erwähnen. »Ich möchte noch ein paar Tage mit Hendrik verbringen«, begann sie. »Danach ist Urlaub angesagt. Ich bin mit einer Mammutübersetzung fertig geworden und brauche dringend Tapetenwechsel. Daher werde ich mir in der Bretagne ein kleines Haus suchen und mich für eine Weile dem süßen Nichtstun hingeben. So ist jedenfalls der Plan.«

Kaum hatte sie den Satz beendet, ging eine Nachricht von Hendrik ein: *Liebe Henrike, ich würde Dich gern zum Essen einladen. Wir haben uns noch so viel zu erzählen. Hast Du morgen Abend Zeit?*

»Und morgen Abend treffe ich mich mit Hendrik.« Nachdem sie ihm zurückgeschrieben hatte, legte sie ihr Handy weg. Als sie aufblickte, sah sie, dass sich zwischen Ians Brauen eine tiefe Falte gebildet hatte, wie bei ihrem Kennenlernen. »Ist was?«

»Aber nein.« Ian lächelte, und die Falte verschwand. »Alles gut.«

Der nächste Gang wurde aufgetragen: zwei dampfende Teller mit Pasta. Verstohlen beobachtete sie Ian, wie er die Spaghetti um die Gabel wickelte und mit sichtlichem Genuss verzehrte. Was für ein Unterschied zu Edgar, der Kohlehydrate mied, als seien sie lebensgefährlich, und mehrmals in der Woche auf die Waage stieg.

»Ich mag Menschen, die gern schlemmen«, sagte sie, als ihre Blicke sich trafen. »Nichts ist schlimmer als Leute, die das verlernt haben.«

»Man sollte das Leben genießen, wenn es dazu einlädt. In Stresszeiten lebe ich oft nur von Sandwiches. Umso schöner ist es, wenn man Zeit hat, in Ruhe zu essen. Kochst du gern?«

»Wenn ich mich austoben darf, durchaus.« In den letzten Jahren war das selten der Fall gewesen. In Edgars Augen war das meiste, das sie auf den Tisch brachte, zu ungesund.

»Klingt ganz so, als gäbe es da jemanden, der dich bremst.«

»Lassen wir das Thema. Und genießen.«

Ian hob sein Weinglas. »Auf sinnliche Frauen!«

Rike stieß mit ihm an. »Auf sinnliche Männer.«

Nach Dessert und Espresso beglichen sie die Rechnung und verließen das Lokal. Rike bedauerte es, dass der Abend schon zu Ende war. Sie fühlte sich wohl mit Ian und hoffte, er würde ein weiteres Treffen vorschlagen. Oder sollte sie den Schritt wagen?

Doch Ian hatte die Fahrräder, die einträchtig an einer Laterne lehnten, bereits von der schweren Kette befreit. Im nächsten Augenblick fand Rike sich in einer Umarmung wieder, spürte seine Lippen auf ihrer Wange. »Danke für den schönen Abend.« Dann schwang er sich auf den Sattel, winkte ein letztes Mal und radelte davon.

Rike sah ihm nach, bis er verschwunden war.

Was blieb, waren der Duft seines Aftershaves und Gefühle, die sie verunsicherten. Doch der wahre Grund, warum sich der Schlaf nicht einstellen wollte, waren die Bilder, die sich ihr aufdrängten. Nach einer weiteren schlaflosen Stunde stand sie auf und setzte sich mit einem heißen Tee und dem Notizbuch in die Küche.

Das Lagerhaus war leicht zugänglich. Sie wusste aber: Ginge sie jetzt hinein, würde sie mit einer Zeit konfrontiert werden, die sie nach außen hin stets verharmlost, die aber in Wahrheit schwer gewogen hatte. Dennoch traute sie sich.

Heute stapelten sich Umzugskartons im Eingangsbereich, Türme aus Pappe, die das Leben dreier Menschen enthielten. Viele waren geschlossen und beschriftet, andere hatte man offen hinzugestellt. Neugierig spitzte Rike in einen hinein. Der Inhalt wurde von einer LP-Hülle verdeckt, einem chamoisfarbenen Quadrat mit einem orangefarbenen Kreis. Trotz der schlechten Lichtverhältnisse wusste Rike sofort, welche Worte die kunstvoll geschwungenen Buchstaben formten: *Harvest* und *Neil Young*. Eine Platte, die sie vor jenem Umzug ständig gehört hatte; die Texte kannte sie bis heute auswendig.

Als hätte die Erinnerung einen Plattenspieler in Gang gesetzt, kamen nun von überall die wohlbekannten Gitarrenklänge, dann hörte sie die näselnde Stimme von Neil Young: *Old man look at my life, I'm a lot like you were …* Beim Einsetzen der Drums bekam sie auch jetzt Gänsehaut. Beim Weitergehen passte sie ihre Schritte dem zwingenden Rhythmus an. Im nächsten Raum mischten sich Stimmen unter die Musik, hörte sie Leute lachen, spürte sie den rauen Bodenbelag aus Kokos unter den Füßen und war wieder mit ihren Schulfreunden in der Wohnung …

Die Abschiedsparty, kurz vor dem Umzug. Im fast leeren Wohnzimmer.

Die Möbel stehen an der Wand, in der Ecke eine einsame Stehlampe. Du sitzt mit den anderen im Kreis, ihr schmiedet Pläne, plant Reisen in eine Gegend, die keiner von euch kennt. Zum Glück gibt es die Musik von Neil Young. Dein Kassettenrekorder macht Überstunden, immer wieder hört ihr diese Songs.

Als alle gegangen sind, gehst du ins Bett und starrst die Decke an. Noch zwei Tage, dann beginnt ein anderes Leben. Wieder ein Ab-

schied. Diesmal hat Mami dir im Vorfeld keine Hoffnung machen können. Diesmal ist sie so ahnungslos wie du.

Es bleibt keine Zeit für wehmütige Gedanken. Der LKW fährt vor, und die Umzugsleute laden alles ein. Jetzt wird es ernst. Nachbarn und Freunde verabschieden sich: Auf Wiedersehen! Ein letztes Winken, das aufkeimende Gefühl von Beklemmung wird eisern weggeplaudert. Schließlich müsst ihr nun nach vorn blicken.
  Die letzten Bilder von Amsterdam ziehen vorbei, die Autobahn gibt den Blick auf flaches Land frei, dann kommt die Grenze.
  Aus. Land.

Es ist ein eiskalter Wintertag, an dem du die Seiten wechselst. Nach zwanzig Stunden Fahrt nähert ihr euch dem Ziel, mitten in der Nacht. Du spähst aus dem Fenster, betrachtest schlafende Orte und denkst jedes Mal: Hoffentlich ist es nicht hier. Nach einer weiteren Stunde hält der Wagen vor einem modernen Mehrfamilienhaus. Ihr seid da.

Da *bedeutet eine kalte leere Wohnung und ein paar Stunden Halbschlaf auf Matratzen. Kaffee und Brötchen in der warmen Küche der Firma, in der dein Vater arbeiten wird. Und Schnee. Mehr als du dir jemals hast vorstellen können. Mal kommt er in Form von Wattebäuschen herunter, mal als vermeintlich harmlose Flöckchen, die in kürzester Zeit die dicke Decke erweitern.*

Da *ist eine Welt, in der es steil hinauf- und hinuntergeht, die aus dunklen Wäldern, langgestreckten Hochflächen und tiefen Tälern besteht. Eine Gegend mit schiefergedeckten Häusern, deren winzige*

Fenster keine Blicke zulassen. Du erfährst, dass hiesige Flößer die Baumstämme früher bis nach Amsterdam brachten und man einen Teil deiner Stadt auf ebendiesen Pfählen errichtet hat. Ein bislang unbekannter Kreis scheint sich zu schließen.

Da *ist eine Welt, in der etwas Elementares fehlt: eine gemeinsame Sprache. In der du auf jede sorgsam formulierte Frage eine unverständliche Antwort bekommst. Ein Umfeld, in dem sich Weltanschauungen und Ansichten seit Jahrzehnten kaum geändert haben, man Amsterdam mit Hippies und Drogen in Verbindung bringt, Holland mit Tulpen.*

Da *ist wieder eine andere Schule, eine neue Klasse mitten im Jahr. Doch die Umstände sind extremer. Diesmal bist du die Radebrechende, die Andersgekleidete. Die Einzige in der Klasse, die sich nicht konfirmieren lässt, ohne katholisch zu sein. Eine, die Musik hört, hier unbekannt ist.* Neil Young *heißt hier* Bernd Clüver. *Er singt nicht von einem alten Mann, sondern von einem Jungen mit Mundharmonika. Niemand ist hier* born to be wild, *eher* born to be zweisam *wie* Cindy & Bert.

Doch es gibt Glück im Unglück. Man setzt dich neben Edina. Eine, die verstehen kann, wie du dich fühlst, weil sie fünfjährig als Russlanddeutsche in dieses Land kam. Edina, die deine Aufgaben mit einem dünnen Bleistiftstrich korrigiert und das Blatt so geschickt zurückschiebt, dass es keiner merkt. Edina, die dich sicher um das Gelächter der Mitschüler herumlenkt und dir sagt, die anderen seien nur neidisch, weil deine Sprache schöner ist. Eine, mit der du Geheimcodes entwickelst, die bis heute Bestand haben.

Bald wird dir bewusst, wie sehr ihr von der Heimat isoliert seid: Es gibt keine niederländische Zeitung, in den Nachrichten kommt euer Land nicht vor, Telefongespräche kosten ein Vermögen. Doch deine Amsterdamer Freundinnen und Freunde halten dir die Treue. Sie schicken geschriebene und gesprochene Briefe, Kassetten mit vertrauter Musik und fröhlichem Gequatsche. So nimmst du an den ausgelassenen Schulfeiern teil, wo sie Leute für dich interviewen, hörst du wie Shocking Blue und Golden Earring die Aula rocken. Auch Edina liebt die Berichte, und am Ende einer jeden Kassette überlegt ihr, wie ihr der ländlichen Tristesse entfliehen könnt.

Du schreibst treu zurück, berichtest von deinem Fahrrad, das eingemottet im Keller steht, von langen, einsamen Schulwegen zu Fuß und von Schneeschauern im Mai. Von dem Pommes-frites-Automaten, der immer defekt ist, und dass Blumen hier nicht bund-, sondern stückweise verkauft werden.

Dass du deine Eltern manchmal hasst, weil sie dich hierhergebracht haben, verschweigst du ihnen.

Zum Glück gibt es im Büro der Firma ein Telefon mit Gebührenzähler. Dort darfst du alle zwei Wochen 30 Einheiten lang mit Amsterdam telefonieren. Die Zahlen rattern nur so durch. Bis du herausfindest, dass sich das Rädchen mit einem Stift anhalten lässt. Nun kannst du dir in Ruhe die Neuigkeiten erzählen lassen, erfährst du jede wichtige Einzelheit. Auch, dass der Junge mit dem grünen Pulli neuerdings einen Zopf trägt. Du fragst dich oft, ob er dich vermisst ...

Nach Monaten wird es schwieriger, die so grundverschiedenen Alltage abzugleichen, eine gemeinsame Ebene zu finden. Wo gibt es noch Schnittmengen? Vielleicht beim Verliebtsein.

Das Freizeichen am Ende des Gesprächs gleicht einem Grenzbalken, der hinuntergelassen wird. Du malst dir aus, wie die anderen in ihren bunten Alltag zurückkehren, während du in diesem Kaff ausharrst, ohne Chance, das wahre Leben, die große Liebe jemals kennenzulernen.

An manchen Tagen stellst du dir auf dem Nachhauseweg vor, deine Freunde seien überraschend angereist. Die Idee ist so real, dass deine Vorfreude dich schneller gehen, fast hüpfen lässt. Du könntest ihnen den alten Steinbruch zeigen, ihr könntet ein Lagerfeuer machen, ihr könntet …

Mit einem Mal hörst du Ineke lachen, hast du Kees' Grimassen vor Augen. Bis du die Haustür öffnest und die Treppen hinaufsteigst. In der Wohnung hörst du nur Töpfe klappern. Mami steht in der Küche und gießt die Kartoffeln ab, fragt, wie es in der Schule gewesen ist.

Du verdrängst die Tränen der Enttäuschung, trittst ins mütterliche Rampenlicht und gibst alles, deiner Stimme einen fröhlichen Klang zu verleihen. Strahlst eine Zuversicht aus, die so echt ist wie die Besucher, auf die du dich gefreut hast.

Endlich wird es Frühling, verwandeln sich die Schneemassen in Tauwasser, das in breiten Bächen die Straßen hinunterfließt. Dein Vater schwimmt sich in der neuen Arbeit frei, du watest mit sicherer werdenden Schritten durch den Alltag. Doch Mami, diese starke, selbstständige Frau, die euch bisher immer durchgebracht hat, geht *unter. Egal, welche Richtung sie einschlägt, sie stößt auf Barrieren sprachlicher, gesellschaftlicher und emotionaler Art.*

Du bist nicht in der Lage, ihr Mut zuzusprechen, wie sie es früher bei dir gemacht hat. Stattdessen mimst du diejenige, um die man sich keine Sorgen machen muss.

16.

Am nächsten Morgen dauerte es, bis Rike die nächtliche Traumwelt so weit abstreifen konnte, dass sie wusste, wo sie war. Mit geschlossenen Augen versuchte sie, die verbliebenen Bilder einzuordnen, doch rasch wie Rauchschwaden verzogen sie sich und boten nichts, woran sie sich hätte festhalten können. Nur eine vage Empfindung von Ohnmacht blieb zurück.

Sie langte neben sich und las die letzten Notizbucheinträge. Manches hatte sich seitdem kaum geändert. Noch heute mimte sie oft die Frau, um die man sich keine Sorgen zu machen brauchte. Eine Eigenschaft, die auch Edgar positiv aufgefallen war. Er hatte es bei einem Spaziergang erwähnt, wenige Monate nach ihrem ersten Zusammentreffen. Er war gerade beim Frisör gewesen und hatte sich die hellen Locken stutzen lassen. Eigentlich bevorzugte sie dunkelhaarige Männer. Ob sie auch ein Paar geworden wären, wenn es an jenem Abend nicht wie aus Kübeln geschüttet hätte?

Sie schätzte es, dass er nicht wegen jeder Kleinigkeit einen Streit vom Zaun brach und sie sich genügend Freiraum lassen konnten. Sie wusste, dass er beim Korrigieren nicht gestört werden wollte, so wie er dafür Verständnis hatte, wenn sie manchmal der Arbeit wegen kaum vom Schreibtisch wegkam. Darum hatte sie zugestimmt, als er sie gefragt hatte, ob sie mit ihm zusammenziehen wolle.

Wo Edgar jetzt wohl steckte? Sie stellte sich vor, nach Hause zu kommen und ihn in der Küche vorzufinden, wo er am Tisch die Zeitung liest und kurz aufschaut, als sie hereinkommt. »Alles gut?« Seit ihrem ersten Frankreichurlaub hatte Edgar die Floskel *Ça va?* übernommen, die kaum eine negative Antwort zuließ. Als Deutschlehrer natürlich in übersetzter Form.

Normalerweise hatte sie darüber hinwegsehen können. Bis ihr mal ein Nein herausgerutscht war, was einen höchst irritierten Blick nach sich gezogen hatte. Es war ihr gelungen, es als Witz abzutun. Dann hatte sie ihn in der Küche sitzenlassen und Edina angerufen.

Erst Jahre später war ihr zu Ohren gekommen, dass Edgar schon länger auf der Suche nach einem Mitbewohner gewesen war, aber niemanden hatte finden können.

Nach dem Aufstehen entdeckte sie eine WhatsApp von Edina: *Wie war das Date? Bitte um einen ausführlichen Bericht! Wann fährst Du in die Bretagne? Bin übrigens in 2-3 Wochen wieder zu Hause und freue mich riesig auf Dich! Xxx E.*

Endlich, Edina kam zurück! Beschwingt ging Rike unter die Dusche. Mit einem Mal fühlte sich alles leichter an. Gleich würde sie ein schönes Haus in der Bretagne buchen, und niemand würde ihr dabei die Laune verderben.

Während des Frühstücks schrieb sie zurück: *Es war ein bezaubernder Abend mit einem ebensolchen Mann. Er ist hübsch, hat Hu-*

mor, und ich hoffe, ich sehe ihn noch mal, bevor ich weiterfahre. Heute Abend gehe ich mit Hendrik aus – Du siehst, an Männern mangelt es mir im Augenblick nicht. ☺ Bretagne wird gleich gebucht, nächste Woche sollte es so weit sein. Xxx

Auch die Mailbox verkündete Gutes. Der Verlagslektor hatte die Übersetzung gelesen und fand sie sehr gelungen. Dieser Wortlaut war so ungewohnt, dass Rike die Nachricht mehrfach las. Sie kam einem Ritterschlag gleich, da der Mann sonst nach dem Motto verfuhr: *Nicht gemeckert ist gelobt genug.*

Auch ihre alte Schulfreundin Atie hatte geantwortet. Gespannt begann sie zu lesen. Atie freute sich über die Kontaktaufnahme und schrieb, sie habe Rike als lebenslustige Freundin im Gedächtnis, erwähnte ihre gemeinsamen Spiele und Rollschuhfahrten und berichtete von ihrem Leben als Krankenschwester in Norwegen. Damit war ein spontanes Treffen zwar ausgeschlossen, doch vielleicht ließ es sich bei anderer Gelegenheit umsetzen. Nachdem Rike ihr geantwortet hatte, gab sie die Suchbegriffe *Bretagne* und *Ferienhaus* ein.

Die Auswahl an Unterkünften war verwirrend groß, doch bald wurde sie fündig. Ein Haus auf der Halbinsel Crozon, ganz im Westen des Finistère bot genau, was sie sich erträumt hatte. Es lag nah am Meer und verfügte über gemütliche Räume sowie einen schönen Kamin. Sehnsüchtig klickte sie sich durch Aufnahmen von steilen Küstenpfaden, weitläufigen Stränden und kleinen Cafés am Hafen.

In diesem Augenblick ging eine WhatsApp-Nachricht von Ian ein. Sie bestand aus lauter Emojis: verschiedene Affenarten, eine Palme und ein Zebra. Da sie die Nachricht nicht deuten konnte, antwortete sie mit einem Fragezeichen. Weitere Tiere folgten: ein Krokodil, Kakteen, ein Panda und bunte Schmetter-linge. Was hatte er im Sinn?

Hast Du vor, auf Weltreise zu gehen?, schrieb Rike.

Im weitesten Sinne des Wortes ja, kam zurück. *Kommst Du mit?*

Wenn ich gegen Abend wieder hier sein kann, gern.

Dann schwing Dich aufs Fahrrad. Um 13 Uhr geht es los. Und zwar hier: Es folgten zwei Adler. Im ersten Moment verstand Rike nicht, was gemeint war, doch dann fiel der Groschen: Ian wollte sich mit ihr am Haupteingang von Artis treffen, wo zwei goldfarbene Adler auf Pfeilern die Zoobesucher willkommen hießen.

Ich bin dabei. Aber nur, wenn wir auch bei den Hängebauch-schweinen vorbeischauen, schrieb sie zurück.

Ian antwortete umgehend: *Ich wusste nicht, dass Du auf dicke Typen stehst.* ☺ *Aber daran sollte die Reise nicht scheitern.*

Die Aussicht, nach Jahren zum Lieblingsort ihrer Kindheit zurückzukehren, ließ Rikes Herz höherschlagen. Wie auch die Aussicht, Ian wiederzusehen. Zum ersten Mal seit Edgars Abrei-se hatte sie das Gefühl, tief durchatmen zu können.

Ian wartete bereits am Eingang des Zoos und begrüßte sie mit einer kurzen Umarmung. »Schönes Rot!« Er zupfte am Ärmel ihres Shirts, dann wedelte er mit den Tickets. »Wollen wir? Die Tierwelt wartet.«

»Wie bist du denn auf diese Idee gekommen?« Die Frage trieb sie um, seit er ihr seinen Vorschlag zugeschickt hatte. »Steht es auf meiner Stirn, dass ich diesen Zoo so liebe?«

Ian lachte. »Nein. Aber bei unserem Essen hast du erwähnt, dass du vor deiner Reise unbedingt hierher möchtest. Und heute

Morgen habe ich mir überlegt, warum wir daraus nicht einen gemeinsamen Ausflug machen.«

»Eine tolle Überraschung«, war alles, was Rike herausbrachte. Sie dachte an Edgar, für den dieser Begriff ein Fremdwort war und der es in all den gemeinsamen Jahren höchstens geschafft hatte, sie im negativen Sinn zum Staunen zu bringen.

»Verrätst du mir, warum die kleine Rike so gern hierhergekommen ist?«

»Die kleine Rike …« Sie dachte an das Mädchen, das den Zoo bei Wind und Wetter besucht hatte. Der Hinweg war von Vorfreude geprägt gewesen, die Rückfahrt von den aufregenden Beobachtungen, die sie bei ihrem Rundgang gemacht hatte. »Die kleine Rike hatte ein Jahresabo, und Artis war so etwas wie ihr zweites Zuhause. Nachdem sie als Kind alle Bücher über Afrika verschlungen hatte, wollte sie dort unbedingt das Verhalten der Tiere studieren. Die Zoobesuche betrachtete sie als Vorbereitung für diese Karriere.«

»Und warum hat sie den Plan nicht weiterverfolgt?«

»Weil ihr Bedarf nach Exotik und Auswanderung nach dem Umzug in den bayerischen Dschungel erst mal gedeckt war.«

»Dann schauen wir doch gleich mal, ob alles noch so schön ist wie früher.«

Ian zeigte die Eintrittskarten vor, und sie betraten das Gelände.

Nach wenigen Metern blieb Rike stehen. Vor ihr breitete sich der weitläufige Park aus, und die Rufe der Tiere hallten ihr entgegen. Das heimische Gefühl, das sie früher beim Betreten der Anlage gespürt hatte, fehlte aber. Stattdessen nahm sie die Veränderungen wahr und fühlte sich seltsam fremd. Als hätte man die Möbel in ihrem Zimmer ungefragt umgestellt, und sie stand den neuen Gegebenheiten ohne Vorwarnung gegenüber.

»Stimmt was nicht?« Ian sah sie unsicher an.

»Schon okay.« Rike schaute sich nach dem Streichelzoo um, doch sie konnte ihn nicht entdecken. »Es hat sich einfach eine Menge geändert.« Sie zeigte auf den imposanten Ginkgo vor ihnen. »Allein schon wie groß die Bäume geworden sind!« Doch das Gefühl, am falschen Ort zu sein, verschwand nicht.

»Tu einfach so, als wärst du wieder in dem Alter«, schlug Ian vor. »Welchen Weg würdest du dann wählen?«

»Dort entlang.« Rike zeigte nach links und hoffte, die Orientierungslosigkeit würde sich legen, sobald sie das Vogelhaus erreicht hatten.

In dem prächtigen Gebäude, das trotz mehrfacher Renovierung noch immer dem Original glich, umfing sie eine feuchte Hitze. Ians staunendem Gesicht nach zu urteilen war es sein erster Besuch in einer so riesigen Voliere, in der bunte Vögel zwischen Felsen, Wasserläufen, Kakteen und üppigen Grünpflanzen umherflogen.

Während sie das Treiben um sie herum betrachtete, dachte Rike daran, wie sehr sie diese Geräusche früher geliebt und sich mitten im Urwald gewähnt hatte. Heute klangen die Rufe und Schreie schrill, und sie konnte erkennen, wie die Situation wirklich war: eine Ansammlung von Vögeln, die ihre natürliche Umgebung niemals kennenlernen würden.

Ian hingegen war fasziniert von dem Schauspiel, das sich bot. Immer wieder machte er sie auf besonders ausgefallene Vögel aufmerksam und schaffte es so, einen Teil ihrer früheren Begeisterung wieder zu beleben.

»Das hat mir schon mal sehr gut gefallen«, sagte er, als sie den Bau verließen. »Was wirst du mir als Nächstes zeigen?«

»Früher habe ich anschließend einen meiner Lieblinge besucht: das Gila-Monster. Eine giftige Krustenechse, die aussieht, als wäre sie mit Perlen bestickt.«

»Ich glaube, ich kann mich glücklich schätzen, dass du dich überhaupt mit mir abgibst«, sagte Ian lachend. »Jetzt, wo ich deine Vorlieben allmählich kennenlerne, kann ich nur hoffen, dass sie sich aufs Tierreich beschränken.«

»Keine Bange. Seit der Pubertät mache ich feine Unterschiede. Schauen wir mal, ob hier noch solche Monster leben.«

Sie betraten das Gebäude, in dem sich Terrarien zwischen deckenhohen Grünpflanzen an den Wänden reihten. Ein Panorama von wüstenähnlichen Lebensräumen, Dschungel und Wasserbassins, in denen unterschiedlichste Echsen, Schlangen und Schildkröten lebten. Mal bunt gemustert, mal gut getarnt, bewegten sie sich über Felsen oder verharrten regungslos zwischen Blättern und Geäst.

Wieder beschlich Rike ein seltsames Gefühl. Wie hatte sie es als Kind geschafft, sich in jene Welten hineinzuversetzen und mit diesen Landschaften derart eins zu werden, dass sie den Sand unter ihren Füßen hatte spüren können und ins Schwitzen gekommen war? Schließlich handelte es sich hier lediglich um temperierte Glaskäfige, die den Tieren ihre natürliche Umgebung vorgaukelten.

Beim Beobachten einer Schlange, die elegant an einem kantigen Felsbrocken vorbeiglitt, sah sie ihr Spiegelbild im Glas. Wo war das unbeschwerte Kind von damals geblieben, die lebenslustige Rike, an die Atie sich erinnerte? Das Mädchen von damals, das genau gewusst hatte, was sie mal werden wollte. Das ohne Angst in fremden Welten unterwegs gewesen war und gedanklich in Terrarien ein und aus ging.

Stattdessen hatte sie sich im Lauf der Zeit hinter einer schützenden Scheibe verbarrikadiert, die immer stabiler geworden war, und ihre Umwelt mit gebührendem Sicherheitsabstand betrachtet. Für Edgar mochte das eine zufriedenstellende Situation sein. Doch für sie wurde es höchste Zeit, das zu ändern.

Sie ging weiter zum nächsten Terrarium und betrachtete die grellgrünen Geckos, die sie kopfüber von der Decke aus fixierten. Vielleicht war das die Lösung: einen völlig neuen Standpunkt einnehmen und schauen, was das Leben von dieser Warte aus an neuen Möglichkeiten bereithielt. War etwas dabei, das ihr zusagte, konnte sie es in die Tat umsetzen. Ansonsten würde sie weitersuchen.

Beflügelt von dieser Idee sah Rike sich nach Ian um. Er kam gerade auf sie zu. »Ich glaube, ich habe deinen Liebling gefunden.« Sie folgte ihm in den benachbarten Raum, wo Ian auf die Nachbildung einer Wüste zeigte. Hinter einem der Felsen lag eine regungslose Krustenechse im Sand. Auch wenn es sich nicht explizit um ein Gila-Monster handelte, war die Ähnlichkeit groß, und sie wies Ian auf einzelne Merkmale und Besonderheiten dieser Gattung hin. Interessiert hörte er ihr zu.

Als sie weitergingen, drückte Ian sie kurz. »Es ist schön, diese kleine Rike kennenzulernen. Ich verlasse den Zoo erst, wenn du mir alles gezeigt hast, was dir früher wichtig gewesen ist.«

17.

Es war kurz nach vier, als Hendrik die Tür des Notariats hinter sich zuzog. Er hatte mit van der Woude alles Wichtige klären können und freute sich nun auf den Abend mit Henrike. Es war seltsam: Das letzte Treffen mit ihr lag erst zwei Tage zurück, doch ihm schien es, als wäre es schon zwei Wochen her. Hatte es mit dem Alter zu tun, dass man die Zeit anders wahrnahm? Wie auch immer. Hauptsache, er konnte mit ihr noch jede Menge davon verbringen.

Als er sich dem Heringsstand näherte, entdeckte er Leendert, der rauchend am Brückengeländer lehnte. Der Fischhändler winkte ihm zu. »Na, alter Knabe, wie war euer Tanzabend? Bist du mit dem Notar zurechtgekommen?«

»Er ist in der Tat etwas gewöhnungsbedürftig, aber inzwischen verstehen wir uns gut. Und dieser Saal ist wirklich etwas ganz Besonderes.«

Leendert brummte zustimmend, bevor er Hendrik von Kopf bis Fuß betrachtete. »Du siehst blendend aus! Die neue Freundin scheint dir gut zu bekommen.« Dann beugte er sich zu ihm vor. »Jetzt will ich es aber wissen: Hast du sie jemandem ausgespannt? Oder warum stand die Polente am Samstag bei dir vor der Tür?«

Hendrik dachte an das kleine Geschäft seiner Eltern. Auch dort war alles, was sich im Viertel ereignet hatte, lang und breit besprochen worden. An Leenderts Heringsstand diskutierten die Stammkunden ebenfalls darüber, was ihnen zu Ohren gekommen war, und er wusste, dass Leendert das Thema erst fallenlassen würde, wenn er ihm eine befriedigende Erklärung lieferte.

»Jemand war so freundlich und hat mich anonym angezeigt wegen illegaler Zimmervermietung«, sagte Hendrik. »Kein Ahnung, wer. Ist mir auch egal. Ich gehe jetzt schön mit Henrike essen, und wer mir Böses will, soll langsam und qualvoll an seinen schlechten Gedanken zugrunde gehen.«

»Recht so.« Leendert zog ein letztes Mal an seiner Zigarette, bevor er sie austrat. »Wo soll es denn hingehen?«

»Ich dachte an dieses kleine Restaurant, das du mir mal empfohlen hast. Da hat es mir gut geschmeckt, und man sitzt gemütlich.«

»Heute würdest du allerdings eher stehen«, sagte Leendert. »und zwar vor der Tür. Die machen Betriebsurlaub. Ich wollte gestern mit meiner Coby hin, aber wir mussten uns etwas anderes einfallen lassen.«

Hendrik seufzte. »Schade. Wo seid ihr gelandet?«

»War nicht der Rede wert.« Leendert zeigte auf ein Eckhaus. »Wenn du schlau bist, holst du ein paar Leckereien in dem Delikatessengeschäft, das an der Ecke aufgemacht hat. Die haben so ziemlich alles, was das Herz begehrt. Außerdem ein richtig gutes Baguette und hervorragende Weine.« Er zwinkerte Hendrik zu. »Fisch würde ich allerdings lieber bei mir kaufen.«

Hendrik lachte. »Ich würde mich gar nicht trauen, woanders hinzugehen. Danke für den Tipp!«

»Hast du einen Caterer geplündert?« Erstaunt beobachtete Greet, was Hendrik aus der Tragetasche zutage förderte. »Ich dachte, ihr wolltet essen gehen.«

»Das Restaurant hat zu. Daher habe ich mich für ein Abendessen zu Hause entschieden.« Er richtete Käse und Schinken auf einem Holzbrett an und ergänzte die Kombination mit Weintrauben und Cocktailtomaten. Auf ein Tablett stellte er Schälchen mit Salzbutter, Oliven, einer Fischpaste und Peperoni. »Das sieht doch hübsch aus, oder?«

»Immerhin ist es kein Leichenschmaus«, sagte Greet. »Karel ist bei einer Beerdigung, und ich habe gerade erfahren, dass ein alter Freund von mir im Hospiz liegt. Alle reden davon, wie schön es ist, alt zu werden. Aber niemand erwähnt, wie traurig es ist, wenn einem immer mehr Freunde wegsterben. Furchtbar!« Sie schnäuzte sich geräuschvoll die Nase.

Hendrik schloss die Freundin in die Arme. »*Altwerden ist nichts für Feiglinge* – der Spruch entspricht leider der Wahrheit.« Sanft strich er über ihren Rücken und spürte dabei jeden Knochen unter seiner Hand. Wie er diese kleine, starke Frau liebte. Seit er denken konnte, waren sie füreinander da gewesen und hatten einander auch in größter Not nie im Stich gelassen. Ob das in der Grundschule gewesen war, wenn sie was ausgefressen hatten, oder später, längst erwachsen, in Krisenzeiten ihrer Ehen und bei Eskapaden aller Art.

Einmal hatte Greet Cisca und ihm sogar den Schlüssel für ein kleines Strandhäuschen organisiert, damit sie dort eine gemeinsame Nacht verbringen konnten. Ein heikles Unterfangen in der damaligen Zeit. Aus diesem Grund waren sie getrennt hingefahren und hatten im Vorfeld für wasserfeste Alibis gesorgt. Womit sie allerdings nicht gerechnet hatten, war die Tatsache, dass zu diesem kleinen Paradies ein zweiter Schlüssel im Umlauf gewesen war und ein anderes Pärchen sich dort bereits eingenistet hatte. Wider Willen begann er zu lachen.

»Was ist?« Greet sah zu ihm hoch.

»Ich denke gerade daran, wie ich damals mit Cisca vor dieser Strandhütte stand, und wir feststellen mussten, dass andere uns zuvorgekommen waren.«

Nun musste auch Greet lachen. »Lieber Himmel, ja. Da hat man es heutzutage zum Glück doch leichter.« Sie löste sich aus seiner Umarmung. »Du bringst mich aber auf eine gute Idee. Ich werde zu meiner Freundin fahren und dort übernachten.«

»Wie heißt die Schöne denn überhaupt?«

Greet feixte. »Willem.«

Er musste zwischenzeitlich eingenickt sein, denn er schreckte hoch, als es klingelte, und wusste zunächst nicht, wo er war. Benommen mühte er sich aus seinem Lehnsessel. Richtig, Henrike. Henrike kam zum Essen. Schnell überprüfte er sein Aussehen im Spiegel, dann machte er sich auf den Weg zur Haustür.

Während er feststellte, dass er für die Treppen immer länger brauchte, hörte er Greet und Henrike reden. »Na? Wie war der Abend mit den roten Socken?«, fragte Greet. Henrikes Antwort verstand er nicht, doch Greets *Oh là là!* ließ darauf schließen, dass das Rendezvous ein Erfolg gewesen war.

Zum wiederholten Male in seinem Leben wunderte Hendrik sich darüber, wie offen Frauen miteinander sprechen konnten. Schon in seiner Jugend war er darüber verblüfft gewesen, mit welcher Selbstverständlichkeit seine Schwester sich mit ihren Freundinnen ausgetauscht hatte. Und zwar auch über Dinge, die er kaum vor sich selber hatte eingestehen können.

Begriffe wie *tolle Überraschung* und *hinreißend* fielen nun. Bliebe sie nun länger in Amsterdam? Endlich hatte er die letzten Stufen hinter sich gelassen und ging auf die beiden Frauen zu.

Henrike begrüßte ihn mit einem strahlenden Lachen und drückte ihn fest. Über ihre Schulter hinweg beobachtete er, wie Greet auf Henrike zeigte, mit beiden Händen ein großes Herz beschrieb und dazu mit den Augen klimperte. Er nickte, als Zeichen, dass er es verstanden hatte. Ciscas Tochter war also verliebt.

Zum Glück hatte Henrike nichts gegen ein Essen zu Hause einzuwenden und folgte ihm hinauf. »Ich muss nur noch den Tisch decken«, sagte er. »Ansonsten ist alles schon da.« Er nahm den Teppich vom Tisch und legte ihn zur Seite.

»Das ist richtig typisch niederländisch«, sagte Rike und zeigte auf den Perser. »In keinem anderen Land legt man Läufer auf den Tisch. Bei meinen Großeltern und meiner Mutter war das auch Brauch.«

»Bei uns ebenfalls.« Hendrik legte eine Tischdecke auf. »Ich habe mir darüber aber ehrlich gesagt noch nie groß Gedanken gemacht.«

»Er ist so niederländisch wie der Geburtstagskalender auf der Toilette und die Tasse Kaffee nach dem Abendessen.«

»Macht man das in Deutschland nicht?« Hendrik nahm zwei Weingläser aus dem Schrank.

»Höchstens einen Espresso beim Italiener«, sagte Henrike. »Als wir kurz in Deutschland waren, hat meine Mutter einer Nachbarin nachmittags mal eine Tasse Kaffee angeboten. Die fiel fast in Ohnmacht. Sie sagte, ab Mittag würde sie nur noch Kräutertee trinken, sonst könne sie nachts nicht schlafen.«

Hendrik kicherte. »So ein Quatsch. Aber jetzt essen wir erst mal. Hattest du gestern einen schönen Abend?«

»Ja. Ganz toll. Und heute hat der Mann mit den roten Socken mich mit einem Ausflug in den Zoo überrascht.« Sie berichtete ihm von ihrem Besuch in Artis. »So etwas wäre Edgar nicht mal im Schlaf eingefallen.«

Hendrik überlegte, ob er fragen dürfe, wie sie sich das weiter vorstelle, doch zu seiner Überraschung brachte Henrike seine eigene Vergangenheit ins Spiel.

»Ein bisschen ist es ja wie damals mit dir und meiner Mutter. Plötzlich hat man das Gefühl, verliebt zu sein, und fragt sich, wie das passieren konnte.« Sie nahm ein Stück vom Baguette und legte sich Schinken auf den Teller. »Du hattest sicher auch nicht vor, dich zu verlieben, oder?«

Hendrik schüttelte langsam den Kopf. »Nein, bis ich Cisca sah, war ich fest der Meinung, dass mit Katrien und mir alles in bester Ordnung ist.«

»Genauso ist es jetzt bei mir. Wobei ich ehrlich sagen muss, dass mein Verhältnis mit Edgar nie ein echtes Highlight war. Bedingt durch meine Furcht vor Konflikten fühle ich mich auf der sicheren Seite, wenn die Emotionen in einer Beziehung nicht dauernd überkochen. Da kam Edgar wie gerufen. Bei ihm geht dieses Risiko gegen null.« Sie überlegte. »Er ist eher so einer, nach dem man die Uhr stellen kann: Er steht Punkt halb sieben auf, unterbricht seine Schulvorbereitungen um 3, um sich einen Tee zu machen, und kocht sich jeden Samstag ein wachsweiches Ei. Um nur ein paar Beispiele zu nennen.«

»Du lieber Himmel … Wie hältst du das aus?«

»Gar nicht, wie ich inzwischen feststelle. Aber aus Angst vor Veränderungen und einem weiteren Umzug habe ich es in Kauf genommen.«

»Dennoch muss es schlimm für dich sein, dass er einfach gegangen ist, oder?«

»Natürlich. Verarbeitet habe ich das noch lange nicht. Doch ich erkenne erste Muster.« Sie überlegte kurz. »Im Zoo kam mir der Gedanke, dass ich mich aus Angst vor irgendwelchen Risiken wie hinter einer dicken Glasscheibe verbarrikadiert habe. So habe ich wie die Tiere dort zwar freie Sicht nach draußen, bin aber dennoch gefangen. Darum ist es höchste Zeit, diesen Schutzraum zu verlassen. Sonst geht das Leben noch länger an mir vorbei.« Sie hob das Glas. »Und das wäre höchst bedauerlich.«

Während sie zu Chansons von Georges Moustaki weiteraßen, beobachtete Hendrik diskret seine Besucherin. Waren sie auf dem ersten Blick nicht erkennbar gewesen, stellte er auch heute weitere Ähnlichkeiten mit ihrer Mutter fest. Wie Cisca ordnete Henrike ihr Essen nach einem bestimmten Prinzip, hielt das Messer beim Schneiden wie sie und strich sich immer wieder eine Haarsträhne hinters Ohr.

Er dachte an den Abend, als Cisca und er vergeblich zu dem bereits belegten Strandhaus gereist waren. Sie hatten alles für ein schönes Abendessen vorbereitet und waren mit ihrem Korb weitergegangen, bis sie in den Dünen ein schönes, geschütztes Plätzchen entdeckt hatten. Es war ein Picknick geworden, bei dem das Essen nur eine Nebenrolle gespielt hatte, ein lauer Abend voller Zärtlichkeiten.

Als sie eng umarmt zu den Sternen hinaufgeschaut, sich ihre intimsten Gefühle anvertraut hatten, war ihm der Gedanke gekommen, dass so etwas mit Katrien nicht möglich gewesen wäre. Die Leidenschaft, die er dort mit Cisca erlebte, war für Katrien vor der Ehe tabu. Hatte er seine Liebe zu ihr jemals als *Highlight* betrachtet?

Auch Rikes Gedanken drehten sich um Katrien. »Hast du deine Verlobte damals in Davos besucht?«

»Ja, einmal bin ich hingefahren.« Gebeutelt von einem schlechten Gewissen, das ihn nie wieder loslassen sollte. »Zuerst wollte mein Schwiegervater mich begleiten, doch im letzten Augenblick erforderte die Firma seine Anwesenheit. Ich war erleichtert, denn ich hatte das Gefühl, dass meine Verliebtheit mir auf die Stirn geschrieben stand, und wusste nicht, ob ich mich lange würde verstellen können. So hatte ich Zeit, mich auf das Wiedersehen mit Katrien vorzubereiten …« Er schenkte Wein nach.

»Es waren zwei seltsame Tage. Einerseits faszinierte mich dieser mondäne Ort, zum anderen wurde mir klar vor Augen geführt, dass ich, der Sohn eines kleinen Krämers, dort nicht hingehörte und keine Ahnung hatte von dieser noblen Welt. Dabei hatte ich in punkto Umgangsformen schon erheblich dazugelernt.

Doch die Hotels und Restaurants in Davos stellten all das in den Schatten. Überall glänzende Limousinen und Menschen, denen man den Kontostand schon von weitem ansah. Ich hatte meinen besten Anzug dabei, aber viele Kellner waren weitaus eleganter gekleidet als ich.«

»Hat Katrien sich denn gefreut, dich zu sehen?«

»Auf jeden Fall. Doch ihre Mutter ließ uns kaum aus den Augen. Dadurch waren ein echtes Gespräch, richtige Nähe nicht möglich, und die Zeit war knapp. Bevor ich richtig angekommen war, befand ich mich schon wieder auf der Heimreise.« Mit dem beunruhigenden Gefühl, dass seine zukünftige Schwiegermutter genau wusste, wie es in ihm aussah.

»Während der Rückfahrt nach Amsterdam drehten sich meine Gedanken ständig im Kreis. Bis ich plötzlich keinen Ausweg mehr sah, heil aus dieser Situation herauszukommen. Es muss aufhören, dachte ich immer wieder, ich muss Cisca gleich nach meiner Ankunft sagen, dass wir uns nicht mehr sehen dürfen. Doch als ich sie wiedersah …«

»Waren alle Gefühle wieder da.« Henrike strich ihm über die Hand. »Das muss ein schreckliches Dilemma gewesen sein. Hat dein Schwiegervater etwas von deiner Affäre geahnt?«

»Er hat es wohl gar nicht in Betracht gezogen und nur den hart arbeitenden Schwiegersohn in mir gesehen, in den er all seine Hoffnung gesetzt hatte. Was mein schlechtes Gewissen noch verstärkte.«

»Ein schlimmer Spagat.« Henrike musterte ihn nachdenklich. »Hast du dabei nie mit dem Gedanken gespielt, Katrien zu verlassen und mit meiner Mutter einen Neuanfang zu machen?«

»Das war damals nicht so einfach …« Er legte seine Serviette zusammen. »Man löste eine Verlobung nicht auf, nur weil man sich neu verliebt hatte. Das wäre sowohl für die Frau als auch für ihre Familie einem Gesichtsverlust gleichgekommen. Für meine Eltern ebenfalls. Ich war der Sohn, der studiert, der es geschafft hatte, die kleinen Verhältnisse hinter sich zu lassen. Darauf waren sie enorm stolz, auch wenn es ihnen das Herz brach, dass ich nach Australien auswandern würde.«

Seine Schwester hatte ihm diese Einwände nicht abgenommen. Louise, die von Beginn an eingeweiht gewesen war, hatte ihm vorgeworfen, es ginge ihm letztendlich nur um seine Karriere, und ihn einen Feigling genannt. Nach einem dieser erbitterten Streitgespräche war er nachts aufgestanden und hatte Cisca einen ersten Brief geschrieben. Er hatte seinen Gefühlen freien Lauf gelassen und ihr dargelegt, warum er sich nur so und nicht anders entscheiden konnte. Am nächsten Tag hatte er erkannt, dass es nur Phrasen waren, die er zu Papier gebracht hatte. Hohle Worte. Dass Louise vielleicht doch richtig lag mit ihrer Annahme, dass …

»Familie ist ein schwieriges Terrain«, sagte Henrike. »Nicht, dass ich persönlich viel Erfahrung damit habe, aber ich habe eine Menge durch Edina darüber gelernt. Meine beste Freundin ist Russlanddeutsche und in einer Großfamilie aufgewachsen. Ich habe es geliebt, wenn sie zusammensaßen und von ihren Verwandten erzählten.

Die einzige Verbindung zu der dortigen Familie waren Briefe, die laut vorgelesen und kommentiert wurden. Kam ein Päckchen, war das ein besonderes Ereignis, ein Stück Heimat, das Grenzen überschritten hatte und mit großer Sorgfalt ausgepackt wurde. Und ein Grund, weitere Geschichten und Anekdoten zum Besten zu geben.

All das bedeutete einerseits Wärme und Geborgenheit. Doch schon bald spürte ich, dass diese Überlieferungen auch Stolpersteine in Form von Halbwahrheiten und Lügen bereithielten und manche Themen ein großes Tabu darstellten und höchstens angedeutet wurden.

Ab einem bestimmten Alter hat Edina diese Sippschaft nur noch als Einschränkung empfunden. Das konnte ich inzwischen nachvollziehen. Den Blicken und Meinungen von Mutter und Babuschka entkam man nur, wenn man für einen gewissen Sicherheitsabstand sorgte.«

»Hast du selber gar keine Verwandte mehr?«, fragte Hendrik.

Henrike schüttelte den Kopf. »Wir hatten von Anfang an wenig zu bieten: Mein Vater hatte gar niemanden, und meine Mutter war Einzelkind. Meine Großeltern wohnten ziemlich entfernt und mussten schon früh in ein Altersheim ziehen. Aus dem Grund war ich immer nur kurz bei ihnen zu Besuch. Ansonsten gab es noch eine Großtante und ein paar Cousinen. Doch auch die wohnten zu weit entfernt, als dass man spontan vorbeigehen konnte.«

»Schon seltsam, wie unterschiedlich Menschen aufwachsen«, sagte Hendrik. »Für mich war Familie so selbstverständlich wie atmen. Man kannte und besuchte sich, stritt und versöhnte sich und erzählte an so manch feucht-fröhlichen Abenden Geschichten von denjenigen, die nicht mehr am Leben waren. Und mit der gleichen Selbstverständlichkeit zog man übereinander her.«

»Ich hatte immerhin zwei Nenntanten, enge Freundinnen meiner Mutter, die, bis sie starben, eine große Bereicherung für mich waren. Die eine war ein Sinnbild für Wärme und Gemütlichkeit, die andere die Intellektuelle, die durch die Welt reiste und jede Menge künstlerische Hobbys hatte. Sie fehlen mir bis heute.«

»Und wie ist das mit der Familie von diesem Edgar?«

»Die Aussicht, seine Eltern nie wieder besuchen zu müssen, ist verlockend. In diesem Haushalt läuft alles immer nach einem bestimmten Schema ab. Diese Zwanghaftigkeit haben sie ihrem Sohn vererbt. Zudem wissen sie alles besser und erteilen mir gern gute Ratschläge.« Henrike grinste. »Die Rouladen seiner Mutter werde ich allerdings vermissen. Die macht keine so gut wie sie.«

»Du hast vorhin erwähnt, dass deine Eltern sich oft gestritten haben …« Hendrik überlegte angestrengt, wie er mehr zu dem Thema erfahren konnte, ohne indiskret zu wirken. »Wie war das denn damals …«, er gab sich einen Ruck, »wie war dein Vater?«

»Das lässt sich nicht in zwei Sätzen abhandeln. Ich habe diese Fragen schon in dem Notizbuch von Greet zu beantworten versucht. Aber ich bin nicht weit gekommen.« Henrike schob ihren Teller von sich und stützte sich mit den Unterarmen auf den Tisch. »Mein Vater kam stark traumatisiert aus dem Krieg, hat aber nie darüber sprechen können. Als mir das klar wurde, stellte ich mir vor, er würde einen Koffer mit sich tragen, den er unter keinen Umständen öffnen wollte, vielleicht auch nicht öffnen konnte.

Ich habe mich oft gefragt, was dort alles verstaut gewesen sein mag. Vielleicht waren es imaginäre Tagebücher, in denen er die erlittenen Schmerzen festgehalten hatte. Vielleicht war er auch voller leerer Seiten, weil es ihm gar nicht möglich war, sie mit den Schrecken, der Angst und der Einsamkeit zu füllen, die ihn geprägt haben. Weil ohnehin niemand es hätte verstehen können, der nicht Gleiches erlebt hatte. Ich werde es nie erfahren.«

Sie sah ihn an. »Ich habe mich oft gefragt, warum meine Mutter sich ausgerechnet für ihn entschieden hat. Er war recht klein, nicht sehr hübsch und hatte schon früh eine Glatze … Das Leben mit ihm war nicht gerade einfach. Jetzt, da ich eure Geschichte kennengelernt habe, kann ich mir erst recht keinen Reim darauf machen.«

»Mir hat Cisca mal gesagt, dass sie alles dafür geben würde, sollte es ihr jemals vergönnt sein, eine Familie zu haben. Vielleicht kann man es sich so erklären. Deine Mutter hatte schon auf andere Träume verzichten müssen. Sie hatte ja ein Einser-Abitur und wollte unbedingt Medizin studieren. Doch der Krieg hat diesen Wunsch zunichtegemacht.« Als er Henrikes überraschtes Gesicht sah, stutzte er. »Hast du das nicht gewusst?«

Sie schüttelte den Kopf. »Ich wusste, dass sie ein gutes Abi hatte. Die Tatsache, dass sie Krankenschwester geworden ist, habe ich aber nie groß hinterfragt.«

Einen kurzen Augenblick lang war Hendrik versucht, ihr auch von diesem anderen Vorfall zu erzählen, doch er verwarf die Idee. Schließlich war es fraglich, ob die Begebenheiten zusammenhingen. Er sollte lieber auf sicherem Boden bleiben und von harmlosen Dingen berichten.

»Dann ist dir vielleicht auch nicht bekannt, dass deine Mutter mal zusammen mit meiner Schwester in einer Kirche aufgetreten ist und gesungen hat? Es war ein tolles Konzert.«

Wieder sah Henrike ihn mit großen Augen an. »Auch das höre ich zum ersten Mal. Was haben sie denn gesungen?«

»Chansons und Arien. Sie hatten beide sehr gute Stimmen.«

Henrike schüttelte langsam den Kopf. »Verrückt, dass ich das alles nicht weiß.«

»Die kleine Kirche war bis auf den letzten Platz gefüllt und das Publikum begeistert«, sagte Hendrik. »Ich habe diesen Abend noch genau vor Augen.«

»War das hier in Amsterdam?«

»Nein, in der alten Stiftskirche in Weersel, im Osten des Landes.« Plötzlich packte ihn ein großes Verlangen, diesen Ort ein letztes Mal zu besuchen, Cisca so noch mal ganz nah zu sein. »Was meinst du? Wollen wir morgen gemeinsam hinfahren?«

Vielleicht konnte er ihr dort auch von den Briefen erzählen, die er Cisca geschrieben hatte, sie ihr vielleicht sogar geben.

18.

Nach dem Abend mit Hendrik ertappte Rike sich dabei, immer mehr Gegebenheiten in ihrem Leben mit einem *angeblich* zu versehen. Als müsste sie Teile ihrer Biografie neu übersetzen, weil ihr endlich das richtige Wörterbuch zur Verfügung stand.

Es machte sie aber auch zunehmend unsicher: Worauf konnte sie noch vertrauen? Nur auf das, was sie selber erlebt hatte? Doch wie verlässlich, wie gefärbt waren ihre eigenen Erinnerungen?

Auch ihre Mutter sah sie allmählich in einem anderen Licht. Nicht nur ihr Vater, auch sie war mit einem Koffer voller Verletzungen, unerfüllten Wünschen und Enttäuschungen unterwegs gewesen. Ganz zu schweigen von diesem unerreichbaren Mann. Nicht auszudenken, wie verzweifelt sie gewesen sein muss, jemanden zu lieben, der bereits vergeben war und bald am anderen Ende der Welt sein würde. Wenn diese Trennung mit jedem Kuss, jeder Umarmung ein Stück näher gekommen war.

Genauso unvorstellbar, wie es ihrer Mutter in dieser Situation möglich gewesen war, sich nach einem Ehemann umzuschauen. War ihr Bedürfnis nach einem Kind so stark gewesen, dass sie sich für einen Mann entschieden hatte, den sie kaum kannte, der nicht nur beruflich auf unsicheren Beinen stand? Nur, weil er bereit war, mit ihr ein Kind großzuziehen? Für so einen Menschen würde sie alles geben, hatte Hendrik erwähnt. Was aber hieß *alles*? War das der Grund, warum sie dem Umzug nach Deutschland letztendlich doch zugestimmt hatte?

Rike setzte sich mit einem Kaffee in die Küche und blätterte in ihrem Notizbuch, erinnerte sich daran, wie es für sie in Deutschland weitergegangen war.

Es dauert nicht lange, bis du dem Lagerhaus einen weiteren Besuch abstattest, den Hausmeister erneut bittest, den einen oder anderen Karton zu verwahren. Sie sind voller Gefühle, die dir in deiner neuen Welt mehr und mehr in die Quere kommen. Schweigend nimmt er die Sehnsüchte, die Trauer und die allgegenwärtige Überforderung entgegen und lagert sie auf deinen Wunsch hin tief im Keller. Dort können sie dich nicht mehr behindern.

Erleichtert ziehst du ab. Fest davon überzeugt, dass du diese Schachteln nie wiederfinden und öffnen willst. Ohne sie kommst du besser zurecht.

Mit jedem Tag, an dem du dich auf dieses neue Leben einlässt, entfernst du dich ein Stück weiter von der Heimat. Hast du anfangs gehofft, beide Bereiche in dir am Leben halten zu können, stellst du ohnmächtig fest, dass du eine Entscheidung treffen musst. Die Seiten sind zu verschieden, die Schnittmengen zu gering.

Mami kämpft weiter auf verlorenem Posten, ihre depressiven Phasen mehren sich und überfordern dich. Im Gegensatz zu ihr findest du Anschluss und erlebst eine erste Liebe. Du sehnst dich weiterhin nach Normalität, und sei es nur eine ganz herkömmliche Vater-Mutter-Kind-Konstellation. Alles ist besser als diese niederdrückende Stimmung, vor der du mit schlechtem Gewissen immer öfter Reißaus nimmst.

Hast du in den ersten Jahren unbewusst auf eine mögliche Flucht zurück gehofft, bist du irgendwann in diesem Land angekommen, ohne dass es dir bewusst geworden ist. Mit siebzehn ziehst du weiter, zu einer passenden Schule in einer lebendigen Stadt, und lebst, als müsstest du die verlorene Zeit nachholen. Kultur und Politik bekommen einen Platz in deinem Leben, der Eiserne Vorhang rückt in sichere Ferne, dein Horizont öffnet sich.

Ein Teil von dir wird hier nie ansässig werden, aber damit kannst du leben. Hattest du lange das Gefühl, zwischen zwei Stühlen zu sitzen, hast du nun auf beiden Platz genommen.

Doch die alten Muster sind als blinde Passagiere mitgereist und kommen langsam aus der Deckung: Dein Vater eckt wieder in der Firma an, findet immer neue Ausreden, nicht nach Hause zu kommen, und richtet sich ein Postfach ein. Mami beschwichtigt, bis auch ihr endlich klar wird, dass er innerlich längst aufgebrochen ist. Bald ist er ganz verschwunden, teilt schriftlich mit, dass er sich scheiden lassen wird und bis auf Weiteres nicht erreichbar ist.

Sein Weggang ist eine Nacht-und-Nebel-Aktion, bei der er vieles entwendet. Unter den Sachen, die er euch dalässt, befindet sich eine Schublade mit unbezahlten Rechnungen und Mahnungen für Dinge, von denen er stets erzählt hatte, sie seien nur geliehen. Summen, die nun bezahlt werden müssen und euch mittellos dastehen lassen.

Diese Trennung ist ein Weckruf. Zum ersten Mal fragt sich Mami, warum sie alles so lange mitgemacht hat. Alles, lernst du nun, sind Seitensprünge, Lügen und Erniedrigungen, die sie ertragen hatte, weil *keine andere Lösung für sie erkennbar war, die Ursache für ihre Depressionen.*

Ihre Trauer und die Ausweglosigkeit wandeln sich in eine unbändige Wut. Als sie endlich aufgewacht ist, nimmt sie ihr Leben wieder in die Hand, besinnt sich auf ihre Fähigkeiten und findet Arbeit. Du bewunderst ihren Mut.

Auch dein Vater staunt nicht schlecht. Doch statt sich mit ihr auszusprechen, tischt er neue Geschichten auf. Auf Umwegen erfährst du, dass irgendwo eine Frau auf ihn wartet. Eine, die mal in der Firma gearbeitet hat, eine, die mal mit Mami befreundet war. Zu Hause meidest du dieses Thema, stets darauf bedacht, sie nicht auch noch mit dieser Tatsache konfrontieren zu müssen.

Rike dachte an die seltenen Telefonate mit dem Vater, an die kurzen Treffen, die sie vor ihrer Mutter geheim gehalten hatte. Sie wollte ihr keine neuen Lügen erzählen, sie nicht mit diesen beschämenden Märchen verletzen. Für sie selber setzte sich der Tanz von Betrug und Heuchelei noch einige Jahre fort. Bis sie endlich die Kraft fand, sich von ihm loszusagen.

Später hatte sie gelernt, dass man sich von den Eltern nie völlig freimachen konnte, egal, wie sehr man sich von ihnen distanzierte. Sie gaben einem nicht nur Äußerlichkeiten wie Augen- und Hautfarbe mit, auch die Erfahrungen, die sie machen mussten, hinterließen Spuren, die einen einholten und Aufmerksamkeit verlangten.

Wenn sie ehrlich war, glich die Beziehung mit Edgar der Ehe ihrer Eltern in erschreckender Weise. Auch sie hatte seine Defizite immer wieder heruntergespielt. Und war letztendlich auf ähnliche Weise verlassen worden. Im selben Alter wie ihre Mutter.

Die Botschaft, stets gut für sich zu sorgen, die Aussage, dass auf Männer kein Verlass sei, kam später, doch möglicherweise nicht *zu* spät. Auch wenn ihre Mutter nie wieder eine Beziehung eingegangen war, gab es für sie selber durchaus Möglichkeiten, es noch einmal zu versuchen. Denn wie hatte ihre Mutter es kurz vor ihrem Tod formuliert? *Was auch immer dir zustößt, entscheidend ist, was du daraus machst.*

Sie sah auf die Uhr. Gleich war es Zeit, Hendrik abzuholen. Sie dachte an seine leuchtenden Augen, als sie zugestimmt hatte, mit ihm zu dieser Kirche zu fahren. Im Lauf des Essens waren ihm immer weitere Lieder eingefallen, die ihre Mutter und Louise an jenem Abend zum Besten gegeben hatten, und er war aus dem Erzählen nicht herausgekommen.

Doch bei all diesen Geschichten war ihr nicht entgangen, wie müde und zerbrechlich er gewirkt hatte. Hoffentlich war die heutige Fahrt nicht zu anstrengend für ihn.

Während sie zwei Äpfel und eine Flasche Wasser in ihren Rucksack steckte, sah sie, dass Ian ihr einen Link geschickt hatte. Neugierig klickte sie ihn an. Das Titelbild eines altmodischen Amateurvideos kam zum Vorschein: *Ein Tag am Strand mit der ganzen Familie.* Es folgten blasse, verwackelte Bilder, die sie an die Super-8-Filme erinnerten, die ihr Vater früher gemacht hatte.

Beim Hören der ersten Töne wusste sie, dass sie die Melodie noch lange im Ohr haben würde. *Wir fahr'n nach Zandvoort ans Meer*, ein Schlager, den wohl jeder Niederländer kannte. Amüsiert betrachtete Rike die Schwarzweißaufnahmen von glücklichen Kindern, die Löcher im Sand buddelten, in den Wellen herumsprangen und Burgen bauten. Von Müttern, die ihre Kleinsten an der Flutlinie abfingen, und Vätern, die sich geduldig in Sandskulpturen verwandeln ließen. Ausflüge, die sie nur im kleinsten Kreis gekannt, aber über alles geliebt hatte.

Bevor sie sich länger in die Aufnahmen vertiefen konnte, kam eine weitere Nachricht: *Wie wäre es heute mit einem Strandtag? Ich spendiere Dir auch ein Eis …*

Verunsichert starrte Rike auf die Worte. Das Angebot war verlockend, aber deshalb den Ausflug verschieben? Nein, das konnte sie Hendrik nicht antun. Er hatte gestern Abend mehrmals betont, wie sehr er sich auf diese Tour freue.

Morgen sehr gern. Aber jetzt fahre ich mit Hendrik zu einer Kirche, die er unbedingt noch mal besuchen möchte. Sorry.

Die Antwort kam postwendend: *Du willst diesen schönen Tag mit einem alten Mann in einer noch älteren Kirche verbringen? Nicht Dein Ernst, oder? Es muss auch nicht Zandvoort sein. Gern einen kleineren Ort, wo wir in Ruhe am Strand laufen können.*

Rike schüttelte den Kopf. *Ich habe es ihm ganz fest versprochen.*

Sendepause. Als Ian sich zehn Minuten später immer noch nicht gemeldet hatte, legte Rike das Handy in ihre Tasche. Um es gleich darauf wieder hervorzuholen. Sollte sie die Fahrt mit Hendrik vielleicht doch verschieben? Ian hatte schon recht: Es war ein strahlender Tag, den man nicht auf der Autobahn verbringen sollte. Aber Hendrik hatte so begeistert von diesem Konzert erzählt und … nein, Ian musste warten.

Sie rief eine Wetter-App auf und stellte fest, dass auch morgen schönes Wetter sein würde. Sie schickte Ian einen Screenshot der Vorhersage … keine Reaktion. Sofort war ihre Harmoniesucht zur Stelle. Hatte sie ihn mit ihrer Absage vor den Kopf gestoßen? Unruhig ging sie umher, dachte an die unbeschwerten Stunden im Zoo zurück, an die Vertrautheit, die zwischen ihnen geherrscht hatte. Wieder checkte sie ihr Handy. Nichts.

Was, wenn er sich nie mehr meldete, es kein *Morgen* mit ihm geben würde? Der Junge mit dem grünen Pulli fiel ihr ein, die Panik, als ihr bewusst geworden war, dass sie ihn wohl nie wiedersehen würde. Wiederholte diese Geschichte sich gerade?

Halt! Sie straffte die Schultern und holte tief Luft. Ganz ruhig. Sie war nach Amsterdam gefahren, um Hendrik kennenzulernen und mehr über die Vergangenheit ihrer Mutter zu erfahren. Okay. Aber hatte er ihr nicht schon eine ganze Menge erzählt? Was sprach also dagegen, den heutigen Tag mit Ian und den morgigen mit Hendrik zu verbringen? Ihr Versprechen. Richtig. Und Versprechen waren ihr heilig.

Sie hatte gerade eine imaginäre Diskussion mit beiden Männern begonnen, als eine WhatsApp-Nachricht einging – von Greet, die ihr mitteilte, dass es Hendrik heute nicht gut gehe, und fragte, ob es möglich sei, den Ausflug zu verschieben. Das Beste sei wohl, wenn sie, Henrike, ihm diesen Vorschlag machen würde, da Hendrik sich nicht eingestehen wolle, dass es die bessere Lösung sei. Erleichtert schrieb sie Greet zurück und bat anschließend Hendrik unter dem Vorwand einer Migräne um eine Verschiebung der Fahrt.

Zehn Minuten später war das Dilemma gelöst, und sie schrieb Ian erneut: *Steht Dein Angebot noch? Ich lechze nach diesem Eis.* Wieder keine Reaktion. Erneut begann Rike eine mentale Aussprache mit Ian, legte ihm erneut ihre Gründe dar, bis ihr klar wurde, was sie da tat. Warum fühlte *sie* sich dafür verantwortlich, dass *er* sich nicht meldete? Nicht zu fassen, sie verhielt sich wie in besten Edgar-Zeiten. Verdammt! Der Kerl war keine fünf mehr und sollte in der Lage sein, eine Absage zu verkraften.

Was auch immer dir zustößt, entscheidend ist, was du daraus machst. Ja, Mami, du hast recht. Alte Verhaltensmuster ließen sich zwar nicht abstreifen wie Socken. Nicht mal, wenn sie rot waren. Doch sie schwor sich, jeden Tag mehr gegen sie vorzugehen. Bis sie ihr nicht mehr in die Quere kamen. Sie würde sich eben allein einen schönen Strandtag machen. Basta.

Sie nahm ihren Rucksack und setzte sich ins Auto. Kaum hatte sie den Schlüssel ins Zündschloss gesteckt, klingelte ihr Handy. Als sie den Namen auf dem Display sah, überlegte sie, den Anruf wegzudrücken. Ihr Herz jedoch war anderer Meinung, und sie gab nach.

Ian klang außer Atem. »He, wie schön, dass es noch klappt! Könnten wir mit deinem Wagen fahren? Ich habe mein Auto gerade einem Freund geliehen und deine Nachrichten verpasst.«

Erleichtert gab Rike den Treffpunkt im Navi ein. Entscheidend war, was man daraus machte. Ganz richtig. Morgen würde sie sich um diese eingefahrenen Muster kümmern. Morgen. Heute wollte sie das Leben genießen. Und zwar mit diesem Mann.

19.

Die Straße durch die Dünen war so gerade, als wäre sie mit einem Lineal gezogen, der Himmel blau wie in einem Bilderbuch. Rike kurbelte das Seitenfenster hinunter und bildete sich ein, das Meer schon riechen zu können. Mit jedem Kilometer wurde sie aufgeregter.

Ian betrachtete sie grinsend. »Du warst lange nicht mehr am Meer, oder?«

»Viel zu lange. Ein Glück, dass ich das bald nachholen kann.« Die letzte Parkmöglichkeit kam in Sicht. Rike stellte den Wagen kurz vor der Fußgängerschranke ab, und sie stiegen aus. »Hoffentlich ist der Strand genauso leer.«

»Wer hat schon an einem Donnerstag im Oktober Zeit?«

»Glückspilze wie wir.« Sie schulterte den kleinen Rucksack und hakte sich bei Ian unter. »Zwei, die es sich heute richtig gutgehen lassen sollten.«

Sie durchquerten die Dünen und rannten ausgelassen wie Kinder ans Wasser. Rike zog die Schuhe aus und hielt das Gesicht in die Sonne. Die Anspannung des Vormittags fiel von ihr ab, und der Alltag war so weit weg, dass sie sich nur mit Mühe an die stressigen Wochen vor ihrer Reise erinnern konnte. Jetzt wollte sie laufen, einfach nur laufen.

Ein altes Ehepaar hatte es sich unter einem Sonnenschirm gemütlich gemacht, es half seinem Enkelkind beim Formen von Sandtörtchen. Ein Mann warf einen Ball und sah zu, wie sein Hund hinterhersprang. Neben einem verwaisten Strandpavillon flatterten bunte Flaggen im Wind, die gestapelten Stühle und hochgeklappten Tische riefen den Sommer ins Gedächtnis.

»Bist du früher oft ans Meer gefahren?« Auch Ian hatte die Schuhe ausgezogen und ging neben ihr her.

»So oft wie möglich. Ich erinnere mich noch an Sommerferien, in denen wir Kinder jeden Morgen mit Betreuern im Bus an die Küste fahren konnten. Dort wurden wir bis zum Abend kollektiv bespaßt und kamen müde gespielt, braungebrannt und hungrig nach Hause.«

»Mit deinen Eltern bist du nie verreist?«

»Dafür fehlte das Geld. Ich kann mich nur an zwei Urlaube erinnern, in einem winzigen Ferienhaus irgendwo in der Heide.« Sie sah Ian von der Seite an. »Wie war das bei euch?«

»Wir hatten genug Geld und sind auch weggefahren. Doch meistens war ich nur mit meiner Mutter unterwegs, weil mein Vater in der Firma zu tun hatte. In Wahrheit zofften sich meine Eltern in den Ferien noch mehr als sonst und lösten das Problem irgendwann so für sich. Oder für mich, je nachdem, wie man es betrachtet.« Die tiefe Falte zwischen seinen Brauen zeigte sich kurz.

Rike dachte an die verbitterten Aussagen über seinen Vater bei ihrem ersten Treffen. »Hast du dich denn mit deiner Mutter gut verstanden?«

Ein zärtliches Lächeln glitt über Ians Gesicht. »Ja. Sie war eine liebevolle Frau und immer für mich da. Hattest du einen guten Draht zu deiner?«

Im Gespräch mit Hendrik hatte Rike die negativen Aspekte der elterlichen Ehe weitgehend unter den Tisch fallen lassen. Sie beschloss jetzt ähnlich zu verfahren und nickte. »Ja, sie war eine tolle Frau. Eine Kämpferin.«

Schweigend schlenderten sie durch die heranrollenden Wellen. Es war angenehm warm. Rike richtete den Blick auf die vielen Muscheln, die sich an der Flutlinie gesammelt hatten. Es war Ebbe, und sie hatten einen ungleichmäßigen Saum gebildet, einen Streifen aus Formen und Farben, klein und groß.

Sie nahm eine Plattmuschel aus dem Sand. Beide Seiten waren in der Mitte fest verbunden und bildeten die Form eines rotgeränderten Schmetterlings. Der Gestalt nach fähig, zu fliegen, doch dazu bestimmt, im Wasser zu leben.

Sie zeigte die Muschel Ian. »So hatte sich meine Mutter ihre Ehe gewünscht. Zwei Hälften, die einen schützenden Raum bilden können, doch auch eine Einheit sind, ein Zusammensein anderer Art.«

»Ist ihr Wunsch in Erfüllung gegangen?«

»Nein.« Mit einem Mal fühlte sie sich müde. Die beharrliche Konfrontation mit der Vergangenheit erschöpfte sie. Wie auch der Gedanke an das, was auf sie zukam, wenn sie nach Hause zurückkehrte. Ihr größter Trost war, dass Edina bald wieder im Land sein würde. Vielleicht konnte sie eine Weile bei ihrer Freundin unterkommen und dort überlegen, wie es in ihrem Leben weitergehen sollte. Saubere Schnitte mit der Vergangenheit gab es nur in Edgars Kalenderwelt.

»Stimmt etwas nicht?« Ian sah sie besorgt an.

»Es stürmt im Augenblick sehr viel auf mich ein. Dabei ist mir auch klar geworden, wie wenig ich meine Mutter im Grunde gekannt habe. Als wäre ihr Leben eine Geschichte, die jetzt stetig ergänzt wird. So habe ich zum Beispiel erfahren, dass sie früher oft tanzen gegangen ist, gern Ärztin geworden wäre und mit einer Freundin vor Publikum in einer Kirche gesungen hat. Wenn ich sie mal singen gehört habe, dann höchstens abends, leise, wenn sie die Küche aufräumte. Zusammen mit dem Klappern des Geschirrs war das wie eine beruhigende Musik. Dann wusste ich, ich musste nicht bis fünf zählen.«

»Bis fünf zählen?«

»Wenn es zwischen meinen Eltern krachte, habe ich in den

Streitpausen gezählt. War es bei fünf noch ruhig, hoffte ich, sie hätten sich versöhnt.«

Ian legte ihr einen Arm um die Schultern und zog sie sanft zu sich heran. »Als Kind lernt man die Stimmungen der Eltern genau zu deuten, achtet auf jede Änderung des Tonfalls. Wie bei einem Seismografen schlägt der Zeiger sofort aus, wenn in einer Unterhaltung bestimmte Begriffe fallen. Daran kann ich mich auch noch gut erinnern.«

Zögerlich legte Rike den Arm um seine Taille. Sie spürte eine tiefe Vertrautheit, die sie nicht deuten konnte. War es, weil Ian Ähnliches erlebt hatte und sie offen mit ihm darüber sprechen konnte? Wie auch immer, es fühlte sich gut an.

Den Blick in die Ferne gerichtet, gingen sie weiter. Rike lauschte den Wellen und den schreienden Möwen, spürte den Sand unter den Füßen und verstand nicht sofort, als Ian sie lachend auf etwas aufmerksam machte. Bis auch sie die große Sonnenliege entdeckte, die jemand aus Sand gebaut und aufwendig mit Muscheln verziert hatte.

Im nächsten Augenblick lagen sie nebeneinander. »Sehr bequem«, sagte Rike, während sie den Himmel betrachtete. Kleine Wolken wurden landeinwärts getrieben und veränderten bei jedem Windstoß ihre Gestalt. »Schau mal, über uns fliegt eine Katze!«

Ian legte den Kopf auf ihre Schulter und folgte ihrem Zeigefinger. »Sieht jetzt aber schon mehr aus wie ein Krokodil, oder?«

»Stimmt. Hoppla! Gerade sind ihm die Beine abhandengekommen … Gut, dass es fliegen kann.« Sie zeigte auf die nächste Wolke. »Und dort saust eine Rennschnecke. Siehst du sie?«

»Nicht … wirklich.« Ian stützte sich auf einen Arm und sah

ihr tief in die Augen. »Die schöne Frau neben mir lenkt mich zu sehr ab. Hoffentlich löst sie sich nicht auch gleich in Luft auf …« Er strich ihr sanft mit dem Handrücken über die Wange, dann trafen sich ihre Lippen.

Aufgewühlt zog Rike ihn zu sich heran, wollte ihm noch näher sein, ihn nicht verlieren. Sie schloss die Augen – autsch! Ein Ball hatte sie am Kopf getroffen, und eine helle Stimme rief begeistert: »Tor!«

Der Schütze, ein kleines Mädchen in kurzer Hose, tauchte lachend neben ihnen auf. Doch dem Spaß wurde von der Mutter schnell ein Ende gesetzt. Sie packte das Kind an der Hand und ermahnte es scharf. »Wie oft muss ich dir noch sagen, dass man nicht auf Menschen zielen darf!« Sie entschuldigte sich, schnappte sich den Ball und verschwand mit dem protestierenden Zwerg in die Dünen.

Doch der Zauber war verflogen. Rike kuschelte sich an Ians Schulter und spürte dem Augenblick nach.

»Warst du früher auch so eine freche Göre?«, unterbrach Ian ihre Gedanken. »Oder eher brav?«

»Wenn ich meinen Erinnerungen trauen kann, war ich ein ziemlicher Wildfang und wollte lieber ein Junge sein.«

»Gibt es Bilder von dieser kleinen Rike?«

»Mein Vater hat früher viele gemacht, doch ein Großteil davon ist verschwunden.« Auch Fotoalben waren vor seinen Nacht- und Nebelaktionen nicht sicher gewesen, und er hatte zahlreiche Bilder mitgehen lassen. Nur die Fotoecken und Bildlegenden zeugten davon, dass die Geisterseiten zwischen Spinnenpapier mal bestückt gewesen waren.

Lange hatte sie sich eingeredet, es würde ihr nichts ausmachen, doch inzwischen war sie anderer Meinung. Jetzt hätte sie die Aufnahmen von damals gern mit ihren Erinnerungen abgeglichen. Nachgeforscht, ob sie die anstehenden Veränderungen anhand kleinster Details hätte erkennen können.

Die Farbabzüge, die später in Deutschland gemacht worden waren, hatten sein Verschwinden überlebt. War ihm seine Familie da schon fremd gewesen? Oder warteten da bereits andere Alben, mit neuen Fotos von neuen Menschen?

»Meine Mutter hatte nie eine Kamera. Daher ist die Auswahl sehr beschränkt. Später hat meine Freundin Edina begeistert geknipst. Seit man mit dem Handy Fotos machen kann, hat sie mein halbes Leben dokumentiert.« Rike langte in ihren Rucksack. »Mit Vorliebe macht sie Selfies mit mir. Was dagegen, wenn ich ihr eins von uns schicke?«

»Ich hasse Selfies«, brummte Ian. »Muss das sein?«

»Ausnahmsweise ja.« Rike hielt die Kamera hoch. »Und bitte mal *cheese*!«

»Du magst doch gar keinen Käse«, sagte Ian. Doch er lachte, und Rike drückte auf den Knopf. »Und schon reisen wir bildlich in die USA.«

Ein Strandtag mit roten Socken, tippte sie unter die Aufnahme und schickte sie Edina. »Und wie war das bei dir? Gibt es von deiner Kindheit und Jugend Bilder?«

»Bei uns war es hauptsächlich mein Opa, der alles festgehalten hat.« Die Leichtigkeit verschwand aus Ians Stimme. Und Rike schob die Frage, wo er aufgewachsen war, abermals auf und wartete ab, ob er weitererzählte.

»Es sind verlogene Aufnahmen«, fuhr Ian fort. »Gestellte Bilder einer glücklichen Familie, die mit der Realität nichts gemein haben. Mein Alter ist darauf zu sehen, aber er war nie wirklich zugegen.«

»Mein Vater war ebenfalls auf seltsame Weise absent. Ich weiß nicht, ob er mich und meine Mutter je wirklich hat lieben können. Bei seiner Kriegsvergangenheit … Wahrscheinlich hat ihm selber eine Vaterfigur gefehlt.«

»Auf diese Ausrede kann mein Vater nicht zurückgreifen. Er ist in einem liebevollen Elternhaus aufgewachsen.« Er schwieg kurz. »Bei ihm war die Ursache eine andere. Aber lassen wir das. Der Tag ist viel zu schön für solche Rückblicke.«

Rike wollte einwenden, dass er das Thema auf den Tisch gebracht hatte, doch sie spürte, dass es eine Grenze gab, die sie besser nicht überschritt. Zudem wurde sie abgelenkt: Ein grüner Drachen erschien hoch über ihnen am Himmel. Sie setzte sich auf. »Schau mal!«

»Wow. Der muss ganz schön groß sein.«

»Und er ist bestimmt aus Stoff … Mit neun war das einer meiner größten Wünsche. Ich begleitete unseren Milchmann damals samstags auf seiner Tour und legte jeden verdienten Cent zur Seite. Schon im Vorfeld hatte ich mir überlegt, welche Farbe ich wählen sollte, und die Aussicht, mir irgendwann so ein tolles Teil leisten zu können, war fantastisch. Letztendlich entschied ich mich für einen blauen. Doch dann …« Den Blick nach oben gewandt spürte sie diese Sehnsucht erneut.

»Das klingt, als wäre es mit dir und dem Drachen nicht gut ausgegangen.« Ian strich ihr über den Rücken. »Was ist passiert?«

Rike holte tief Luft. »Er war aus einem leuchtend blauen Stoff und hatte dicke Stäbe. Ich hatte extra eine feste Schnur und eine

Wickelspule aus Holz dazugekauft, weil es hieß, dass diese Drachen eine enorme Dynamik entwickeln können.«

»Und das geschah dann auch?«

»Für den ersten Flug bin ich mit dem Zug an den Strand gefahren. Eigentlich wollte eine Freundin mitkommen, doch die wurde krank. Aber ich habe ihn auch allein zum Fliegen gebracht. Er stieg schnell hoch, und ich war begeistert. Doch dann begann es zu regnen. Der Drachen wurde nass und zeigte, welche Kräfte er besaß. Ich war allein am Strand und verzweifelt, denn ich wusste nicht, wie ich ihn herunterbringen konnte. Die Spannung der Schnur wurde so gewaltig, dass ich keine Chance hatte, sie wieder aufzuwickeln.«

»Und dann?«

»Ich musste ihn davonfliegen lassen.« Sie ließ sich wieder auf den Rücken fallen. »Es kommt dir vielleicht komisch vor, aber dieses Bild hat sich mir fest ins Gedächtnis gebrannt.«

»Das muss ein schlimmer Moment gewesen sein. Mir ist Ähnliches mit einem Bumerang passiert. Einem schön verzierten Modell aus edelstem Holz. Mein Großvater hatte ihn mir zum Geburtstag geschenkt, und ich konnte es kaum erwarten, ihn zum ersten Mal zu werfen.«

»Lass mich raten: Er kam nicht zurück, und du hast ihn nie wieder finden können?«

»Hundert Punkte.« Ian nahm ihre Hand. »Weißt du, was wir jetzt machen? Wir fahren in den Ort und schauen, ob wir irgendwo einen Stoffdrachen finden. Damit wir deine traurige Erinnerung gegen eine schöne eintauschen.«

In dem kleinen Küstenort fanden sie rasch einen Parkplatz. Bald verstanden sie auch, warum dort nichts los war: Viele Geschäfte machten Betriebsurlaub, nachdem sie in den Sommermonaten jeden Tag für die Kunden da gewesen waren. Auch der Laden, in dem man einen Drachen hätte kaufen können, hatte die Rollläden heruntergelassen.

»Schade.« Ian versuchte, einen Blick in den Verkaufsraum zu erhaschen. »Das wäre ein schöner Abschluss dieses Tages gewesen.«

Sie ließen die ausgestorbene Fußgängerzone hinter sich. »Und jetzt?« Rike hatte keine Lust, schon in die Stadt zurückzukehren. Am liebsten würde sie nochmals zum Strand fahren, doch der Wind frischte immer mehr auf, und sie hatte keine warme Jacke dabei.

»Wie wäre es mit einem Besuch in diesem Fünf-Sterne-Restaurant?« Ian zeigte auf eine überdimensionale Eistüte, die sich vor der Snackbar neben der Kirche im Wind bewegte. »Wenn ich an Pommes mit Mayo denke, läuft mir das Wasser im Mund zusammen. Außerdem bin ich dir noch ein Eis schuldig.«

»Für eine gesunde Mahlzeit bin ich immer zu haben.«

Sie betraten die Frittenbude. Über der Tür zur Toilette hing ein stummgeschalteter Fernsehschirm, daneben ein Glücksspielautomat, der leise dudelnd auf Kleingeld wartete. Sie waren die ersten Gäste des Abends und nahmen sich Zeit, das bunt bebilderte Angebot über der Arbeitsfläche zu studieren. Als sie ihre Wahl getroffen hatten, gab der blaubeschürzte Ladenbesitzer ihre Bestellungen ins brodelnde Öl.

»Was war denn dein Lieblingsessen als Kind?«, fragte Ian, als sie auf den Barhockern am Fenster saßen.

»Grünkohleintopf mit Wurst«, sagte Rike. »Aber ein Besuch in einer Snackbar war auch etwas ganz Besonderes.« Wieder erzählte sie ihm von ihrer Tour mit dem Milchmann. »Jedes Mal habe ich lange das Angebot in der Glastheke studiert, aber mich immer für das Gleiche entschieden.«

»Lass mich raten: Pommes mit Kroketten. Wie jetzt.«

»Du solltest Wahrsager werden. Und was hast du am liebsten gegessen?«

»Kannepuchen.« Er sah sie erwartungsvoll an. »Die gibt es hier leider nicht.«

Rike lachte. »Pfannkuchen?«

»Wusste ich doch, dass du eine talentierte Übersetzerin bist. Meine ganze Verwandtschaft hat versucht, mir das Wort abzugewöhnen, aber es ist ihnen nicht gelungen.«

»Ich werde den Ausdruck dir zu Ehren in meinen Wortschatz aufnehmen.«

Der Mann hinter der Theke rief, dass ihr Essen fertig sei, und sie holten ihre Teller. Bedächtig tunkte Rike das erste Pommes-Stäbchen in die sahnige Mayo und ließ es sich genussvoll auf der Zunge zergehen. »Ein Traum …« Dann stippte sie die Fleischkrokette in den Senf. Vorsichtig biss sie das runde Ende ab. Das Ragout, das das Innenleben dieser Köstlichkeit bildete, war heißer als die knusprige Hülle, und man konnte sich leicht den Mund verbrennen.

Ian beobachtete sie interessiert. »Wenn man es nicht besser wüsste, könnte man glauben, du isst die größte Delikatesse, die es gibt.«

»Wenn ich hier wohnen würde, wäre es wohl ein normales Essen. Aber dadurch, dass ich Dinge dieser Art nur selten bekomme, ist es etwas Besonderes.« Sie wischte die fettigen Finger an der Serviette ab und zog ihr Handy hervor. »Meine Freundin begeht einen Mord für so ein Essen. Ich glaube, ich werde sie kurz quälen müssen ...« Sie machte ein Bild von ihrem Teller und schickte es ab.

Die Antwort kam postwendend: *Es ist höchst unanständig, der besten Freundin Bilder von scharfen Socken und anderen Köstlichkeiten zu schicken, wenn sie gerade versucht einzuschlafen!*

Rike schrieb mit vollem Mund zurück. *Auch die roten Socken haben eine große Schwäche für Pommes und Kroketten. Ein Pluspunkt?*

Absolut. Bei dem wäre ich auch schwach geworden ... Hat er zufällig einen ähnlich gutaussehenden Freund? Wenn ja, bring ihn mit!

Rike überlegte, ob sie Ian die Zeilen zeigen sollte, doch dazu kam es nicht. Ian hielt ihr ein Pommes-Stäbchen mit Erdnusssoße vor die Nase. »Probier das mal.« Rike ließ es sich mit geschlossenen Augen schmecken. »Köstlich.« Dann tunkte sie eine der Kroketten in die Joppiesoße und fütterte Ian damit. »Auch keine schlechte Kombi, oder?«

»Man könnte süchtig werden ...« Er beugte sich vor und küsste sie auf den Mund. »Und alles zusammen macht richtig glücklich.«

Nachdem sie das Spiel eine Weile fortgesetzt hatten, vertilgten sie schweigend die Reste auf ihren Tellern. Verträumt ließ Rike den Blick über den Kirchplatz schweifen. Ein paar Jugendliche spielten Ball, eine Familie mit Kindern stemmte sich gegen den böigen Wind. Der Laden füllte sich, das Stimmengewirr wurde lauter, und das Öl in den Fritteusen sprudelte. Einige Kunden verfolgten eine Sportsendung auf dem Monitor an der Wand.

Mit dem Zeigefinger wischte Ian einen letzten Rest Erdnuss-soße von seinem Teller und leckte ihn ab. »Man muss es nicht je-den Tag haben, aber hin und wieder führt kein Weg daran vor-bei.«

»Ganz deiner Meinung.« Rike legte ihre Serviette auf den lee-ren Teller. »Was meinst du? Wollen wir langsam los?«

Ian legte einen Arm um ihre Taille und zog sie samt Hocker näher zu sich heran. »Bleibt uns nichts anderes übrig, oder?«

Rike schüttelte den Kopf. »Nein. Für den Ausflug mit Hend-rik möchte ich fit sein. Diesmal ist daran nicht zu rütteln.«

»Bei mir sieht es morgen auch mau aus. Ich muss zu einem wichtigen Kunden. Irgendetwas stimmt nicht mit der neuen Computeranlage, und ich werde wohl einen Tag meines Urlaubs opfern müssen. Aber im Lauf des Samstags bin ich fertig. Wollen wir ins Kino gehen? Oder ins Theater?«

»Gern!«

Ian seufzte tief. »Wer hätte gedacht, dass du eine so tolle Frau bist.« Er beugte sich zu ihr vor, um sie zu küssen. Doch kaum be-rührten sich ihre Lippen, ertönte ein lauter Schrei an der Theke. »Tor!!! Tor!!!«

Ein kurzer Blick, dann brachen beide in Gelächter aus. »Ich konnte dieser Sportart noch nie viel abgewinnen.« Ian wischte sich mit einer Serviette die Lachtränen weg. »Aber seit dem heu-tigen Tag *hasse* ich Fußball!«

20.

Rike glaubte, an alles gedacht zu haben. Mit einem Autofahrer, der so schnell unterwegs war, dass er zwei Radfahrer übersah, hatte sie allerdings nicht gerechnet. Während Rettungskräfte Erste Hilfe leisteten und ein Polizist den Unfallverursacher mit Fragen löcherte, trommelte Rike nervös auf dem Lenkrad. Nachmittags ging es Hendrik am besten, und sie wollte nichts von dieser Zeit verschenken.

Als der Stau sich endlich auflöste, machte sie drei Kreuze und fuhr so schnell wie erlaubt weiter. Kaum hatte sie ihr Ziel erreicht, öffnete sich die Haustür und Hendrik trat winkend auf die Straße. Greet und Karel folgten. Sie stieg aus und begrüßte die drei. Hendrik machte einen guten Eindruck, doch Greet nahm sie zur Seite.

»Bleibt lieber nicht zu lange weg. Im Augenblick geht es ihm gut, auch das Mittagessen hat ihm geschmeckt. Aber er ist nicht ganz auf der Höhe. Du hast meine Handynummer, oder?«

Rike beruhigte sie. »Ich habe eine Flasche Wasser eingesteckt, und wir werden Pausen einlegen. Es wird schon glattgehen.«

Karel, der Hendrik auf den Beifahrersitz bugsiert hatte, flüsterte ihr Ähnliches ins Ohr. Die Fürsorge der beiden rührte Rike, aber sie beschloss, sich nicht verrückt machen zu lassen. Laut Verkehrsfunk waren die Straßen frei und gegen Abend würden sie zurück sein.

Hendrik hatte sich richtiggehend auf die Fahrt vorbereitet. Als die Autobahn in Sicht kam, zog er ein eng beschriebenes Blatt aus der Tasche und las Rike Wissenswertes über die kleine

Stiftskirche vor, deren Grundrisse auf das Jahr 1400 zurückgingen.

»Seit ich weiß, dass wir hinfahren, kommen mir immer neue Einzelheiten in den Sinn«, sagte Hendrik. »So fiel mir heute Nacht ein, dass Louise und Cisca an diesem Abend beide ein blaues Kleid trugen.«

»Gab es einen bestimmten Anlass für das Konzert?« Rike setzte den Blinker und überholte mehrere Lastwagen. »Und warum fand es ausgerechnet dort statt?«

»Darüber habe ich mir auch schon den Kopf zerbrochen, aber ich kann es dir leider nicht sagen.« Er steckte das Blatt in die Sakkotasche zurück. »Ich weiß nur noch, dass ich nach meiner Rückkehr aus Davos in letzter Sekunde von meinen Eltern davon erfuhr. Sie erzählten das ganz en passant, und es war schwer, ihnen klarzumachen, dass ich keine Sekunde länger bleiben konnte, sondern ins Auto springen musste.« Er lächelte. »Aber ich habe es rechtzeitig geschafft.«

Auch heute war das Wetter schön. Rike genoss den Blick über die Landschaft und den Himmel mit seinen wechselnden Wolkenformationen. Sie zeigte durch die Frontscheibe. »Weißt du, dass ich diese Weite immer noch vermisse?«

»Wie sieht denn die Gegend aus, wo ihr damals gelandet seid?«

»Völlig anders. Der Norden Bayerns liegt insgesamt viel höher als die Niederlande und hat viele dunkle Nadelwälder. Ich habe mal irgendwo folgende Beschreibung gelesen: *Es gibt dort keine richtigen Berge, aber es gibt dort Täler.* Das bringt es auf den Punkt. Wo wir wohnten, herrscht eine Hochplateaulandschaft vor, durchzogen von engen Wiesentälern.« Sie überholte einen Lastwagen.

»Es hat lange gedauert, bis ich der Region etwas abgewinnen konnte. Radtouren sind dort nur für Durchtrainierte ein Vergnügen, und wenn hier bereits Krokusse blühen, wird man dort noch von Schneeschauern überrascht. Und mit etwas Glück muss man schon im September die Autoscheiben freikratzen, weil der erste Nachtfrost zugeschlagen hat. Wie war das in Australien? Da hast du dich sicher auch umstellen müssen, oder?«

»Und ob. Die Hitze im Winter fand ich schrecklich.« Er lachte. »Nie hätte ich es für möglich gehalten, dass ich mich mal nach dem niederländischen Sauwetter sehnen würde.«

»Mir ist oft das Gedicht ›Erinnerung an Holland‹ von Marsman in den Sinn gekommen: *Denk ich an Holland, seh' ich breite Flüsse, träge durch unendliches Flachland strömen …*«

»Hendrik stimmte textsicher mit ein: *Reihen unfassbar schmaler Pappeln, die wie lange Federn am Horizont steh'n;*

Und in der weiten Fläche versunken, die Bauernhöfe verstreut übers Land,

Baumgruppen, Dörfer, spitzlose Türme, Kirchen und Ulmen in großem Verband.«

Hendrik sah sie zufrieden an. »Immerhin schaffen wir noch die ersten drei Strophen. Hast du das Gedicht in der Schule gelernt?«

»Nein, meine Mutter hat es mir mal gezeigt. Danach habe ich es oft gelesen, weil es das Land wirklich treffend beschreibt.«

»Mir hat Greet ein Bändchen mit Marsman-Gedichten vor der Abreise nach Australien geschenkt. In der Ferne habe ich es gern zur Hand genommen.«

»Wann habt ihr die Niederlande denn verlassen? Die Hochzeit von Louise fand im April statt, oder?«

»Ja.« Hendrik schloss die Augen. Einen Augenblick lang glaubte Rike, er sei eingenickt, doch dann sprach er weiter. »Meine eigene war drei Wochen später, am 18. Mai, kurz bevor das Schiff ablegte.« Er hatte die Hände im Schoß gefaltet und starrte auf die Autobahn. »An diesem Tag habe ich verstanden, was es heißt, neben sich zu stehen. Es war alles so unwirklich: die vielen Gäste, die uns eine glückliche Zukunft wünschten, die Geschenke, die Blumensträuße … Ich habe alles wie durch einen Schleier wahrgenommen. Ich war völlig überfordert mit der Situation und mit meinen Gefühlen für Cisca, die so stark waren, dass ich fürchtete, daran zu zerbrechen.« Er räusperte sich. »Dann kam der Tag des Abschieds. Die Koffer waren gepackt, und es herrschte Aufbruchstimmung. An unserem letzten Abend in Amsterdam war ein Essen mit der ganzen Familie geplant. Louise war die Einzige, die von deiner Mutter und mir wusste, sie musterte mich immer wieder besorgt. Doch nicht mal mit ihr, meiner einzigen Vertrauten, konnte ich über meine Gefühle sprechen.

Am späten Nachmittag hatte ich eine letzte Verabredung mit Cisca. Ich saß wie auf heißen Kohlen und konnte mich nur unter einem Vorwand in letzter Sekunde davonstehlen. Deine Mutter wartete auf einer Parkbank. Als ich auf sie zukam, stand sie auf. Doch wir wahrten Distanz. Keine Umarmung, keinen Kuss. Ich weiß noch, dass ein kleines Mädchen mit dem Seil an uns vorüberhüpfte. Wir sahen ihm beide nach, und ich hoffte, ihre Sehnsucht nach einer Familie möge sich erfüllen.

Cisca brach das Schweigen und fragte, ob sie auf mich warten solle. Ich habe den Kopf geschüttelt. Schließlich wusste ich nicht, was die Zukunft für mich bereithielt, und konnte das unter keinen Umständen von ihr verlangen. Aber ich sagte ihr erneut, dass ich sie immer lieben würde.« Er zog ein Taschentuch aus der Hose und schnäuzte sich die Nase.

»Dann zitierte deine Mutter dieses Gedicht, dessen erste Zeilen auch in der Traueranzeige stehen:

Ich bin dir nah in weiter Ferne
Und überfliege jeden Raum;
Ich grüße dich in jedem Sterne
Und küsse dich in jedem Traum.

Dann gingen wir auseinander.«

Rike griff nach seiner Hand und drückte sie fest.

»Das Abschiedsdinner war eine Qual, die Stimmung seltsam. Nur Katrien schien sich auf die Überfahrt zu freuen.«

»Warum war sie so froh, das Land verlassen zu können?«

»Zu diesem Zeitpunkt hatte ich keine Ahnung. Erst später ist mir klar geworden, dass sie viel mehr wusste, als ich geglaubt hatte. Sie war wohl erleichtert, ihre Konkurrentin bald weit weg zu wissen. In Australien konnte sie sicher sein, dass ich nur ihr gehörte.«

Hendrik zeigte auf ein großes Schild, das auf eine Tankstelle hinwies. »Könntest du bitte kurz rausfahren? Ich müsste mal auf die Toilette.«

Während Hendrik im Rasthof war, versuchte Rike, sich erneut die Ausweglosigkeit dieser beiden Menschen vor Augen zu führen. Warum hatte sie nie etwas von dieser großen Liebe erfahren? Auch wenn der Verlust für ihre Mutter nur halb so einschneidend gewesen sein sollte wie für Hendrik, war es nichts, das man einfach vergaß.

»So. Da bin ich wieder.« Hendrik ließ sich langsam auf dem Sitz nieder. Während er den Gehstock neben sich legte, schüttelte er leicht den Kopf. »Jetzt geht mir dieses Gedicht nicht mehr aus dem Sinn.«

»Es war ja auch das Letzte, was sie zu dir gesagt hat.« Rike startete den Wagen und fuhr langsam rückwärts aus der Parklücke.

»Nicht ganz«, sagte Hendrik. »Einmal haben wir uns noch gesehen.«

»Wie bitte?« Rike würgte den Motor ab. »Wann war das denn?«

Hendrik musste nicht lange überlegen. »Jahre später. Ich war kurz zuvor aus Australien zurückgekommen. Nach Katriens Tod hielt mich dort nichts mehr. Es war am Geburtstag meiner Schwester. Als sie erwähnte, dass Cisca auch kommen würde, bat ich Louise, ihr nicht zu sagen, dass ich da sein würde. Es sollte eine Überraschung werden.«

Rike überlief es heiß und kalt. »Weißt du noch, wann das war?«

»Das war am vierzehnten November. In jenem Jahr fiel der Tag auf einen Donnerstag.«

Rike umklammerte das Lenkrad und fuhr auf den Abstellplatz zurück. »Das kommt hin. An dem Tag hatte ich eine Menge Mathehausaufgaben.«

»Woher weißt du das noch so genau? Warst du dabei?«

»Nur … indirekt.«

Hendrik sah sie irritiert an. »Erstaunlich, an welche Nebensächlichkeiten man sich auch nach Jahren noch erinnert. Wie auch immer, es war höchst ungewohnt, sich plötzlich gegenüberzustehen. Ich hatte es mir, ehrlich gesagt, etwas anders vorgestellt.«

»Was heißt *anders*?«

»Vielleicht nicht so … reserviert.« Er nestelte an seinem Sicherheitsgurt. »Ich hatte mich wie ein Schulbub bei seiner ersten Verabredung gefühlt, mich im Vorfeld mehrmals umgezogen und mir überlegt, was ich ihr zur Begrüßung sagen sollte. Als ich ankam, war sie noch nicht da. Dafür traf ich viele Bekannte, die ich ebenfalls lange nicht gesehen hatte. Doch ich konnte mich auf kein Gespräch konzentrieren. Ich behielt die Haustür genau im Auge, und jedes Klingeln verursachte mir Herzklopfen. Als sie endlich erschien, war ich genauso verzaubert wie beim ersten Mal, obwohl inzwischen so viele Jahre vergangen waren. Ich brachte keinen Ton heraus. Alle Sätze, die ich mir zurechtgelegt hatte, waren weg.

Um die Nervosität zu bekämpfen, schlug ich vor, uns einen Sherry zu holen. Das sei eine gute Idee, sagte deine Mutter. Doch als ich mit den Gläsern zurückkam, war sie nicht mehr da.« Hendrik schaute ausdruckslos in die Ferne. »Ich habe sie überall gesucht. Aber sie war wie vom Erdboden verschwunden …«

Rike musste alle Kraft aufbieten, ruhig zu bleiben. War der Austausch von Erinnerungen interessant gewesen, hatten die Geschichten bislang etwas Nostalgisches gehabt, schlug die Schilderung dieser *Überraschung* ein wie eine Bombe. War Hendriks Auftauchen für alles verantwortlich, was ihr, was ihrer Familie zugestoßen war?

Rike stieß die Fahrertür auf. Sie brauchte frische Luft. Und Zeit, um sich zu fangen. »Ich gehe auch mal zur Toilette.« Sie nahm ihre Handtasche und ging mit schnellen Schritten auf den Rasthof zu.

Im Waschraum stützte sie sich auf eines der Waschbecken und starrte in den Spiegel. Ein blasses Gesicht schaute zurück. *Doch sie war wie vom Erdboden verschwunden …* Da sie das Gefühl hatte, ihre Beine könnten jeden Moment den Dienst versagen, schloss sie sich in eine der Kabinen ein. Sie setzte sich und atmete tief ein – aus – ein – aus. *Doch sie war wie vom Erdboden verschwunden …*

Eine Mutter mit Kind kam herein und antwortete mit Engelsgeduld auf die Fragen der Kleinen. Um auf andere Gedanken zu kommen, hörte sie ihnen so genau zu, als würde ihr Leben davon abhängen. Doch es nutzte nichts. Hendriks Satz ging ihr gebetsmühlenartig durch den Kopf.

Sobald die beiden hinausgegangen waren, verließ Rike die Kabine und spritzte sich Wasser ins Gesicht. Sie spürte, dass der einschlägige Film, der sich in ihrem Gedächtnis regte, jeden Augenblick starten konnte. Sie sollte umdrehen und auf der Stelle nach Amsterdam zurückfahren.

Hendrik saß mit geschlossenen Augen im Wagen, den Kopf an die Nackenstütze gelehnt. Rike betrachtete die hohe Stirn, den weißen Haarschopf, der ordentlich nach hinten gekämmt war. Trotz seines hohen Alters sah er ansprechend aus, wenn auch sehr erschöpft. Rike dachte an die Ausrede, die sie gestern verwendet hatte, und beschloss, die Migräne ein weiteres Mal vorzubringen. Sie brauchte jetzt Zeit allein, Zeit für sich.

Ihre Ankündigung, zurückfahren zu wollen, ließ Hendrik erstaunt aufblicken, doch er äußerte keine Einwände. Rike versuchte, die auftauchenden Bilder in Schach zu halten, und war froh, dass Hendrik schweigend zum Fenster hinausschaute und keine weiteren Einzelheiten hervorholte. Erst als sie ihn vor der Haustür absetzte, wollte er wissen, ob die überraschende Rückfahrt wirklich ihrer Migräne geschuldet sei oder er vielleicht etwas Falsches gesagt habe.

»An dem Tag, an dem du meine Mutter *überrascht* hast, wurde mein Leben aus den Angeln gehoben.« Rikes Stimme drohte zu brechen. »Kurz darauf haben wir das Land überstürzt verlassen. Ich habe nie nachvollziehen können, warum. Doch nun ahne ich die Zusammenhänge …«

Heilfroh, auch die letzten Kilometer unfallfrei überstanden zu haben, parkte Rike vor Els' Wohnung. Sie stieg aus und betrachtete den Wohnblock, den sie so lange für ein sicheres Zuhause gehalten hatte. Jetzt wirkte das Gebäude seltsam fremd, als würde sie vor einer Kulisse stehen. Während ihre Augen an den Fenstern entlangwanderten, sie an die unbeschwerten Jahre dachte, die sie hier verbracht hatte, wurde die Tür des Lagerhauses kraftvoll aufgerissen.

Mit unsicheren Schritten trat sie ein und wäre fast über ein Mathebuch gestolpert, das achtlos auf dem Boden lag, auf dem losen Zettel daneben waren Hausaufgaben für den nächsten Tag vermerkt, Übungen, die sie jäh hatte unterbrechen müssen. Schon während der Fahrt hatte sie das Karomuster der Heftseiten vor Augen gehabt, die Zahlen, auf die sie damals gestarrt hatte, ohne sie wahrzunehmen. Doch um Näheres zu erfahren, würde sie tief in die Vergangenheit hinabsteigen müssen.

Rike öffnete die Kellertür und drehte am Lichtschalter. Nichts geschah. Voller Furcht betrachtete sie die wenigen sichtbaren Stufen, der restliche Teil der Treppe lag in tiefer Finsternis. Während sie sich einen ersten Schritt hinunterwagte, hörte sie Geräusche, eine Haustür wurde ins Schloss geworfen, Schritte im Flur. Am liebsten wäre sie umgedreht und weggerannt. Doch sie kann sich dem Sog nicht entziehen, steigt Stufe für Stufe in die Vergangenheit hinunter, zurück in die Wohnung, an ihren alten Schreibtisch …

Mami kommt in dein Zimmer und setzt sich auf das Bett. Sie fragt, ob du noch Hilfe bei den Hausaufgaben brauchst. In Mathe macht ihr niemand etwas vor, und sie kann gut erklären. Du kannst sie beruhigen. Sie soll zu der Geburtstagsfeier gehen und sich amüsieren, du kommst zurecht.

Doch sie bleibt sitzen, spricht plötzlich von Papis Wunsch, nach Deutschland zu ziehen. Sie möchte hierbleiben, sagt, sie wisse nicht, was sie dort soll. Auch dir machen seine Pläne Angst. Du willst nicht in ein Land ziehen, dessen Sprache du kaum sprichst.

Dann steht Mami auf und gibt dir einen Kuss. Sie wünscht dir eine gute Nacht. Du wirst längst schlafen, wenn sie nach Hause kommt.

Du versuchst, dich auf die Hausaufgaben zu konzentrieren, doch bei jeder Lösung, die du hinschreibst, schaut dich der Junge mit dem grünen Pulli an. Immer wieder siehst du ihn auf dich zukommen, hörst seine Frage, ob du auch zu dieser Party eingeladen bist, geht dir das Herz über, als er dich nach deiner Zusage anlächelt. Seitdem mischen sich die Zahlen des Partydatums mit den Berechnungen im Heft, stellst du dir vor, wie ihr tanzen werdet, wie er dich in den Armen hält und …

Diese Träume werden jäh unterbrochen, als jemand die Wohnungstür ins Schloss wirft und mit raschen Schritten ins Schlafzimmer geht. Keine Papi-Schritte, sondern Mami-Schuhe. Dabei ist erst eine Stunde vergangen, seit sie sich von dir verabschiedet hat. Auf Sockenfüßen schleichst du zur Tür nebenan, drückst leise die Klinke herunter, siehst Mami zusammengerollt auf dem Bett liegen, hörst, wie sie weint.

Als sie dich bemerkt, steht sie auf, umarmt dich mit tränennassen Wangen und drückt dich so fest, als würde sie dich nie wieder loslassen wollen. Das sagt sie auch. Und dass sie dich nie im Stich lassen wird. Nie.

Abends lauschst du an der Wohnzimmertür, Papi und Mami unterhalten sich, zu leise, um verstehen zu können, worum es geht. Immerhin musst du nicht bis fünf zählen.

Am nächsten Morgen erfährst du, dass Mami mit dem Umzug nach Deutschland einverstanden ist, die Idee sogar richtig gut findet. Du verstehst gar nichts mehr. Nur, dass du an dem Tag, wenn die Party stattfindet, nicht mehr in dieser Stadt, in diesem Land sein wirst und …

»Hallo Rike, hast du deinen Hausschlüssel vergessen?« Els tauchte neben ihr auf und umarmte sie zur Begrüßung. Die unerwartete Nähe und ihre freundliche Stimme ließen die Fassade, die Rike bislang hatte aufrechterhalten können, zusammenbrechen.

»Es war so schrecklich«, stotterte sie. »Es kam damals ganz ohne Vorwarnung, und Wochen später war ich in dieser völlig fremden Welt …«

Mit leisen Worten führte Els sie über die imaginäre Kellertreppe ins Tageslicht zurück und brachte sie in die Wohnung, setzte sie auf das Sofa. Els war einfach für sie da, ließ sie Unverständliches stammeln und hielt ihre Trauer aus, ohne zu versuchen, die Tränenflut mit tröstenden Worten aufzuhalten.

Es dauerte, bis Rike die Rückblenden zur Seite schieben und durchatmen konnte. Dankbar nahm sie die Tasse Tee entgegen, die Els ihr gemacht hatte. »Nicht auszudenken, wenn du nicht aufgetaucht wärst«, sagte sie leise.

»Zuerst habe ich mich geärgert, dass Theo unsere Verabredung canceln musste, aber jetzt bin ich froh darüber.« Sie sah Rike eindringlich an. »Da kommt gerade vieles aus deiner Vergangenheit hoch, oder?«

»Allerdings.« Rike nippte an ihrem Tee. »Durch Zufall habe ich mir heute endlich zusammenreimen können, warum wir damals so überstürzt nach Deutschland gezogen sind.« Sie erzählte Els, was sie von Hendrik erfahren hatte. »Ich hatte mich seit Jahren gefragt, wieso meine Mutter ihre Meinung zu diesem Umzug so plötzlich geändert hatte. Jetzt sind die Puzzleteilchen endlich dort hingefallen, wo sie hingehören …«

»Es muss auch für sie ein großer Schock gewesen sein, festzustellen, dass ihre Liebe zu diesem Mann sich in all den Jahren nicht geändert hatte. Ich möchte mir eine solche Situation nicht mal vorstellen.«

»Hendrik erwähnte, meine Mutter habe damals gesagt, sie würde alles dafür geben, irgendwann eine Familie zu haben. Um die zu schützen, war sie wohl zu diesem Schritt bereit.« Geistesabwesend streichelte sie Bommel, der vor ihr auf dem Boden saß. »Ich kann dir nicht sagen, wie unsicher mich das alles macht. Immerzu werden Steine hochgehoben, und es offenbart sich Neues. Ich frage mich, welche Überraschungen mich noch erwarten.

Bei Hendrik klang es fast so, als hätte meine Mutter ihn damals um einen Neuanfang betrogen. Er habe sich enorm auf sie gefreut und sich gewundert, dass sie ihm nicht um den Hals gefallen ist. Auf die Idee, dass sie mittlerweile verheiratet sein könnte, ist er anscheinend nicht gekommen.«

»Jeder hat eine andere Sicht auf die Geschichte. Hendrik hat deine Mutter wohl nie vergessen und gehofft, dort weitermachen zu können, wo sie aufgehört hatten. Während deine Mutter sich letztendlich den Wunsch nach einer eigenen Familie erfüllen konnte, den sie durch diese Begegnung schlagartig gefährdet sah. War je die Rede davon, wie sie deinem Vater diesen plötzlichen Sinneswandel verkauft hat?«

»Nein. Nie.« Rike rieb sich die Augen. »Früher war ich der Meinung, das Leben meiner Eltern in wenigen Sätzen zusammenfassen zu können: Zwei Menschen lernen sich kennen, bekommen ein Kind und bleiben trotz aller Schwierigkeiten zusammen. Erst als sie ins Ausland ziehen, eskaliert die Situation, und der Mann probiert sein Glück bei einer anderen.

Jetzt begreife ich, dass diese Version nur zum Teil stimmt. Es war stets ein Dritter anwesend, und ich frage mich, ob mein Vater davon wusste. Immerhin verstehe ich nun, warum meine Mutter nie von Hendrik erzählt hat.«

War das Wissen um diesen Dritten auch der Grund für das Weiterziehen ihres Vaters gewesen? Wieder die Ironie des Schicksals: Ihre Mutter versucht, die Familie zu retten, indem sie in den Umzug einwilligt. Um dort die Scheidung zu kassieren und allein zurückzubleiben.

»Während der Fahrt haben Hendrik und ich das alte Marsman-Gedicht rezitiert. *Denk ich an Holland, seh' ich breite Flüsse, träge durch unendliches Flachland strömen …* Da wusste ich noch nichts von dieser Offenbarung. Jetzt kommt es mir wie eine Weissagung vor. Als Anspielung auf die Landkarte meines Lebens, die sich ein weiteres Mal gewandelt hat. Als hätte ich nach all den Jahren endlich Zutritt zu einem Aussichtspunkt bekommen, von dem aus ich alles überblicken kann. Auch wenn das gebotene Panorama mich nicht restlos begeistert, sollte ich die Aussicht wenigstens würdigen.«

Es war ohnehin nichts mehr zu ändern. Aber sie konnte ihre Einstellung ändern, zu diesem Leben, das bereits jetzt einem weitverzweigten, mehrsprachigen Roman glich. Ein Buch voller glücklicher, tragischer und überraschender Ereignisse. Auch jetzt würde sie es schaffen, aufzustehen und weiterzugehen.

»Ich werde eine Weile brauchen, diese neuen Fakten einzuordnen. Aber trotz allem muss ich zugeben, dass mir in Deutschland nicht nur Negatives widerfahren ist. Unterm Strich habe ich viel hinzugewonnen.«

»Jede Krise birgt auch Chancen«, sagte Els. »Wie ist es für Hendrik nach diesem Treffen auf dem Geburtstag weitergegangen? Hat er noch eine andere kennengelernt?«

»Darüber hat er nichts verlauten lassen.« Rike holte ihr Handy hervor. »Aber das Bedürfnis, mich zu sprechen, scheint groß. Fünf entgangene Anrufe. Und zwei Nachrichten von Greet.«

21.

Hendrik war derart unruhig, dass er nicht sitzen bleiben konnte. Er brachte den Müll zur Tonne, räumte die Spülmaschine aus und war gerade im Begriff, die Gewürze im Regal umzusortieren, als Karel dem einen Riegel vorschob. »Das ist meine Abteilung. Erzähl uns lieber mal, was passiert ist.«

Es hatte gedauert, bis die Bedeutung von Henrikes Abschiedsworten zu ihm durchgedrungen war. Erst als er sich etwas ausgeruht hatte, waren die Bilder zurückgekommen. Als hätte man die Filmspule nach vielen Jahren aus der dickverstaubten Metalldose genommen und auf den Projektor gesetzt, erlebte er die Bilder dieses Novembernachmittags erneut. Dabei war ihm mit Schrecken klar geworden, wie sehr er damals auf sich fixiert gewesen war.

Schon vor seiner Abreise hatte er überlegt, wie er mit Cisca Kontakt aufnehmen könnte. Er war davor zurückgeschreckt, sie anzurufen oder zu besuchen. Lieber wollte er sie auf neutralem Boden treffen. Da kam ihm Louises Geburtstagsfeier wie gerufen.

Endlich hatte er wieder ein Ziel vor Augen gehabt, sich wieder über Alltägliches freuen können. Auf Schritt und Tritt war er Cisca in seinen Tagträumen begegnet, hatte sich sogar überlegt, wo er sich im Haus von Louise und Dirk mit ihr würde zurückziehen können.

Im letzten Augenblick hatte es eine Planänderung gegeben: Seine Schwiegereltern konnten seinen Sohn nicht wie geplant betreuen, und er war gezwungen gewesen, Adriaan mitzunehmen. Zuerst hatte er sich geärgert. Seit sie in Amsterdam waren, hatte sich das Verhältnis zwischen ihm und dem Jungen immer weiter verschlechtert, und das lag nicht nur an der Pubertät. Doch er beschloss, sich den Tag nicht von einem mürrischen Halbwüchsigen verderben zu lassen. Adriaan konnte sich ja mit seinem Neffen beschäftigen, der im gleichen Alter war.

Es war ein kalter Tag gewesen, von Sonne keine Spur. Obwohl sie zeitig dran waren, hatten die Besucher sich bereits die Klinke in die Hand gegeben. Seine Schwester lebte mit Dirk im noblen

Süden der Stadt in einer stattlichen Villa mit Garten. Der Weg zur Haustür war mit kleinen Laternen dekoriert, und im Haus hatte man mit Hilfe von üppigen Blumengebinden und Girlanden eine festliche Atmosphäre geschaffen. Nur Cisca fehlte noch.

Um sich abzulenken, hatte er sich unter die Gäste gemischt, alte Bekannte begrüßt und sich gefreut, dass Adriaan sich gleich mit Louises Sohn zusammentat. Die ganze Zeit über behielt er den Eingangsbereich genau im Blick, beobachtete, wie die Bediensteten die Mäntel der Gäste entgegennahmen, und hoffte, dass Cisca die Nächste sei, die zur Tür hereinkam. Er hatte sich alles genau zurechtgelegt: Er wollte auf sie zugehen und ihre Hand nehmen – oder würden sie sich in die Arme fallen? Schließlich war er jetzt ein freier Mann, und die Zeit, in der er zwischen Schuld und Begehren umhergetaumelt war, vorbei. Danach würde er sich mit ihr in einer der gemütlichen Sitzecken niederlassen, um mit ihr anzustoßen, und sie konnten sich endlich erzählen, wie es ihnen in den vergangenen Jahren ergangen war.

Dann hatte das Warten endlich ein Ende. Cisca trat ein, ging mit energischen Schritten auf das Personal zu und wechselte lachend ein paar Worte mit ihnen. Im nächsten Moment wandte sie den Kopf, und ihre Blicke trafen sich. Ihr Lächeln verschwand, und sie umklammerte ihre Handtasche.

Für einen Augenblick stand die Erde still, schien alles eingefroren, verwandelten Sekunden sich in Stunden. Ihr Blick hatte nicht die von ihm erhoffte Freude, spiegelte nicht die Sehnsucht der vergangenen Jahre wider. Vielmehr starrte sie ihn an, zeigte auf seinen Sohn, der hinter ihm stand, und sagte mit regloser Miene: »Er kommt ganz nach dir.«

Diesen Satz noch im Ohr setzte sich Hendrik zu Greet und

Karel und rang wie damals um Worte. »Ich könnte einen kleinen Sherry vertragen.«

»Daran soll es nicht scheitern.« Karel nahm eine Flasche aus dem Regal und schenkte Hendrik ein. »Jetzt erzähl endlich mal: Warum bist du schon wieder hier?«

»Du lieber Himmel«, sagte Greet, als er seinen Bericht beendet hatte. »Das muss ja ein Schock für Henrike sein. Hast du sie schon angerufen?«

»Mehrfach. Aber sie geht nicht ran.« Hendrik nahm sein Handy in die Hand. Sie hatte immer noch nicht reagiert.

»Dann versuche ich es mal.« Greet schrieb ihr eine Nachricht. Anschließend schenkte auch sie sich einen Sherry ein. »Hoffen wir, dass sie sich bald meldet. Das darf so nicht stehenbleiben.«

Nach dem Gespräch stieg Hendrik langsam zu seinen Räumen hinauf und stellte sich ans Fenster. Warum war ihm der Gedanke nicht schon eher gekommen, dass dieses unerwartete Zusammentreffen Panik bei Cisca ausgelöst haben könnte? Immer hatte er nur sich im Fokus gehabt, ohne sich zu fragen, wie es Cisca in all den Jahren ergangen war. Nachdem sie ohne Erklärung verschwunden war, hatte er beschlossen, ihr Zeit zu lassen, sie erst im Januar wieder zu kontaktieren. Doch so weit war es nicht mehr gekommen. Sie war unauffindbar gewesen, und auch Louise hatte ihm keinen Hinweis geben können.

Ein Postbote radelte an der Gracht entlang, und seine Briefe kamen ihm in den Sinn. Die vielen Seiten, auf denen er Cisca sein Herz ausgeschüttet, die er aber nie abgeschickt hatte. Schlagartig wurde ihm bewusst, dass sie immer davon ausgegangen sein muss, dass er nie mehr an sie gedacht hatte.

Wut auf Katrien stieg in ihm auf und Ohnmacht in Anbetracht der Spielchen, die sie mit ihm getrieben hatte. Wie sie Adriaan immer mehr auf ihre Seite gezogen, ihn hingegen mit Schweigen und Nichtbeachtung gestraft hatte. Offenbar wusste sie genau, dass er sein Herz an Cisca verloren hatte.

Doch traf Katrien überhaupt eine Schuld? Nein. Er war es gewesen, der sein Versprechen gebrochen hatte. Nur er.

Als sein Handy sich meldete, fürchtete er, sein Herz würde zerspringen. Henrike. Henrike hatte sich gemeldet! Mit angehaltenem Atem las er ihre Nachricht: Natürlich hatte er morgen Nachmittag Zeit für sie! So lange sie wollte. Und ja, er sei zu Hause. Hektisch schrieb er ihr zurück. Sie würden sich aussprechen, er würde alles erklären. Erleichtert ließ er sich in den Lehnstuhl zurückfallen. Morgen würde er alles in Ordnung bringen.

Während sein Herzschlag sich allmählich beruhigte, kehrten seine Gedanken zu den Briefen zurück. Cisca konnte er sie nicht mehr geben. Aber Henrike sollte sie bekommen. Vielleicht würde sie so nachvollziehen können, warum er ihre Mutter unbedingt hatte wiedersehen *müssen*.

Doch wo hatte er sie hingelegt? Mühsam stand er auf und ging zu der Kommode im Schlafzimmer. Neben einer Schale mit Krimskrams lächelte Cisca ihn von einem Foto an. Wehmütig dachte er an den schönen Strandtag, an dem das Bild entstanden war, und nahm sich vor, es Henrike zu vermachen.

Beim Durchforsten der Schubladen sinnierte er über die Frage, wie viele Briefe ein Mensch schreiben kann, ohne sie jemals abzuschicken? Viele, wusste er aus Erfahrung. Und mit jedem war eine Sehnsucht befeuert worden, die sich stets weiter in sein Herz hineingefressen hatte.

Als er nicht fündig wurde, setzte er sich an den Schreibtisch und öffnete die Seitentür. Ganz hinten, wusste er, lagen ebenfalls Papiere. Tatsächlich fand er eine Schachtel, auf der ein vergilbter Zettel mit dem Hinweis *Persönliches* klebte. Ganz oben lag eine dünne Mappe, die die Sterbeurkunde von Katrien zutage förderte. Er nahm sie in die Hand und starrte auf die Buchstaben und Zahlen.

Sie war eine hübsche Frau gewesen, mit sanften Augen und langem, braunem Haar, das sie oft hochgesteckt trug. Ihre Lippen wurden stets von einem Lächeln umspielt, das auch dann nur selten verschwand, wenn sie sich stritten. In solchen Momenten hatte er sich gefragt, ob man ihr schon zu Kinderzeiten beigebracht hatte, nie die Haltung zu verlieren. Erst nach der niederschmetternden Diagnose im Krankenhaus war es verschwunden.

Katriens Sterben hatte sich lange hingezogen, und obwohl ihre Liebe bereits erloschen war, hatte er sich oft gewünscht, einen Teil ihrer Schmerzen und Ängste mittragen zu können.

Der Tag ihrer Beerdigung war strahlender gewesen als ihr Leben. Er dachte an die gleißende Sonne, an die verstörten Gesichter. An den verzweifelten Jungen, der nun auf den verhassten Vater angewiesen war, und an den Vater, der nicht wusste, ob er sich erleichtert zeigen durfte, dessen Herz aber vor Sehnsucht zu bersten drohte.

Nachdem Katrien auf eigenen Wunsch in Australien beerdigt worden war, hatte er eine Entscheidung getroffen: Er würde nach Amsterdam zurückgehen. Zu Cisca.

Er besah sich den restlichen Inhalt, doch er konnte das Gesuchte nicht finden. Er legte alles wieder an seinen Platz zurück. Er war zu müde, um der Sache weiter nachzugehen. Er nahm sein

Telefon zur Hand und las Henrikes Nachricht erneut. Morgen. Morgen würde sie kommen. Dann würden sie sich gemeinsam um die Briefe kümmern.

Doch die Angst, dass sie nicht erscheinen würde, sondern wie Cisca aus seinem Leben verschwinden könnte, ließ ihn frösteln. Es war, als würde sein Leben ihm immer mehr entgleiten. Erschöpft legte er sich aufs Bett. Unfähig, die Augen zu schließen, ohne sie zu sehen. Die große Liebe seines Lebens.

22.

Nur selten konnte Rike sich an ihre Träume erinnern. Doch die Bilder dieser Nacht ließen sich nicht abstreifen, und sie versuchte, sie mit geschlossenen Augen in die richtige Reihenfolge zu bringen. Nach und nach gelingt es ihr, erlebt sie diese eindringlichen Momente erneut:

Es dämmert bereits, als sie die Tür zum Treppenhaus aufdrückt. Auf den Stufen stehen ein paar mickrige Topfpflanzen, an einigen Stellen blättert der Putz von den Wänden. Bei Frau Bal laufen die Nachrichten, bei Kerkmeesters läutet das Telefon, irgendjemand brät Zwiebeln.

Im zweiten Stock bleibt sie stehen. Die Tür ist angelehnt. Auch wenn das Namensschild fehlt, erkennt sie am Geruch der Wohnung, dass sie richtig ist. Durch das geriffelte Glas fällt Abendlicht auf den Läufer, an der Garderobe hängen Jacken und Mäntel in Reih und Glied: Papi, Mami, Kind.

Im Wohnzimmer unterhalten sich ihre Eltern, laut und gereizt, bis sie sich anschreien. Ihr Körper reagiert sofort, und sie ertappt sich dabei, dass sie bis fünf zählen möchte. Gleichzeitig spürt sie, dass sich etwas geändert hat. Heute kann sie Mitleid mit diesen beiden Menschen empfinden, auch Trauer, dass sie sich aus diesem Muster aus Unvermögen und Hilflosigkeit nicht befreien können. Und Resignation, weil sie nun weiß, dass es sich nie ändern wird.

Sie geht weiter, vorbei am Schuhschrank mit der getöpferten Vase, vorbei am Badezimmer, wo sie das Aftershave ihres Vaters wahrnimmt. Ein Duft, der bis heute unangenehme Assoziationen hervorruft.

In der Glasschale der Deckenlampe haben sich tote Fliegen gesammelt, in der Spüle stapelt sich das Geschirr. Auf der Anrichte liegen Weißbrotscheiben und leere Eierschalen. Sie steigt über ein Geschirrtuch, das zu Boden gefallen ist, und öffnet die Balkontür.

Draußen führt ein Mann seinen Terrier aus. Unter der Straßenlaterne vor dem Haus bleibt er stehen und spricht mit einer jungen Frau, ebenfalls mit Hund. Die Tiere beschnuppern sich, der Mann flirtet. Ein Mofa fährt knatternd an ihnen vorbei.

Zurück im Flur, lauscht sie den Geräuschen im Haus. Klackernde Absätze eilen die Treppen hinunter, oben rauscht eine Klospülung, das Telefon bei Kerkmeesters läutet erneut.

Im Schlafzimmer ihrer Eltern stapeln sich ungebügelte Hemden auf einem Stuhl, der Korb mit Schmutzwäsche riecht muffig. Sie will schon das Fenster aufreißen, doch hält inne. Das Leben ihrer Eltern besteht fast nur aus dicker Luft. Da hilft auch kein Durchzug.

Der Streit im Wohnzimmer geht unvermindert weiter. Leise

schlüpft sie in ihr altes Kinderzimmer. Auch hier ist alles wie gehabt. Vor dem Fenster die Blumenampel mit Grünpflanzen, auf dem kleinen Sofa ein paar bunte Kissen und ein Comic-Heft. Der Schreibtisch ist übersät von Schulheften und Büchern, an der Wand die Portraits von Crosby, Stills, Nash und Young. Abgezeichnet mit schwarzem Filzstift auf fluoreszierendem Gelb.

Sie wendet sich dem Buchregal zu, fährt mit der Hand über die Buchrücken der Detektivromane und sieht sich gerade nach ihrem Lieblingsroman von Joy Adamson um, als sie das kleine Mädchen entdeckt, das leise zählt: »Eins, zwei, drei, vier ...« Bei fünf geht im Wohnzimmer etwas klirrend zu Bruch, und Mami schreit ihre Ohnmacht heraus.

Aus dem Zählen wird ein Weinen. Zuerst verhalten, dann verzweifelt. Sie setzt sich auf die Bettkante und streicht dem Kind sanft über den Rücken.

»Hab keine Angst«, sagt sie leise. »Ich weiß, wie schlimm diese Momente sind. Du gewöhnst dich nie daran. Aber glaube mir, sie gehen vorbei.« Sie streicht dem Kind über das Haar. »Du wirst sie nie vergessen können. Aber du wirst stark sein und deinen eigenen Weg gehen.« Sie legte die Hand auf die bebenden Schultern. »Versuch jetzt zu schlafen. Ich passe auf dich auf.« Nach einer Weile schluchzt das Mädchen ein letztes Mal, dann beruhigt sich sein Atem, entspannt sich der kleine Körper.

Als sie sicher sein kann, dass die kleine Rike fest schläft, schleicht sie sich hinaus. Einen letzten Blick zurück, dann zieht sie die Tür zu ihrer Kindheit fest ins Schloss.

Nach diesem aufwühlenden Tag hatte Rike mit Albträumen gerechnet, mit schmerzhaften Rückblicken dieser alles verändernden Stunden. Doch stattdessen war es möglich gewesen, die Situation noch mal zu erleben und sich von dem Kind, das sie damals gewesen war, zu verabschieden. Dem nach außen so unbeschwerten Mädchen, das es sich zur Aufgabe gemacht hatte, seinen Eltern keinen Kummer zu bereiten, und damit heillos überfordert gewesen war.

Trotz der beängstigenden Bilder fühlte sie sich jetzt leicht und erkannte, dass sich ihr Blickwinkel tatsächlich geändert hatte. Es war ihr auch viel Gutes widerfahren in all den Jahren, und sie hatte Dinge kennengelernt, die ihr sonst nie begegnet wären.

Ihre Gedanken wanderten zu Hendrik. Hatte er die Tragweite seiner *Überraschung* inzwischen umreißen können? Würde sie den alten Mann mit weiteren Einzelheiten konfrontieren können? Bislang waren beide der Meinung gewesen, dass ihre Lebensgeschichten nichts miteinander zu tun hatten. Das hatte sich nun geändert.

Rike griff nach dem Handy und sah, dass Ian sich gemeldet hatte. Er freue sich auf den Abend mit ihr und schlug vor, sich um fünf in einem Café am Rembrandtplein zu treffen. Sie war glücklich, dieses Rendezvous nach dem Besuch bei Hendrik in petto zu haben.

Edina schrieb, nach Rikes Mail fehlten ihr die Worte, und sie hoffe, bald Zeit zum Telefonieren zu haben.

Lass Dir Zeit, ich komme schon klar, schrieb sie der Freundin zurück. *Aber drück mir die Daumen für den Besuch bei Hendrik. Ich hoffe, wir können uns aussprechen.*

Anfangs war sie zuversichtlich, doch je näher sie der Jordaan kam, umso mehr wuchs ihre Nervosität. Hendrik hatte gestern so zerbrechlich gewirkt. War diese Geschichte nicht zu groß für ihn? Andererseits konnte sie die *Überraschung* nicht so auf sich beruhen lassen. Beschäftigt mit diesen Gedanken, stieg sie vom Rad und drückte den kupfernen Klingelknopf. Sekunden später stand sie Hendrik gegenüber.

Einen Augenblick lang wusste keiner von beiden zu reagieren. Doch dann ging er einen Schritt auf sie zu, und sie schlossen sich fest in die Arme. Rike spürte den rauen Stoff seiner Strickjacke an ihrer Wange und roch ein unbekanntes Aftershave. Sie wurde von einer großen Ruhe erfasst. Es würde sich alles fügen, dessen war sie sich nun sicher.

»Komm rein, ich habe uns Tee gemacht.« Hendrik schob ihr Fahrrad in den Flur und zeigte auf die Treppe. »Oben bei mir.«

Als sie Platz genommen hatten, brachte er das Thema sofort zur Sprache.

»Zuallererst möchte ich dich um Verzeihung bitten. Bislang habe ich mich einfach gefreut, dich kennenzulernen und von dir zu erfahren, wie es Cisca ergangen ist. Ohne mir je darüber Gedanken zu machen, welche Bedeutung dieses letzte Treffen für euer Leben hätte haben können. Heute Nacht ist mir ein Satz in den Sinn gekommen, den mein Schwiegervater mir gegenüber einmal geäußert hat: *Man weiß nie, welche unserer Handlungen, welche unserer Unterlassungen lebenslange Folgen haben werden.*«

»Das ist sehr passend. Du sollst aber wissen, dass ich dir keine Vorwürfe mache. Ich bin in erster Linie froh, dass ich endlich eins und eins zusammenzählen kann.« Rike dachte an das Gespräch mit Els zurück. »Dafür stelle ich mir andere Fragen: Inwieweit darf man so weitreichende Entscheidungen für jemanden treffen, ohne ihn über die Gründe dafür aufzuklären? Wo verläuft da die Grenze?«

»Ich nehme an, du spielst auf deine Mutter an«, sagte Hendrik, während er Tee einschenkte. »Ich bin mir sicher, sie wollte nur ihre Familie schützen. Und du warst schließlich noch ein Kind. *Ich* war derjenige, der egoistisch gehandelt hat, ihr darfst du das nicht ankreiden. Wer weiß, wie du dich an ihrer Stelle verhalten hättest.«

Diese Frage war Rike auch schon durch den Kopf gegangen. Eine Antwort darauf hatte sie jedoch nicht finden können. Dafür verstand sie nun endlich auch, warum ihre Mutter nach der Pensionierung nicht wieder nach Amsterdam hatte ziehen wollen. Nicht wegen der angeblichen Hektik dort, sondern aus Angst, Hendrik erneut begegnen zu können.

»Als Beweis meiner Liebe möchte ich dir die Briefe schenken, die ich deiner Mutter vor Jahren geschrieben habe. Ob du sie liest oder nicht, ist deine Entscheidung. Ich möchte aber vermeiden, dass sie nach meinem Tod in falsche Hände geraten.« Hendrik gab etwas Zucker in seine Tasse. »Ich habe sie nie zur Post gebracht habe, weil ich ein großer Feigling war. Auch das ist mir klar geworden. Ich wollte beides: Für Katrien ein guter Ehegatte sein und gleichzeitig deine Mutter wissen lassen, wie sehr sie mir fehlte. Und so habe ich zwei Frauen unglücklich gemacht.«

Er fuhr sich mit der Hand über das Gesicht. »Ich habe sie gestern bereits gesucht, aber leider nicht gefunden. Wahrscheinlich liegen sie auf dem Dachboden. Hilfst du mir? Vier Augen sehen mehr als zwei.« Er zwinkerte ihr zu.

Rike lächelte. Da war er wieder, wenn auch nur für Sekunden:

die jüngere Ausgabe dieses Mannes, den ihre Mutter so ins Herz geschlossen hatte.

Sie stiegen eine kurze Treppe hinauf, und Hendrik öffnete die Tür zu einer kleinen Abstellkammer. Die Luft war stickig, es roch nach Mottenkugeln und Mäusedreck. Winzige Partikel tanzten in dem Lichtstrahl, der durch das kleine Dachfenster auf die mit Staub bedeckten Koffer und Schachteln fiel.

Rike fühlte sich in ihre Jugendjahre zurückversetzt. Damals hatten Edina und sie sich mit Hilfe von ausgemusterten Möbeln ein geheimes Refugium bei Edinas Familie unter dem Dach erschaffen. Dort hatte es ähnlich ausgesehen: eine Glühbirne, die zwischen den Balken befestigt fahles Licht verbreitete, und ein kleines Dachfenster, blind vor Dreck, das kaum Tageslicht durchließ. An den Wänden standen auch hier Holzregale, deren Böden mit Schachteln und Mappen gefüllt waren, in einer Ecke warteten schiefe Hocker und ein fleckiger Lehnstuhl vergeblich auf Besuch.

Rike ging an mehreren gestapelten Kartons vorbei zu einer alten Truhe. Bei Edina war ein ähnlicher Kasten stets mit Matrjoschka-Puppen und Filzkamelen dekoriert gewesen, hier stand eine Männerfigur, an deren Hutkrempe Korken hingen. »Ist das typisch australisch?«

Hendrik nickte. »Die Korken sollen Insekten fernhalten. Jetzt tragen hauptsächlich Touristen diese Akubras. Ich bekam die Puppe zum Abschied von meinen damaligen Mitarbeitern.« Er nahm einen Karton aus dem Regal und stellte ihn auf einen Hocker. »Ich habe mir oft gewünscht, die Korken könnten einen auch vor Albträumen und Streit schützen, aber das hat leider nicht funktioniert.« Vorsichtig, um nicht zu viel Staub aufzuwirbeln, legte er den Deckel zur Seite. »Stattdessen habe ich mich in solchen Situationen nach Holland zurückgeträumt und auf meine Rückkehr gefreut. Die war allerdings anders, als ich sie mir vorgestellt hatte.«

»Inwiefern?« Rike zog einen anderen Hocker herbei und setzte sich. »Was hatte sich für dich geändert?«

»Anfangs fühlte ich mich vor allen Dingen heimatlos, was aber wohl nicht nur am Land lag. Auch ich hatte mich in den fünfzehn, sechzehn Jahren gewandelt und auf viele Dinge eine andere Sicht entwickelt. Woran ich mich aber lange nicht gewöhnen konnte, war die Tatsache, dass hier alles so schrecklich klein und beengt ist. In Australien kann man tagelang unterwegs sein, ohne jemanden zu treffen. Hier grenzt es schon an ein Wunder, wenn das bei einem halbstündigen Spaziergang der Fall ist.«

Er nahm die Schachtel auf den Schoß. »Hinzu kam, dass alle mich verkuppeln wollten und mir ständig Heiratskandidatinnen vorstellten. Ich wollte aber nur eine. Und als Cisca verschwunden war, löste sich alles um mich herum auf, fühlte ich mich wie ein Niemand.«

»Meiner Mutter ging es ähnlich. In Deutschland hatte sie plötzlich eine ganz andere soziale Stellung. Sie wurde zur *Frau von.* Ein Titel, der ihr schon immer verhasst gewesen war. Hatte sie früher alles gemanagt, stand sie plötzlich als Hausfrau im Abseits, ohne Arbeit und Kontakte und kam sich nutzlos vor. Erst als mein Vater gegangen war, schaffte sie es, wieder Boden unter die Füße zu bekommen. Das waren harte Zeiten.«

»Und … wie ist es dir dort ergangen?«

Henrike zögerte. Sollte sie ihm wirklich von ihren Problemen erzählen, von ihren Ängsten? Wie sie sich zeitweise von ihrer Mutter im Stich gelassen gefühlt hatte? Nein, es würde nur seine Schuldgefühle befeuern, und sie entschied sich für die vertraute Variante: »Es war nicht immer einfach, aber ich habe mich irgendwie durchgeschlagen. Unkraut vergeht bekanntlich nicht.« Sie zeigte auf die Schachtel, die er immer noch auf dem Schoß hielt. »Kümmern wir uns lieber um die Briefe.«

Gemeinsam durchkämmten sie mehrere Kartons, doch das Gesuchte kam nicht zum Vorschein. Dafür entdeckte Rike einige alte Fotoalben. »Darf ich da mal reinschauen?«

»Natürlich.« Hendrik schob seinen Hocker näher heran und öffnete das Album, das ganz oben lag. Der dunkelrote Einband aus geprägtem Leder verströmte einen muffigen Geruch. Vorsichtig schlug Rike es auf. *Unser Neuanfang* stand auf dem Deckblatt in runder Frauenhandschrift. Sie blätterte weiter und betrachtete die Schwarzweißbilder, die zwischen dem Seidenpapier zum Vorschein kamen: Aufnahmen der Familie, des Betriebes und der australischen Landschaft, immer beschriftet von derselben Person. Die Fotoecken hatten sich zum Teil gelöst, doch die Bilder schienen vollzählig zu sein.

»Hier haben wir lange gewohnt.« Hendrik zeigte auf eine stattliche Villa inmitten eines großen Parks. Er beugte sich über die Aufnahme, um besser sehen zu können. »Schau, ganz oben kann man Katrien mit Adriaan am Fenster erkennen.«

»Wer ist Adriaan?«

»Mein Sohn.«

Rike staunte. Hendrik hatte nie erwähnt, dass er Vater war. Doch gleich konnte sie das Kind näher betrachten. Auf dem nächsten Foto standen Hendrik und Katrien in einer großen Halle, der Junge mit trotzigem Blick zwischen ihnen. »Hier kannst du ihn besser erkennen.«

Rike betrachtete das Kind, das sich nicht besonders wohl in seiner Haut zu fühlen schien. Es verzog den Mund zu einem Flunsch. Auch die Eltern machten keinen entspannten Eindruck.

Auf der folgenden Doppelseite waren Aufnahmen von Katrien am Meer zu sehen. Hendrik wollte sie schnell übergehen, doch Rike bremste ihn. »Auch sie gehörte zu deinem Leben«, sagte sie. »Du hast einen guten Geschmack.«

»Zu dem Zeitpunkt war unsere Ehe schon ziemlich am Ende. Wie gut es Katrien aber gelungen war, Adriaan auf ihre Seite zu ziehen, habe ich erst an jenem Geburtstag von Louise bemerkt. Als ich mit den Getränken für mich und Cisca zurückkam und deine Mutter verschwunden war.

Stattdessen wartete mein Sohn dort auf mich. ›Das war also die Frau, die Mama auf dem Gewissen hat‹, sagte er hasserfüllt. ›Du verlierst wirklich keine Zeit.‹«

Rike stellte sich die Situation vor und bekam trotz der Wärme, die in der Kammer herrschte, eine Gänsehaut. »Und wo lebt dein Sohn jetzt?«

»Soweit mir bekannt ist, irgendwo in Amerika. Er ist wenige Tage nach Louises Geburtstag zu Katriens Eltern gezogen. Das war gut so, denn unser Verhältnis war völlig zerrüttet.« Er überlegte. »Vor Jahren ist er hier noch mal kurz aufgetaucht, weil er irgendwelche Unterlagen brauchte. Da habe ich ihm die Schachteln gezeigt, wo die Papiere sich befinden könnten, und er hat sich das Gewünschte herausgesucht.«

Er blätterte zur nächsten Seite weiter, wieder waren Urlaubsbilder zu sehen: Fotos vom Meer und einem Haus am Strand.

»Hier ist noch eine Aufnahme von Adriaan.« Hendrik zeigte auf einen kleinen Jungen, der auch diesmal düster in die Kamera schaute, zwischen seinen Brauen eine tiefe Falte.

»An die Situation kann ich mich genau erinnern«, erzählt Hendrik. »Katrien hatte ihm versprochen, Pfannkuchen zu backen, aber es waren keine Eier mehr da. Folglich kam etwas anderes auf den Tisch. Das hatte Adriaan – oder Ian, wie er oft genannt wurde – ordentlich die Laune verhagelt. Denn Pfannkuchen beziehungsweise Kannepuchen, wie er sie immer nannte, waren sein Lieblingsgericht.«

Wie gelähmt starrte Rike auf das Bild. Ein Augenblick, der für immer unauslöschbar in ihren Erinnerungen bleiben würde, wie ihr erster Schultag, der erste Kuss. Ihr Herz raste. Sie spürte, wie ihr der Schweiß ausbrach.

»Wir haben lange versucht, ihm den richtigen Begriff einzubläuen, aber er hat sich strikt geweigert. Wenn er sich etwas in den Kopf gesetzt hatte, war es ein Ding der Unmöglichkeit, ihn davon abzubringen.« Hendrik schlug die nächste Seite auf. Wieder ein Bild des Jungen. Wieder diese tiefe Falte zwischen den Brauen. *Gestellte Bilder einer glücklichen Familie, die mit der Realität nichts gemein haben*, hörte sie Ian sagen.

Rike kniff die Augen fest zusammen. Als sie sie wieder öffnete, hatte sich wie von Zauberhand ein Portrait des erwachsenen Ian über das Schwarzweißbild des Kindes gelegt. Die Ähnlichkeit zwischen diesem Jungen und dem Mann, mit dem sie viele schöne Stunden verbracht hatte, war nicht zu leugnen. Auch konnte sie nun die Gemeinsamkeiten zwischen Hendrik und seinem Sohn erkennen. Sie holte tief Luft. Sie musste hier raus. Sofort. Ohne Hendrik etwas von dieser Entdeckung zu verraten.

Zum Glück beendete Hendrik die Suche von sich aus. »Ich glaube nicht, dass wir heute noch fündig werden. Aber ich melde mich bei dir, sollte ich die Briefe finden. Jetzt wäre es mir lieb, wenn ich mich etwas hinlegen könnte.« Er schlug das Album zu.

»Ich begleite dich ins Wohnzimmer.« Rike versuchte, ihrer Stimme einen festen Klang zu geben. »Ein Schläfchen wird dir sicher guttun.« Als Hendrik bequem auf dem Sofa lag, deckte sie ihn mit einem Plaid zu und versprach, bald wiederzukommen. Doch bevor sie den Satz zu Ende sprechen konnte, war er schon eingeschlafen.

23.

Wie artikuliert man Unaussprechliches? Wie überprüft man, ob man träumt? Wohin, wenn alles in sich zusammenbricht? Benommen von ihrer Entdeckung stieg Rike die Treppen hinunter, der Rhythmus der Silben *Kan-ne-pu-chen-Kann-ne-pu-chen* dröhnte ihr in den Ohren.

Nach der letzten Stufe ging sie mit zögerlichen Schritten zur Garderobe, als müsse sie sich in dichtem Nebel zurechtfinden. Sie hatte den Mantel schon in der Hand, als Greet aus der Küche trat.

»Habt ihr euch denn in Ruhe …« Als sie Rike ansah, riss sie die Augen auf. »Um Gottes Willen, was ist passiert? Du bist blass wie die Wand!«

Rike brachte keinen Ton heraus. Hilflos ließ sie sich von Greet an den Küchentisch führen. »Habt ihr euch gestritten?«

»Die roten …«

»Ist den roten Socken etwas zugestoßen?« Greet setzte sie auf einen Stuhl und nahm ebenfalls Platz. »Erzähl doch, bitte!«

Statt zu antworten, öffnete Rike den Foto-Ordner ihres Handys und rief das Selfie auf, dass sie gestern von sich und Ian am Strand gemacht hatte. »Kennst du diesen Mann?«

Greet musste nicht lange überlegen. »Das ist Adriaan, Hendriks Sohn. Aber woher … Das gibt es nicht!« Sie sah sich das Bild erneut an. »Nein, es besteht kein Zweifel. Wie habt ihr das herausgefunden?«

»*Ich* habe es herausgefunden. Rein zufällig, als wir vorhin ein altes Fotoalbum angeschaut haben. Hendrik weiß von nichts. Ian ist ebenfalls ahnungslos.« Jetzt sah Rike, dass noch jemand mit am Tisch saß. Ein nett aussehender Mann um die dreißig, der sich das Foto nun auch ansah.

»Das ist Daan, mein Enkel«, stellte Greet ihn ihr vor. »Aber erzähl weiter. Oder ist dir alles gerade zu viel?«

»Ein Glas Wasser wäre schön.« Rike legte das Handy auf den Tisch. »Als Edgar damals die Tür hinter sich zuzog, war ich der Meinung, dass der Moment nicht mehr zu toppen sei. Doch jetzt wurde ich eines Besseren belehrt.«

»Ja, es gibt Zeiten, da startet das Universum seine Endlos-Achterbahn. Mit allem, was dazugehört.« Greet stellte Rike ein Glas hin und besah sich abermals das Foto. »So was Verrücktes … Sind die *roten Socken* identisch mit Adriaan Rhee.«

Nach den ersten Schlucken ging es Rike etwas besser. »Ich frage mich nur, wie es zu diesem verrückten Zufall kommen konnte. Ich meine, ich saß nichtsahnend im Café, schrieb in mein Notizbuch, da tauchte dieser Mann neben mir auf und fragte, ob er sich zu mir setzen dürfe. Weil alle anderen Plätze besetzt seien – was tatsächlich stimmte.«

»So habt ihr euch kennengelernt?« Daan schüttelte ungläubig den Kopf.

»Ja. Wir haben uns richtig gut unterhalten. Ich hatte gerade etwas über einen Jugendschwarm notiert und fragte ihn scherzhaft, ob er früher zufällig ein Faible für grüne Pullis gehabt habe. Darauf zeigte er mir seine Socken und meinte, seine Lieblingsfarbe sei schon immer Rot gewesen. Irgendwann kamen wir auf meinen Umzug nach Deutschland zu sprechen und den Grund für meine Reise nach Amsterdam. Dabei erzählte er mir von seinem Vater, mit dem er sich nie verstanden hat. Irgendwann hat er sich dann abrupt von mir verabschiedet.«

»Aber er wollte dich wiedersehen und fragte, ob du Lust hättest, mit ihm essen zu gehen«, sagte Greet nachdenklich. »Erinnerst du dich an den Tag, an dem du deinen Geldbeutel hier abgeholt hast? Als wir draußen auf das Taxi gewartet haben? Das war ja der Tag, an dem ihr euch kennengelernt habt.«

»Stimmt. Warum?«

»Da war ich der Meinung, Adriaan auf der anderen Seite der Gracht entdeckt zu haben. Ich wollte Hendrik noch darauf hinweisen, denn Adriaan lebt ja in Amerika. Doch bevor ich es ihm sagen konnte, war der Mann schon wieder verschwunden. Daher habe ich die Sache als Sinnestäuschung abgetan und vergessen.«

»Kann der Typ dir anschließend gefolgt sein?«, fragte Daan.

»Das wäre schon möglich. Ich war mit dem Fahrrad unterwegs, bin aber auch immer wieder abgestiegen und ein Stück zu Fuß gegangen.«

»Das würde erklären, wie diese *zufällige* Begegnung zustande kam.« Daan überlegte. »Ich frage mich nur, ob es noch einen anderen Grund gibt, warum er mit dir Kontakt aufnehmen wollte.«

»Ich habe es als schöne Fügung verbucht. Er ist hübsch, charmant und hat Humor. Nicht, dass ich Angst habe, mein Verfallsdatum schon erreicht zu haben, aber nachdem Edgar mich sitzen gelassen hat, fühlte ich mich durchaus geschmeichelt, von so einem Mann beachtet zu werden.

Zumal wir uns gut über Gott und die Welt unterhalten konnten. Aber wenn ich es jetzt genauer betrachte, war ich meistens diejenige, die auf seine Fragen hin erzählt hat. Über ihn weiß ich so gut wie nichts. Außer, dass er in der IT-Branche tätig ist – wenn das denn stimmt …«

Auf einmal drang es zu Rike durch, dass Ians Erzählungen über seinen Vater alle von Hendrik gehandelt hatten. *Jemand, der nie für einen da war, kann einem nicht fehlen, oder?* War Hendrik ihm ein so schlechter Vater gewesen? Und welchen Plan verfolgte Ian?

»Vergiss nicht, dass du eine attraktive Frau bist«, sagte Greet. »Vielleicht wollte er wirklich nur mit dir ins Gespräch kommen.«

»Es ist aber schon ein sehr großer Zufall.« Daan sah Rike an. »Wann trefft ihr euch wieder?«

»Wir sind um fünf am Rembrandtplein verabredet. Dort wollten wir etwas essen und anschließend ins Kino.« Rike trank das Glas leer. »Doch wie soll das jetzt gehen? Ich kann mich beim besten Willen nicht so benehmen, als wüsste ich nichts von seinen Familienverhältnissen. Andererseits möchte ich die Wahrheit erfahren und wissen, was er vorhatte.«

»Es kann gut sein, dass er alles abstreitet.« Daan strich sich die halblangen Haare hinter die Ohren. »Aber ich habe eine Idee, wie wir ihn mit den Tatsachen konfrontieren könnten.« Ein spöttisches Lächeln umspielte seine Lippen. »Ob ihr danach noch etwas unternehmen wollt, kann ich allerdings nicht versprechen.«

Gegen halb fünf waren die Einzelheiten geklärt. Daans Idee gefiel Rike gut, auch wenn sie immer mehr das Gefühl hatte, völlig neben sich zu stehen. Hatte Hendriks Offenbarung vieles geraderücken können, kam diese Neuigkeit einer eiskalten Dusche gleich.

Nachdem Greet ihnen viel Glück gewünscht hatte, stiegen sie auf die Räder und fuhren los. Daans Rücken fest im Blick, schaltete Rike auf Autopilot. Ihre Beine bewegten sich automatisch, ihre Hände umklammerten den Lenker, als würde sie ein Loslassen mit dem Leben bezahlen müssen. Wäre das Treffen nur schon vorbei!

Als sie die Keizersgracht hinter sich gelassen hatte, änderte Daan seine Geschwindigkeit und ließ sich neben sie zurückfallen. »In dieser Straße wurde früher Leder gegerbt. Wollen wir ihn herlocken und ihm das Fell über die Ohren ziehen?«

Rike brachte nur ein müdes Grinsen zustande. »Wenn es nur so einfach wäre. Ich habe keine Ahnung, was ich ihm sagen soll.«

»Diese Dinge kann man nicht planen. Aber ich bin mir sicher, dass dir zur gegebenen Zeit das Richtige einfallen wird.«

Nachdem sie die Herengracht überquert hatten und der Singel folgten, wurde der Verkehr dichter. Daan wich nicht von ihrer Seite und versuchte, sie von dem abzulenken, was gleich auf sie zukommen würde.

Die konstante Bewegung half ihr, die Wut und die Unsicherheit zu kanalisieren. Ab und an blitzte sogar etwas wie Gelassenheit auf. Sie hatte sich zwar verliebt, doch sie spürte deutlich, dass Ian ihr Herz noch nicht ganz hatte gewinnen können.

Kurz vor dem Rembrandtplein stellten sie die Räder ab und betraten ein Eckgeschäft, dessen Glaswand eine gute Sicht auf die Cafés bot, die sich am Platz dicht an dicht reihten.

»Gleich dort wollten wir uns treffen.« Rike wies auf die rotweißen Sonnenschirme nebenan. »Ah, ich habe ihn sogar schon entdeckt.« Sie zeigte Daan, wo Ian saß. Er hatte sich einen Tisch am Rand des Außenbereichs ausgesucht und ließ den Blick über die vorbeigehenden Passanten schweifen. Vor ihm stand eine Kaffeetasse, daneben lag sein Handy.

Daan sah Rike an. »Dann mal los!«

Nervös wählte sie Ians Nummer. Er meldete sich sofort – gutgelaunt, wie sie durch die Scheibe beobachten konnte. »Hallo! Ich bin gleich da.« Sie gab alles, ihre Stimme sorglos klingen zu lassen. »Bestellst du mir schon mal ein Wasser?«

»Mache ich gern. Bis gleich!«

Während Ian nach einem Kellner winkte, sahen sie sich an. »Ich eröffne dann mal die zweite Runde«, sagte Daan. »Zeit für diesen Herrn, die Hosen herunterzulassen.«

Gespannt verfolgte Rike, wie Daan den Laden verließ. Einmal draußen, sah er sich unschlüssig um, als wäre er sich nicht darüber im Klaren, in welche Richtung er gehen sollte. Nachdem er sein Handy gecheckt hatte, schlenderte er in Richtung der Sonnenschirme. Er war schon fast an den Tischen vorbei, als er sich abrupt umdrehte und Ian ansah. »Mensch! Adriaan Rhee! Bist du es wirklich?« Lachend ging er auf Ian zu.

Rike, die Daan zwar nicht hören konnte, den vereinbarten Text aber kannte, verfolgte gebannt, wie Ian reagierte. Er fühlte sich sofort angesprochen, stand auf und fragte Daan etwas. Währenddessen sah er sich nervös um, wohl wissend, dass sie jeden Moment hinzukommen konnte.

Daan spielte seine Rolle perfekt. Lebhaft gestikulierend erzählte er Ian von einem erfundenen Meeting mit ihm und deutete an, dass er sich gern zu ihm setzen würde. Ian reagierte zunehmend gereizt. Er klopfte wiederholt auf seine Uhr, als wolle er so untermauern, dass er keine Zeit für Daan habe. Doch der ließ sich nicht abwimmeln. Er redete einfach weiter, während Ian immer ungehaltener wurde. Als er sich endlich bequemte weiterzugehen, sank Ian sichtlich erschöpft auf seinen Stuhl zurück.

Kurz darauf stand Greets Liebling wieder neben ihr. »Er heißt tatsächlich Adriaan Rhee und hat es faustdick hinter den Ohren«, meldete er. »Als ich ihm erzähle, wo wir uns angeblich schon mal begegnet sind, hat er sich tatsächlich daran erinnern können. Der Mann hat Talent.« Er sah sie eindringlich an. »Lass dich bloß nicht um den Finger wickeln. Ganz egal, was er behauptet.«

»Ich kriege das hin!« Rike entsann sich eines Auftritts, der ihr ebenfalls viel Mut abverlangt hatte: ihr erster Schultag in Deutschland. Alles hatte sich grau in grau angefühlt: Die Stimmung, die Schule, sogar der Direktor war so farblos gewesen, dass er problemlos mit dem Schneehimmel hätte verschmelzen können. Schweigend waren sie durch leere Korridore geschritten. Dabei hatte sie den fremden deutschen Klängen gelauscht, die durch die geschlossenen Türen drangen.

Als sie das Klassenzimmer betraten, standen die Schüler sofort stramm an ihrem Plätzen. *Gu-ten-Mor-gen-Herr-Di-rek-tor*, klang es aus dreißig Mündern. Auch der in Jägergrün gekleidete

Lehrer hatte Haltung angenommen. Während der Schulleiter in abgehackten Sätzen etwas über sie zum Besten gab, war sie von den Jugendlichen, die ihm regungslos zuhörten, von Kopf bis Fuß gescannt worden, und sie hatte sich verzweifelt gefragt, wie sie diesen Tag überstehen sollte.

Rike nahm ihre Tasche und straffte die Schultern. Was sie damals geschafft hatte, würde sie auch heute bewältigen. Und tatsächlich: Kaum war sie draußen, spürte sie, wie ihre Anspannung sich mit jedem Schritt in Wut verwandelte. Warum glaubten diese Kerle eigentlich, dass sie mit ihr umspringen konnten, wie es ihnen gerade einfiel? Der eine ließ sie einfach sitzen, der nächste belog sie nach Strich und Faden. Jetzt war Schluss mit diesen Spielchen, ein für alle Mal.

Du bist nicht das, was dir zustößt, sondern was du daraus machst!

Als sie Ians Tisch erreichte, sprang er auf, um sie zu begrüßen. Seine Nervosität war nahezu greifbar.

»Was ist los mit dir?« Sie sah ihn aufmunternd an. »Ärger in der Firma?«

Ian machte eine wegwerfende Handbewegung. »Auch. Einer der Mitarbeiter meint mal wieder, alles besser zu wissen. Aber damit will ich dich nicht nerven. Du kennst ihn ja nicht mal.«

Rike nahm das Glas, das für sie bereitstand, und trank einen kleinen Schluck. »Tja. Wen kennt man schon wirklich … Adriaan?«

Ian riss die Augen auf. »Bitte?«

»So heißt du doch, oder? Adriaan Rhee. Und du bist der Sohn von Hendrik.« Sie nippte erneut. »Das hast du geschickt eingefädelt, das muss ich schon sagen. Aber nun kam alles anders als geplant. Bei der Suche nach den Briefen, die dein Vater meiner

Mutter geschrieben hat, sind wir auf alte Fotoalben gestoßen. Wir haben sie uns gemeinsam angeschaut. Da waren auch alte Aufnahmen vom *kleinen Adriaan*. Dabei kam die Story mit den Kannepuchen zur Sprache und sie hat deine Tarnung auffliegen lassen.«

Fassungslosigkeit malte sich auf Adriaans Gesicht. »Ich kann dir das alles erklären«, begann er. »Es ist ganz anders, als du jetzt ...«

»Du sollst mir keine neuen Märchen erzählen. Ich will wissen, was hinter alledem steckt.«

»Okay. Es war so.« Hektisch fuhr er sich durch das kurze Haar. »Rein zufällig habe ich dich mit meinem Vater zusammen gesehen und bin euch gefolgt. Die Vertrautheit, die zwischen euch zu herrschen schien, verletzte mich wider Willen sehr. Eine solche Nähe hat es zwischen ihm und mir nie gegeben. Daher wollte ich herausfinden, wer du bist und in welcher Beziehung du zu ihm stehst. Aus dem Grund habe ich den Alten im Auge behalten und bin dir an jenem Sonntag gefolgt.« Er holte tief Luft. »Ich hätte nie gedacht, dass wir ins Gespräch kommen würden. Doch es klappte überraschend ... und ich spürte sofort, dass ich dich näher kennenlernen wollte.« Er sah sie bittend an.

»Dabei war mein Plan ein anderer gewesen: Ich wollte, dass du dich so richtig in mich verliebst. Um dir dann den Laufpass zu geben, in der Hoffnung, auch meinen Vater damit treffen zu können. Ein Blinder konnte ja sehen, wie hingerissen er von dir ist.«

Er beugte sich zu ihr vor. »Weißt du, als Kind wusste ich nicht, was die Ursache für die Trauer und die Depressionen meiner Mutter war. Doch als ich älter wurde, hat sie mir alles von dieser Cisca, von deiner Mutter, erzählt. Von dem Augenblick an sah ich die vorangegangenen Jahre in einem ganz anderen Licht, fielen mir Dinge an meinem Vater auf, denen ich vorher keine Aufmerksamkeit geschenkt hatte: die Momente, in denen er einen Brief schrieb, ihn aber sofort versteckte, wenn ich den Raum betrat; seine geistige Abwesenheit, wenn er sich an einen anderen Ort träumte, und seine aufgebrachte Art, wenn meine Mutter ihn freundlich um etwas bat.

Ich konnte mit niemandem darüber reden, denn ich hatte meiner Mutter versprochen, es für mich zu behalten. Aber dieses Wissen fraß sich wie Gift in mich hinein, und bald war ich nicht mehr in der Lage, meinem Vater offen gegenüberzutreten, weil ich nur noch einen Verräter in ihm sah.«

Rike betrachtete den Mann, auf den sie sich vor Stunden noch gefreut hatte. Die verbitterten Aussagen über sein Elternhaus fielen ihr wieder ein. Sie konnte sich aus eigener Erfahrung vorstellen, wie er unter der Situation gelitten hatte. Sie verstand jedoch nicht, warum er sich nie Hilfe gesucht hatte. Stattdessen schien er diesen Hass gehegt und gepflegt zu haben, in der Hoffnung, es seinem Vater eines Tages heimzahlen zu können. Doch bevor sie Ian das fragen konnte, sprach er bereits weiter.

»Der Plan taugte aber nichts. Bald wurde mir klar, dass *ich* mich in *dich* verliebt hatte. Und als du mir von eurem überstürzten Umzug nach Deutschland erzählt hast, drangen Bilder an die Oberfläche, die ich lieber für immer vergessen hätte. Ich zerbrach mir den Kopf, wie ich dir die Wahrheit sagen könnte, ohne dich zu verlieren, aber mir fiel keine Lösung ein.«

»Welche Bilder?«

»Von dem letzten Treffen meines Vaters mit deiner Mutter. Eigentlich sollte ich diesen Tag bei meinen Großeltern verbringen, doch in letzter Sekunde kam ihnen etwas dazwischen. Daher blieb meinem Vater nichts anderes übrig, als mich zum Geburtstag von Tante Louise mitzunehmen.

Schon im Vorfeld war die Situation unerträglich. Er war nervös und zog sich immer wieder um. Als ich ihn fragte, was denn so wichtig sei an der Feier, erzählte er mir, dass er eine alte Freundin treffen würde. Ich habe sofort gewusst, von wem die Rede war. Nachdem meine Mutter mir damals von seiner Affäre erzählt hatte, zeigte sie mir auch Briefe, die an diese Frau gerichtet waren. Nun sollte ich sie also kennenlernen, seine Geliebte, die in der Ehe meiner Eltern stets zugegen gewesen war.

Das Wiedersehen verlief aber nicht so, wie mein Vater es sich vorgestellt hatte. Nach einer steifen Begrüßung ging er los, um etwas zu trinken zu holen. Mir war schlecht vor Aufregung, doch ich hatte das Gefühl, meine Mutter würde neben mir stehen und mich anfeuern, es dieser Frau heimzuzahlen. Die vielen Tage, an denen sie sich gestritten, sich verletzt und angeschwiegen hatten, kamen mir in den Sinn, und nun hatte ich die einmalige Gelegenheit, Rache zu üben, verstehst du?

Ich ging auf sie zu, stellte mich vor und erzählte ihr, dass sie meine Familie auf dem Gewissen habe. Ich berichtete ihr von den schweren Depressionen, unter denen meine Mutter gelitten hatte, und fragte sie, was sie sich eigentlich dabei gedacht habe, uns so unglücklich zu machen. Als hätten die Sätze nur darauf gewartet, ausgesprochen zu werden, sprudelten sie nur so hervor.«

Rikes Magen zog sich zusammen. »Und wie hat meine Mutter reagiert?«

»Sie wurde leichenblass und ergriff die Flucht. Kurz darauf kam mein Vater mit dem Sherry zurück und wollte wissen, wo sie abgeblieben sei. Niemand konnte es ihm sagen, und ich habe geschwiegen. Zufrieden, dass ich ihm einen Strich durch die Rechnung gemacht hatte. Wie ich es meiner Mutter vor ihrem Tod versprochen hatte.«

Für einen Moment schloss Rike die Augen. Sofort waren die eigenen Bilder jenes Tages da: ihre Mutter, die sie so fest an sich drückte, dass ihr die Luft wegbleibt, die ihr verspricht, sie nie im Stich zu lassen, nie. Als spürte sie die Tränen ihrer Mutter wieder auf den Wangen, wischte sie sich über das Gesicht.

Ian saß ihr zusammengesunken gegenüber. Sie sah den bis heute verstörten Jungen von damals, der zu keiner Zeit die Folgen seines Auftritts umrissen hatte, der nur davon besessen gewesen war, seiner Mutter posthum noch zu gefallen. Ein Mann, dessen Gedankengänge sie nicht weiter kennenlernen wollte. Ein Opfer – vielleicht –, aber eines, das wohl nie bereit sein würde, sich aktiv mit dieser Bürde auseinanderzusetzen. Doch das war nicht ihre Aufgabe. Sie musste sich ihren eigenen Lektionen zuwenden.

»Das ist dir wirklich gelungen.« Langsam erhob Rike sich von ihrem Stuhl. »Deine Mutter wäre bestimmt stolz auf dich gewesen. Aber mit diesem Auftritt hast du nicht nur deinem Vater einen Strich durch die Rechnung gemacht. Wenn du so willst, hast du mich ebenfalls auf dem Gewissen.«

Ohne weitere Worte ging Rike zu ihrem Fahrrad zurück. Dort wartete Daan, der sie schweigend in die Arme schloss. Als ihr Herzschlag sich beruhigt hatte, führte er sie durch eine Gasse zur Amstel, wo sie sich setzten. Während sie den Möwen zusahen, die laut schreiend über das Wasser flogen, erzählte Rike ihm, was sie gerade erfahren hatte.

»Wenn ich die Begegnungen mit ihm im Nachhinein betrachte, ist es mir unverständlich, dass ich die Zeichen nicht wahrgenommen habe«, sagte sie. »Immer wieder ist er auf meinen Neuanfang in Deutschland zu sprechen gekommen und wollte genau wissen, wie es mir dort ergangen ist. Das hätte mir zu denken geben müssen.«

»Warum denn? Du warst ohnehin mit dieser Zeit beschäftigt. Wie sollte dir das aufgefallen sein?« Daan kickte ein Steinchen ins Wasser. »Das ist nahtlos ineinanderübergegangen. Und vergiss nicht: Es waren viele Gefühle im Spiel. Wenn man ihm glauben darf, wurde aus seinem Hass unverhofft Liebe, und dich hat das alles ja auch nicht kaltgelassen, oder?«

»Nein. Mir hat seine Aufmerksamkeit sehr gutgetan. Er hat dafür gesorgt, dass ich mich wieder attraktiv gefühlt habe. Etwas, das mein Partner nie geschafft hat.« Sie blickte hinauf. »Dennoch bin ich froh, dass ich nicht schon auf Wolke sieben schwebte. Ich möchte mir nicht vorstellen, wie der Absturz gewesen wäre, wenn ich in ihm die große Liebe gesehen hätte.« Stattdessen spürte sie, dass das letzte Quäntchen Verständnis für diesen Mann dahinschwand. Er hatte bestimmt viel einstecken müssen im Leben. Aber die Probleme waren nicht so, dass man sie nie hätte lösen können. Auch hier war es die Frage, was man daraus machte. Richtig.

»Nichtsdestotrotz: Du *bist* eine attraktive Frau«, sagte Daan mit Nachdruck. »Auch wenn er dich hinters Licht geführt hat. Vergiss das nie. Schade, dass du nicht in meiner Altersklasse spielst. Eine wie du könnte mir gefallen.«

»Du hast doch eine Freundin, oder?« Rike dachte an ihren ersten Besuch in der WG. »Bäckst du noch Salzplätzchen mit ihr?«

Daan lachte laut auf. »Oma hat mir schon erzählt, dass ich euch beinahe vergiftet habe.« Doch dann wurde er ernst. »Ja, wir sind nach wie vor zusammen. Aber ich habe noch nie eine Frau getroffen, von der ich sicher wusste, das ist die Richtige. Es liegt wohl in der Verwandtschaft: Oma ist in ihrer Ehe nicht glücklich geworden, und meine Mutter ist auch kein leuchtendes Beispiel.«

»Die Familie prägt uns mehr, als wir es wahrhaben wollen.« Sie dachte an Ian und fragte sich, wie sein bisheriges Beziehungsleben verlaufen war. »Aber das heißt nicht, dass man sich ihr unterwerfen muss. Hör lieber auf deinen Bauch.« Kaum hatte sie die Worte ausgesprochen, begann sie zu lachen. »O Mann … Ausgerechnet Frau Kehrmann gibt solche Weisheiten von sich. Eine, die zugelassen hat, dass ihr Partner ohne große Erklärung zur Tür hinausspaziert ist. Eine, die wochenlang auf seine Rückkehr gewartet und sich währenddessen die Schuld für alles gegeben hat. Wie du siehst, Daan: Auch wenn man theoretisch weiß, wie es geht, kann man im praktischen Teil des Lebens ordentlich auf die Nase fallen.«

»Dann steht man eben wieder auf und versucht, es beim nächsten Mal besser hinzukriegen.« Daan legte ihr lachend einen Arm um die Schulter. »Wirklich schade, dass wir nicht zusammenkommen.« Er sah auf die Uhr. »Es ist schon fast sechs. Wollen wir in die WG fahren und Oma Bericht erstatten? Wie ich sie kenne, kann sie kaum erwarten zu erfahren, wie es gelaufen ist.«

Sie stiegen auf die Räder und reihten sich in den Feierabendverkehr ein. Während sie in die Pedale traten, wusste Rike plötzlich, wie es für sie weitergehen würde. Sie wollte sich von dem Mann verabschieden, der sich im Leben hauptsächlich um seine eigenen Bedürfnisse gekümmert hatte, und morgen früh in die Bretagne aufbrechen.

Froh über diesen Entschluss, überlegte sie, ob sie Hendrik mit der Wahrheit über Ian konfrontieren sollte. Oder war Rücksichtnahme hier fehl am Platz? Während sie diese Frage zu klären versuchte, entdeckte sie eine überraschende Parallele: Nach Cisca und Hendrik hatten sich nun Tochter und Sohn verliebt. Auch diesmal ohne Happy End, denn es waren gezinkte Karten im Spiel gewesen, und die Annäherung hatte unter falschen Vorzeichen stattgefunden. Cisca und Hendrik waren wenigstens ehrlich zueinander gewesen. Vielleicht konnte sie im Gespräch von dieser Spiegelung ausgehen.

Doch die Freude über diese Lösung hielt nur, bis sie an der nächsten Brücke links abbogen. Vor der Tür der WG stand ein Rettungswagen, dessen Türen gerade geschlossen wurden. Im nächsten Moment fuhr er mit Blaulicht davon.

24.

Das Neonlicht in Krankenhäusern hatte immer die gleiche Wirkung: Es verschlimmerte böse Vorahnungen, steigerte Ängste ins Unermessliche und verlieh auch dem vitalsten Besucher ein ungesundes Aussehen.

»Ich hasse diese Warterei«, seufzte Greet. »Könntest du dich bitte mal ruhig hinsetzen?« Letzteres war an Karel gerichtet, der, gestützt auf einen Gehstock, unablässig auf und ab ging. »Du machst mich völlig kirre!«

Karel ließ sich auf einem der Stühle nieder und umfasste den Knauf mit beiden Händen. »Ich frage mich immerzu, ob es richtig war, dass wir den Notarzt gerufen haben.«

»Wen hätten wir denn sonst anrufen sollen? Den Bäcker?«

»Greetje, du weißt, wie Hendriks Patientenverfügung aussieht. Wenn er nur noch als welkes Gemüse dahinvegetieren kann, wird er sich herzlich bei uns bedanken.« Er schnaufte. »Wenn er denn dazu in der Lage ist. Aber du hast recht. Was hätten wir in dem Moment machen sollen?«

Rike schloss die Augen und lauschte den typischen Klinikgeräuschen: dem Piepen und Surren der Geräte, den Schritten und Gesprächen des vorbeieilenden Personals, dem Rauschen der Lüftung und den zufallenden Türen. Ein Wagen mit klapperndem Geschirr wurde vorbeigeschoben, und der Geruch von Krankenhausessen stieg ihr in die Nase. Sie dachte an Besuche bei kranken Freunden, an die Stunden, in denen sie versucht hatte, sie aufzumuntern oder stumm an ihrer Seite ausgeharrt hatte, in der Hoffnung, sie würden mit dem Leben davonkommen.

Als ihr Handy sich meldete, fuhr sie zusammen. Hoffentlich war es kein weiterer Versuch von Ian, sich bei ihr auszuheulen. Es war Edina.

Daan zeigte auf die Glastüren. »Geh ruhig ran. Ich hole dich, wenn sich etwas tut.«

Rike bat Edina um Geduld und verließ mit schnellen Schritten den Wartebereich. Im Treppenhaus setzte sie sich auf eine Stufe und lehnte sich an die Wand. »So, jetzt können wir in Ruhe reden.«

»Wie ist denn das Gespräch mit Hendrik verlaufen?«, fragte Edina. »Habt ihr euch aussprechen können?«

Rike dachte an das Wechselbad der Gefühle, das sie heute erlebt hatte, und die Worte sprudelten nur so aus ihr heraus.

Als sie ihren Bericht über die Ereignisse des Tages schloss, blieb es still. Dann hörte Rike, wie Edina laut ausatmete. »Wahnsinn. Immer wenn man glaubt, diese Geschichte ist nicht mehr zu toppen, kommt der nächste Hammer. Hat dieser Typ das dann zugegeben?«

Rike berichtete von Daans List und Ians Reaktion. »Danach blieb ihm nichts anderes übrig, als die Karten auf den Tisch zu legen. Jetzt ist aber großes Heulen und Zähneknirschen angesagt. Er ballert mich mit Textnachrichten zu, bittet mich um Verzeihung und eine zweite Chance. Er würde sogar mit mir nach Deutschland ziehen. Ich sei die Liebe seines Lebens.«

»Nachdem du zuerst das Experiment seines Lebens warst. Na, toll. Und wo bist du jetzt? Wieder bei Els?«

»Im Krankenhaus. Hendrik ist heute Abend zusammengebrochen. Er war wohl schon vor Wochen wegen Herzproblemen beim Arzt, hat den Befund aber für sich behalten. Wir warten auf eine Auskunft der Ärzte.«

»Du lieber Gott, ihr lasst wirklich nichts aus. Weiß Sohnemann das schon?«

»Wohl kaum. Wenn sie es ihm sagen wollen, soll Greet ihn anrufen. Mein Gesprächsbedarf ist gedeckt.« Rike sah in die Dämmerung hinaus. Ein paar Leute hatten sich unter einer Straßenlampe zum Rauchen zusammengefunden, andere eilten mit besorgter Miene auf den Eingang zu.

»Und wie kommst du klar?«, fragte Edina mitfühlend.

Rike stiegen Tränen in die Augen, als sie das Mitgefühl in Edinas Stimme hörte. Unwirsch wischte sie sie weg. »Im Augenblick kann ich da noch nicht ruhig darüber nachdenken. Ich ertappe mich aber dauernd dabei, dass ich mich in Gedanken mit Ian streite und immer wütender auf ihn werde.«

»Nach dem, was er dir angetan hat, ist das völlig in Ordnung«, sagte Edina. »Ich glaube, ich wäre ihm an die Gurgel gegangen.«

»Dennoch bin ich froh, all diese Dinge erfahren zu haben. Es ist, als wäre mein lückenhaftes Lebensmosaik endlich um die Steinchen ergänzt worden, nach denen ich schon so lange gesucht habe. Aber ich bin viel zu aufgewühlt, um es genauer betrachten zu können. Das muss warten, bis ich in der Bretagne bin.«

»Auf dieses Stichwort habe ich gewartet. Hättest du was dagegen, wenn ich nachkomme? Ich habe sehr viele Überstunden angehäuft und muss sie bald abfeiern.«

»Das wäre toll!« Rike wurde leicht ums Herz. »Du könntest bis Brest fliegen, und ich hole dich dort ab. Das Haus ist groß genug, und einen Kamin hat es auch.«

»Dann machen wir das so.« Auch Edina klang glücklich. »Das haben wir uns nach dieser Zeit mehr als verdient.«

»Ich melde mich bei dir, wenn ich weiß, wann ich mich auf den Weg machen kann. Okay?«

Während sie das Handy in der Tasche verstaute, sah sie Daan mit ernster Miene auf sich zukommen. Und ihre Vorfreude auf Edina wich der Sorge um Hendrik.

25.

Rike hatte schon viele bewegte Zeiten erlebt, doch diese Wochen stellten alles in den Schatten. Als klar war, dass im Krankenhaus nichts mehr für Hendrik getan werden konnte, war sie zu Els gefahren und hatte ihr berichtet, was alles war. Dann hatte sie gepackt, sich von ihr verabschiedet und war in die Jordaan gefahren.

Unterstützt von einer Fachkraft taten sie hier alles, um Hendriks letzte Tage so angenehm wie möglich zu gestalten. Abwechselnd verbrachten sie Zeit an seinem Bett, sprachen über das, was er noch loswerden wollte, und wachten über seinen Schlaf. Daan war vorübergehend zu seiner Großmutter gezogen und machte sich im Haushalt nützlich. Was nach ersten Reibereien mit Karel gut funktionierte.

Während Rike den ruhig atmenden Mann betrachtete, dachte sie an die letzten Tage ihrer Mutter, als Stunden eine neue Länge bekommen hatten. Wie das seiner Cisca war auch Hendriks Schlafzimmer voller persönlicher Gegenstände: Alte Fotografien aus Australien hingen an der Wand neben dem Bett, und zwischen den hohen Fenstern stand eine Aborigines-Skulptur. Verschiedene Drucke, die einträchtig zwischen Reproduktionen alter niederländischer Meister hingen, zeugten von seiner Liebe zu dieser Kunst. Erinnerungen eines vielgereisten Mannes, für den sie hoffte, er könne bald Frieden finden.

Sie war Hendrik dankbar, dass er den Kontakt zu ihr gesucht hatte. Endlich konnte sie die Lücken ihrer Lebensgeschichte schließen und nun angstfrei im Lagerhaus der Erinnerungen ein und aus gehen.

Sie hoffte, auch Ian wäre irgendwann in der Lage, sich mit seiner Vergangenheit zu versöhnen. Nach wie vor schrieb er ihr Nachrichten. Hilferufe eines verletzten Kindes, die mit Begriffen wie Schuld, Trauer und Hass gespickt waren.

Leise stand Rike auf, um sich die Beine zu vertreten. Auf der Kommode entdeckte sie ein Bild ihrer Mutter, das am Strand aufgenommen worden war. Der Wind hatte ihr Haar zerzaust, die Augen waren geschlossen. Sie hielt das Gesicht in die Sonne und lächelte glücklich. Cisca … War es erst Tage her, dass auch sie am Strand gewesen war?

Während sie die unbeschwerten Stunden mit Ian Revue passieren ließ, erkannte sie plötzlich das Dreieck, das Hendrik, Ian und sie bildeten. Eine Form, in deren Mitte ihre Mutter stand.

Rike stellte das Foto an Hendriks Bett. Dann nahm sie das Notizbuch aus der Tasche, erinnerte sich daran, wie die Geschichte ihrer Mutter weitergegangen war.

Mami arbeitet, bis sie das Rentenalter erreicht. Eines Abends ruft sie dich an und erzählt, dass sie wieder in ihre alte Heimat zieht. Das wundert dich nicht. Warum sollte sie an einem Ort bleiben, wo sie nie richtig angekommen ist?

Als sie konkreter wird, stutzt du. Mit dem Nordosten des Landes verbindet sie nichts. Doch sie ist fest entschlossen und hat bereits eine Wohnung in Aussicht. Auch der Umzug ist geplant.

Die Rückkehr stellt Mami vor neue Herausforderungen. Auch in den Niederlanden ist die Zeit nicht stehengeblieben. Wieder ist alles anders, wieder muss sie von vorn beginnen. Erneut stößt sie an Grenzen, mit denen sie nicht gerechnet hat.

Sie muss erkennen, dass man in ihrem Alter nicht mehr so leicht Kontakte knüpft, die Freundeskreise bereits geschlossen sind und man nicht auf sie gewartet hat.

Wie in einem Déjà-vu beobachtest du ihre verzweifelten Versuche.

Zweimal im Jahr fährst du in eine Gegend, die dir fremd ist und bleibt. Ein austauschbarer Ort, den du schnellstmöglich wieder verlassen möchtest.

Mami freut sich unbändig über dein Kommen, die Verpflichtung wiegt schwer. Nach den Problemen in Deutschland gibt es nun neue Themen, die sie mit dir besprechen möchte. Ihr Versprechen von damals, dich nie im Stich zu lassen, wird unter einem anderen Vorzeichen fortgesetzt: Sie beansprucht dich jetzt ganz für sich.

Wieder sträubt sich alles in dir, wieder hast du aus diesem Grund ein schlechtes Gewissen.

Pläne, zusammen nach Amsterdam zu fahren, lehnt sie mit seltsamen Argumenten ab. Anfangs versuchst du, sie vom Gegenteil zu überzeugen, bis du irgendwann aufgibst. Verärgert, dass du weder Zeit noch Ruhe hast, allein hinzufahren.

Viele Jahre macht Mami ehrenamtliche Besuche bei Menschen in einem Pflegeheim. Bis sie dort selber einzieht. Die Situation überfordert euch beide. Aus der einst umgänglichen Frau wird zunehmend eine schwierige. Zum Glück gelingt es dir, ein Netzwerk aufzubauen und Menschen zu gewinnen, die nach ihr schauen, wenn du nicht vor Ort bist.

Ein Rollentausch, mit dem sie nur schwer umgehen kann.

Als ihre Kraft nachlässt, verlegst du dein Leben in das kleine Zimmer, setzt dich an ihr Bett. Manchmal, wenn sie weiß, wo sie ist, wenn sie weiß, wer du bist, blitzt ihr alter Humor wieder auf, leuchten ihre Augen für Sekunden, und es zeigt sich die Frau, die sie einst war.

Doch meist liegt sie schwer atmend in den Kissen, wirkt Tag für Tag kleiner, während das Morphium ihr die Schmerzen nimmt. Du liest ihr vor, legst ihre Lieblingskantaten auf. Du vertraust ihr an, dass du wahrscheinlich nicht mehr lange bei Edgar bleiben wirst.
Wahrscheinlich.

Manchmal sieht sie suchend umher, bewegt die rissigen Lippen. Jeden Tag verschwindet sie ein wenig mehr. Bis sie eines Abends die Augen noch einmal kurz öffnet, den Kopf ein wenig dreht und mit milchigem Blick zu etwas hinaufschaut, das du nicht sehen kannst.
Während du ihre Hand streichelst, gleitet sie davon.

Rike ließ den Stift sinken. Jetzt endlich war klar geworden, warum ihre Mutter schon unwirsch geworden war, wenn sie Amsterdam nur erwähnt hatte. Die Furcht, Hendrik über den Weg zu laufen – und in dem Zusammenhang den Grund für den Umzug preisgeben zu müssen –, muss ihr bis zuletzt tief in den Knochen gesteckt haben.

Sie betrachtete Hendriks eingefallenes Gesicht. Das Leben bediente sich einer seltsamen Parallelität. Nun saß sie an seinem Sterbebett.

Wie wäre ihr Leben wohl verlaufen, wenn ihre Mutter sich damals für ihn entschieden hätte und sie in Amsterdam geblieben wären? Wahrscheinlich wären die beiden nicht glücklich geworden. Abgesehen von den Schuldgefühlen, die sie bald erdrückt hätten, wäre da auch noch das persönliche Gepäck gewesen, das beide zu schultern hatten. Zudem hätte sie Hendrik vermutlich nicht so einfach als Vaterfigur akzeptieren können. Ians Entscheidung dazu stand außer Frage.

Ihr wurde bewusst, wie viele Dinge sie nie kennengelernt hätte, wäre ihr Leben anders verlaufen. Sie hätte Edina nicht kennengelernt und würde bis heute mit der deutschen Sprache auf Kriegsfuß stehen. Ganz zu schweigen von der deutschen Kultur, die ihr nähergebracht worden war.

Sie steckte ihr Notizbuch zurück in die Tasche und sah, dass Hendrik zu sich kam. Verwirrt sah er sich im Zimmer um. »Was ist denn heute für ein Tag?«

»Es ist Montag. Montagabend.« Sie setzte sich auf den Rand seines Bettes. »Möchtest du etwas essen oder trinken?«

Er schüttelte unmerklich den Kopf. »Wir verpassen den Tanzabend.«

Rike lachte. »Auch der langsamste Walzer wäre heute wohl zu schnell für dich. Kann ich etwas anderes für dich tun?«

Wieder ein Kopfschütteln. »Wie war es, als Cisca starb? Warst du bei ihr?«

»Ja. Bis zuletzt.« Rike betrachtete seine Hände, die auf der Bettdecke ruhten, die Haut war fast durchsichtig und übersät von Altersflecken. Hände, die Adriaan vielleicht beim Laufenlernen gehalten, ihn getröstet hatten und die ihn auch jetzt möglicherweise gern berühren würden. Hände, die ihre Mutter gestreichelt, sie fest umschlungen gehalten hatten, bevor sie sich für immer trennten.

Sie fragte sich, ob Hendriks Existenz für ihre Mutter im Lauf der Jahre verblasst war. Wie die Farbe eines Vorhangs, der immerzu dem Licht ausgesetzt war. Oder hatte auch er bis zum Schluss einen Platz in ihrem Herzen gehabt? Als sie an die Zeilen des Gedichts dachte, wusste sie die Antwort.

»Sie hat lange am Leben festhalten wollen, auch als sie nicht mehr viel wahrgenommen hat. Obwohl man das natürlich nie genau sagen kann.« Sie nahm seine Hand. »Ich habe ihr von früher erzählt und gesagt, wie froh ich bin, dass sie für mich gewesen ist. Denn das war sie, wie auch du jetzt weißt. Allmählich ist sie ruhig geworden und wenig später friedlich gestorben.

Dennoch habe ich lange gebraucht, um zu verstehen, dass ich sie nicht mehr anrufen und ihr etwas erzählen kann. Durch dich ist sie mir aber wieder nahgekommen. Auf ganz unerwartete Weise.« Sie zog seine Decke zurecht. »So wie du ein unerwartetes Geschenk bist.«

»Das bist du auch für mich. Daher tut es mir so leid, dass unsere gemeinsame Zeit schon zu Ende geht und ich …« Er verzog das Gesicht.

Rike erschrak. »Soll ich die Pflegerin rufen? Oder Greet und Karel?«

»Nein, nein, es ist alles gut. Aber Musik …« Er schloss die Augen. »Musik wäre schön. Leg doch bitte Georges Moustaki auf.«

*

Kurz nachdem Rike das Schlafzimmer verlassen hat, beginnt das Orchester zu spielen. Beim Einsatz der Gitarre dreht Hendrik den Kopf zur Seite. Da ist Cisca, ja, Cisca ist schon am Strand. Der Wind zerzaust ihr das Haar, die Augen sind geschlossen.

Sie hält das Gesicht in die Sonne und lächelt glücklich. Seine Cisca ...

Nous prendrons le temps de vivre.

D'être libres, mon amour.

Draußen dämmert es, aber dort, wo sie steht, scheint die Sonne. Langsam geht er auf sie zu. Hat sie ihn schon bemerkt? Damals mussten sie vorsichtig sein. Keiner durfte sie zusammen sehen. Damals gab es keine Musik, mussten sie selber singen.

Viens, je suis là, je n'attends que toi.

Tout est possible, tout est permis.

Auch jetzt wartet sie. Wartet nur auf ihn. Gleich ist er bei ihr, er spürt den Sand unter den Füßen, den Wind in den Haaren. Alles ist möglich, alles erlaubt.

Sans projets et sans habitude.

Nous pourrons rêver notre vie ...

Er hört die Stimmen von Greet und Karel, leise sprechen sie mit Ciscas Tochter. Er ruft ihnen zu, dass es ihm gutgeht, sie sich keine Sorgen machen müssen. Denn gleich ist er bei Cisca. Gleich wird er mit ihr tanzen, sie fest in die Arme schließen, sie nie mehr loslassen. Er wird ihr Lachen hören, die feinen Fältchen betrachten, die sich um ihre Augen bilden. Endlich wieder ihre Haut riechen und seine Nase in ihr Haar stecken. Endlich wieder, nach so langer Zeit.

Es war ein langes Leben, viel zu lange ohne sie. Er spürt, wie Greet seine Hand nimmt, sie leicht drückt. Karel und Henrike sind auch da, sind ihm ganz nah. Noch einmal schaut er zurück, dann geht er weiter, sieht, wie Cisca auf ihn zukommt. Endlich. Endlich ist sie da. Ist sie.

Da.

26.

Als würde Hendrik noch bei ihnen sein, als könnten sie ihn so davon abhalten, sie für immer zu verlassen, saßen sie zusammen und redeten über ihn, hatte jeder ihn vor Augen, als säße er mit am Tisch.

Ein letztes Mal ging Rike durch Hendriks Räume, um sich von ihm zu verabschieden. Sie strich über den Perserteppich auf dem Tisch und dachte an den trauten Abend, als sie überraschende Neuigkeiten über ihre Mutter erfahren hatte, und an die Fahrt, die hier geplant worden war. Den Ausflug, der alles verändert hatte.

Auf dem Weg zum Fenster blieb sie an Hendriks Schreibtisch stehen. Sein Füller lag neben einem aufgeschlagenen Block, dessen Seiten nun leer bleiben würden. Hier hatte er ihr den Brief geschrieben, der für zwei aufwühlende Wochen verantwortlich gewesen war, und sie fragte sich, ob sie die Reise auch angetreten hätte, wenn ihr bewusst gewesen wäre, was auf sie zukommt. Die Rike von damals hätte sicher gezögert. Die Rike von heute hingegen war dankbar, dass sie sich auf das Abenteuer eingelassen hatte.

Sie sah hinaus auf die kleine Gracht. Der Herbst war endgültig gekommen, eine blasse Sonne versuchte, sich einen Weg durch den Nebel zu bahnen. Morgen würde sie ihre Zelte hier abbrechen. Sie freute sich auf die Zeit am Meer. Auch wenn unklar war, wie es in ihrem Leben weitergehen würde, machte ihr das keine Angst. Sie wusste nun um ihre Stärke, wusste, dass sie die richtige Entscheidung würde treffen können, und wollte sich dafür Zeit lassen.

Sie war bereits auf dem Weg nach unten, als Greet ihr entgegenkam. »Schau mal, das wurde gerade von einem Boten gebracht.« Sie überreichte Rike eine leichte, in Packpapier eingeschlagene Schachtel. Ein Absender war nicht vermerkt, die Handschrift ihr unbekannt.

Sie folgte Greet in die Küche und öffnete das Päckchen. Ein alter, abgestoßener Pappkarton kam zum Vorschein. Zuerst konnte sie sich keinen Reim darauf machen. Doch als sie den Deckel anhob, wusste sie, dass das geringe Gewicht täuschte, der Inhalt an Bürde kaum zu überbieten war.

Es waren die Briefe, die Hendrik vor Tagen vergeblich gesucht hatte. Nun stellte sich heraus, dass Ian sie vor längerer Zeit entwendet hatte. Dieses Geständnis lag in Form eines Zettels auf den mit Gummiringen zusammengehaltenen Umschlägen.

Nachdem Rike die Bündel herausgenommen hatte, entdeckte sie darunter einen weiteren Brief. *Für meine Rike*, stand darauf. Unentschlossen, ob sie lesen wollte, was Ian ihr noch zu sagen hatte, betrachtete sie das Schreiben.

Greet stand auf. »Ich werde mich allmählich mal umziehen«, sagte sie. »Vergiss die Zeit nicht.« Sie tätschelte Rikes Schulter, dann verließ sie die Küche.

Nun war sie allein mit der in Worten gefassten Sehnsucht Hendriks und den Zeilen von Ian, der sie sicher ein weiteres Mal um Verzeihung bat und ihr seine Liebe gestand.

Greet hatte ihn über den Tod seines Vaters in Kenntnis gesetzt, und es war anzunehmen, dass er auch die Traueranzeige gesehen hatte.

Rike griff nach der aufgeschlagenen Zeitung und las die Annonce ein weiteres Mal.

Ich bin dir nah in weiter Ferne
Und überfliege jeden Raum;
Ich grüße dich in jedem Sterne
Und küsse dich in jedem Traum.

Er ist nicht mehr bei uns
Hendrik Michiel Rhee

* Amsterdam   † Amsterdam
10. November 1926   7. Oktober 2018

Wir werden ihn unendlich vermissen:
Greet Ribbels
Karel ten Brink
Henrike Kehrmann
Im Namen aller Verwandten und Freunde

Sie fuhr mit dem Zeigefinger über die Gedichtzeilen. Auch nach drei Tagen war es ihr noch nicht richtig bewusst geworden, dass sie Hendrik nie wiedersehen würde.

Wie schon ihre Mutter hatte auch er nichts dem Zufall überlassen. Seine letzten Wünsche hatte er genau formuliert und beim Notar hinterlegt. Einen Tag nach seinem Tod war van der Woude vorbeigekommen und hatte ihnen mitgeteilt, dass für ausgewählte Freunde eine besondere Trauerfeier vereinbart worden sei.

Diese würde in zwei Stunden im Haus des Notariats stattfinden. Niemand wusste, was geplant war. Alles, was van der Woude ihnen mitgeteilt hatte, war die Tatsache, dass festliche Kleidung erwünscht sei und man bitte pünktlich erscheinen möchte.

Nachdem Rike das erfahren hatte, war sie in die Stadt geradelt. Unsicher, ob sie etwas kaufen sollte, wovon sie im Geheimen schon lange träumte: ein dunkelrotes Samtkleid. Doch als sie es in einem Laden entdeckt und sich kurz darauf vor dem Spiegel um die eigene Achse gedreht hatte, wusste sie, dass es für diese Gelegenheit genau das Richtige war.

Und sie wusste, was zu tun war: Zusammen mit Ians Schreiben legte sie die Briefbündel in den Karton zurück. Sie würde diese Zeilen nicht lesen, sie waren nicht für sie bestimmt. Hendriks Briefe sollten zusammen mit ihm zu Asche und anschließend verstreut werden. Das würde ihm gefallen. Dessen war sie sich sicher.

Am Ende mussten sie sich sputen. Karel hatte seine Weste nicht finden können, und Daans Fahrrad war auf dem Weg in die WG kaputtgegangen. Als sie endlich beim Notar eintrafen, hatten die anderen geladenen Gäste sich bereits eingefunden. Es herrschte eine seltsame Stimmung. Manche standen mit ernster Miene zusammen, andere gingen angespannt auf und ab. Doch alle hatten Hendriks Wunsch befolgt und waren festlich gekleidet.

Wie schon am Tanzabend in der Woche zuvor öffnete Herr van der Woude pünktlich die Tür und führte sie in den ihnen bereits bekannten Raum. Doch dort sah es heute anders aus: Zwei lange, glanzvoll gedeckte Tische nahmen den hinteren Teil des Saals ein. Überall standen Kandelaber mit brennenden Kerzen, die eine festliche Atmosphäre verbreiteten.

Während ein paar Musiker ihre Instrumente auspackten, gingen die Gäste unsicher auf die Tische zu und suchten anhand der Namensschilder ihren Platz. Als alle saßen, zog der Hausherr einen Brief hervor.

»Sehr geehrte Trauergemeinde, es tut mir leid, dass ich Ihnen im Vorfeld dieses Abends nichts habe verraten können, aber so war es mit Herrn Rhee vereinbart. Alles Weitere möchte ich Ihnen nun mit seinen eigenen Worten wiedergeben.« Er räusperte sich.

Liebe Freunde,

zuallererst möchte ich mich bei Euch bedanken, dass Ihr meiner Einladung gefolgt seid. Vielleicht findet Ihr es seltsam, dass ich Euch hier und nicht bei einer herkömmlichen Trauerfeier zusammenbringe. Mir ging es vor vielen Jahren mal ganz ähnlich.

Wie Ihr wisst, habe ich lange in Australien gelebt. Es fiel mir nicht leicht, dort neue Freundschaften zu knüpfen. Mein Leben bestand hauptsächlich aus Arbeit, und die wenige Zeit, die mir blieb, verbrachte ich mit der Familie. Doch zu David, einem Kollegen in der Firma, hatte ich von Anfang an einen ganz speziellen Draht.

Als David überraschend starb, war meine Bestürzung groß. Wenige Tage später erreichte mich eine Einladung zu einer Trauerfeier, zu der ich festlich gekleidet erscheinen sollte. Schwarze Kleidung war unerwünscht.

Sie fand an einem schwülen Abend in einem Hotel mit großem Garten statt. Anfangs standen wir verloren unter bunten Lampions herum und nippten an dem Champagner, der uns serviert wurde. Es war ein üppiges Büfett aufgebaut, und obwohl wir eigentlich keinen Hunger hatten, griffen wir irgendwann zu.

Nach einer Weile begann eine Combo zu spielen, und Davids Witwe forderte mich zum Tanz auf. Ich weiß noch, wie ich mich wehrte, es völlig unpassend fand, doch sie kannte keinen Pardon. Ihr geliebter David hatte es sich so gewünscht, und sie war fest entschlossen, ihm dieses Anliegen zu erfüllen.

Nach und nach trauten sich die anderen Freunde ebenfalls auf die Tanzfläche. Bis tief in die Nacht haben wir getanzt und gelacht, getanzt und geweint.

Dieses Erlebnis kam mir vor Wochen wieder in den Sinn, und mit einem Mal wusste ich: So möchte auch ich mich von Euch verabschieden. Um mich bei Euch zu bedanken für die gemeinsamen Jahre, die uns zuteilgeworden sind, dafür, dass Ihr in guten und schlechten Zeiten für mich da gewesen seid.

Ich hoffe, Ihr könnt den heutigen Abend genießen. Schwingt das Tanzbein, lasst es Euch schmecken und schließt mich in Eure Gedanken und Geschichten ein. Genießt das Leben, als gäbe es kein Morgen.

In großer Liebe,

Euer Hendrik.

Nach diesen Worten schwiegen alle. Manche hatten Tränen in den Augen, andere schnäuzten sich die Nase. Auch Rike spürte, dass sie kurz vor dem Weinen war. Doch es blieb keine Zeit, Trübsal zu blasen. Die Musiker kamen herein und spielten ein flottes Chanson von Piaf. Gleich darauf öffnete sich die Tür zum Patio. Weißgekleidete Kellner betraten den Saal und servierten Champagner, andere verteilten Teller mit kleinen Speisen.

Anfangs sprach kaum jemand. Doch schon bald wurden erste Erinnerungen an Hendrik ausgetauscht. Als Leendert das Glas hob und mit den Worten »Jetzt bin ich wirklich froh, dass ich Hendrik hierher vermittelt habe« mit seinen Tischnachbarn anstieß, verschwand die bedrückte Stimmung allmählich.

»Du wirst einen ganz schönen Umsatzeinbruch haben!«, rief Karel. »Hendrik war ein treuer Kunde.«

»Der beste, den ich je hatte.« Leendert legte die rechte Hand aufs Herz, dann trank er sein Glas in einem Zug leer.

An Leenderts Bekenntnis schlossen sich zwei Diskussionen gleichzeitig an: eine über Hendrik, die andere über das Für und Wider von Fisch.

»Mit Hendrik konnte man so richtig versacken, einmal sind wir erst im Morgengrauen nach Hause gekommen.« – »Ich weiß auch nicht, warum man immer nur am Freitag Fisch essen soll, mir schmeckt er am Samstag viel besser.« – »Ich wundere mich, dass Hendrik nie wieder geheiratet hat. So ein attraktiver Mann.« – »Ich bin gar kein Fan von Fish and Chips.« – »Ich mag Kabeljau lieber gedünstet.« – »Gibt es eigentlich noch Fisch in den Grachten? Mein Vater hat früher eimerweise Barsche herausgezogen.« – »Jetzt kannst du dort immerhin Fahrräder fischen!« – »Hendrik hat sich nie eine Neue geangelt hat, in all den Jahren nicht. Dabei hätte er fünf an jeder Hand haben können!« – »Das Wasser ist doch völlig verseucht, eine richtig üble Brühe.« – »Fisch in Brühe? Ich finde ja, dass Senfsoße besser dazu passt …«

Rike spießte sich ein letztes Stück Pastete auf die Gabel. Sosehr sie sich auf ihren Urlaub freute, sie würde diese Menschen hier vermissen. Wehmütig sog sie die Stimmung im Saal in sich auf, lauschte den Anekdoten und dem Amsterdamer Dialekt.

Erste Tänzer wagten sich aufs Parkett. Sie sah Karel Wange an Wange mit einem ernst dreinschauenden Mann vorbeiziehen und beobachtete, wie Daan mit einer Dame in üppiger Abendrobe schäkerte. Überall bildeten sich Grüppchen, und Paare drehten sich zu den geschmeidigen Melodien der Combo. Als Greets Blick sie traf, setzte Rike sich auf den leeren Stuhl neben sie.

»Hendrik war immer für eine Überraschung gut«, sagte Greet.

»Sogar jetzt, wo er mausetot ist. Der verrückte Kerl!« Sie stieß mit Rike an. »Immerhin kann ich mir nun endlich erklären, warum wir unsere Tanzkenntnisse auffrischen sollten.« Sie betrachtete Rike zufrieden. »Hübsch siehst du aus. Geht es dir gut?«

Rike sah an sich hinunter und strich über den samtigen Stoff. »So ein Kleid habe ich mir schon lange gewünscht, aber ich habe mir immer eingeredet, dass ich ein Hosentyp sei.«

»Es ist nie zu spät, etwas zu ändern. Hat das Notizbuch dir denn etwas helfen können, mit allem fertig zu werden?«

»O ja. Ich habe mich mehrmals mit dem kleinen Mädchen von damals auseinandergesetzt und dabei ist mir einiges klar geworden.«

»Hat sich dein Typ denn mal gemeldet?«

»Nicht, dass ich wüsste.« Doch als Rike einen Blick auf ihr Handy warf, stellte sie fest, dass die Liste der entgangenen Anrufe nicht mehr von Ian angeführt wurde. Edgar hatte ihn souverän auf den zweiten Platz verwiesen und mehrfach versucht, sie zu erreichen.

Rike zeigte Greet die Übersicht. »Dummerweise habe ich jetzt keine Zeit.« Da fiel ihr ein winkender Mann am Rand der Tanzfläche auf. »Es scheint sich jemand sehr für dich zu interessieren.«

Greet stand lächelnd auf. »Das ist meine *Freundin*. Wenn er sich schon hierher getraut hat, sollte ich ihn nicht zu lange warten lassen, oder? Wir sehen uns später.«

Kaum war Greet gegangen, bat Leendert Rike um den nächsten Tanz. Er war ein geübter Tänzer und wirbelte sie sicher umher. »Wer hätte das gedacht, mhm? Unser Hendrik … so ein alter Fuchs.« Er erging sich in Anekdoten über seinen früheren Kunden, doch Rike konnte sich kaum auf seine Geschichten konzentrieren. Obwohl der Fischhändler wie aus dem Ei gepellt war, entströmte ihm ein leichter Geruch von rohen Zwiebeln, und mit jeder Drehung wurde ihr mulmiger.

Daher war sie erleichtert, als sie kurze Zeit später in Daans Armen durch den Saal schwebte. Er sah in seinem karierten Jackett hinreißend aus, und der Duft seines Aftershaves war eine Wohltat. »Du tanzt ja toll!«

»Eine meiner Verflossenen hat mich mal zu einem Kurs mitgeschleppt.«

»Das hat sich gelohnt.« Rike fühlte sie leicht wie eine Feder.

»Und du?« Daan sah ihr tief in die Augen. »Denkst du noch an den Mann mit den zwei Namen, schöne Frau?«

»Nein. Der ist passé.« Rike machte einen schnellen Zwischenschritt, um nicht mit Greet und ihrer »Freundin« zusammenzustoßen. Als sie sich von den beiden entfernten, zog Daan sie näher zu sich heran. »Kennst du den Typen, der da so innig mit Oma schwoft?«

»Nicht persönlich, aber er spielt eine sehr liebevolle Rolle in ihrem Leben«, sagte Rike. »Mach dir keine Gedanken. Oma Greet weiß, was sie tut.«

»Da hast du recht.« Er sah sie wehmütig an. »Und du willst uns morgen wirklich verlassen?«

»Daran führt kein Weg vorbei.« Doch seit sie die entgangenen Anrufe von Edgar entdeckt hatte, spukten er und die bevorstehende Auseinandersetzung mit ihm durch ihren Kopf und trübten die Vorfreude auf den Urlaub. Sollte sie ihn zappeln lassen und erst aus der Bretagne zurückrufen? Verdient hätte er es. Das Risiko, dass sie sich dann aber in Gedanken ständig mit ihm herumstritt, war groß. Daher beschloss sie, die Angelegenheit aus der Welt zu schaffen. Und zwar jetzt sofort.

»Ich muss eine Pause einlegen«, sagte sie zu Daan. »Es gibt da noch jemanden, mit dem ich was zu klären habe. Danach tanzen wir, solange du willst.« Sie drückte ihm ein Küsschen auf die Wange und verschwand in den Innenhof.

Im Patio war es frisch, und Rike rieb sich fröstelnd die Arme. Die kleine Bank, auf der sie zuletzt mit Hendrik eine Pause eingelegt hatte, stand voll leerer Flaschen. Sie überlegte sich, ob sie sich zur Stärkung ein Glas Champagner holen sollte, doch Edgar kam ihr zuvor.

Ohne einen Blick auf das Display zu werfen, wusste Rike, dass er es war. Der Klingelton klang schärfer, ungehaltener als sonst, und sie konnte sich genau vorstellen, wie er beim Lauschen des Freizeichens aufgebracht auf und ab ging.

»Wo *bist* du denn?« Seine gereizte Stimme gab ihr in allen Dingen recht. Doch sie stellte fest, dass sie ihr seltsam fremd in den Ohren klang.

»Eine Frage, die ich dir auch schon habe stellen wollen.« So wie sie ebenfalls gern etwas über andere Dinge erfahren hätte. Doch gleichzeitig spürte sie, dass vieles nebensächlich geworden war. Hätte sie diesen Mann noch vor Wochen glücklich wieder in die Arme geschlossen, war er ihr jetzt so fremd wie ein x-beliebiger Passant in der Fußgängerzone. Sie versuchte, ihn sich vor Augen zu holen, sein helles lockiges Haar, die grauen Augen, seine schlaksige Gestalt, doch die Einzelheiten fügten sich nicht zusammen.

»Willst du es mir nicht verraten?«

»Ich bin auf einer Trauerfeier in Amsterdam.«

»Klingt mir eher nach einem Fest.«

Tatsächlich war die Stimmung im Saal ausgelassen, und manche von Hendriks Freunden versuchten, ein bekanntes Lied von Jacques Brel mitzusingen.

»Das kommt hin. Ein Trauerfest.«

Sie hörte Edgar aufgebracht seufzen. »Und *wer* ist gestorben?«

»Du hast ihn nicht gekannt.«

»Ich meine, ein Verwandter? Oder ein Freund?« Wenn Edgar etwas wissen wollte, bohrte er weiter. Eine Eigenschaft, die in der Zwischenzeit nicht gelitten zu haben schien. Rike war aber nicht willens, ihm auch nur eine Silbe von Hendrik zu erzählen. Also schwieg sie. Eine neue Erfahrung für Edgar, da sie sonst diejenige war, die eine solche Stille kaum aushalten konnte. Diesmal jedoch kam eine fast unheimliche Ruhe über sie.

»Du hättest mir wenigstens einen Zettel hinterlassen können.«

»Ja klar. Direkt neben der Adresse, unter der *du* erreichbar warst. Das stimmt.«

»Mein Gott, Rike! Ich habe diese Zeit für mich gebraucht, und du warst einverstanden.« Das Gespräch verlief nicht so, wie er es sich vorgestellt hatte. »Hast du meinen Abreißkalender etwa ruiniert, weil du sauer auf mich warst? Den kann ich gerade ins Altpapier geben.«

Rike lehnte sich an die mit Efeu bewachsene Mauer und dachte an jenen Tag, als er in die Küche gekommen war, hörte seine Floskeln wieder, über Beziehungspausen und Auszeiten, über den entstandenen Beziehungstrott. Spürte, wie sie völlig überrumpelt immer wieder genickt hatte. Dann wurde die Szene immer kleiner, als würde die Kamera zurückzoomen, bis sie das

Haus ganz erfasst hatte. Dabei wurde Rike klar, dass es längst nicht mehr *ihr* Zuhause war. Diese Erkenntnis löste überraschenderweise keine Angst aus.

Auch die Fragen, die sie sich an jenem Tag gestellt hatte, waren inzwischen irrelevant. Es war ihr egal, ob sie gut genug für ihn war, es interessierte sie nicht mehr, ob er etwas mit einer anderen gehabt hatte.

»Ich schlage vor, dass wir uns in Ruhe zusammensetzen, wenn ich zurück bin. Jetzt fahre ich erst mal in die Bretagne und mache dort Urlaub.«

»Urlaub? Um diese Zeit?«

»Warum nicht?« Selten hatte Rike ihre Entscheidung gegen den Schuldienst mehr geliebt.

»Und deine Arbeit? Hast du keine neuen Aufträge?«

»Lass das alles mal meine Sorge sein, Edgar. Schau, unser Beziehungstrott hat sich ja noch kein bisschen aufgelöst. Im Gegenteil. Durch dein Verschwinden wurde er nur noch verschärft.« Wieder hatte Rike die entscheidende Szene vor Augen und beschloss, spontan die Sätze, die Edgar damals verwendet hatte, wiederzubeleben. »Das mag für dich jetzt überraschend kommen, aber ich glaube nicht, dass lange Diskussionen uns weiterhelfen. So ist es für beide doch leichter. Findest du nicht auch?«

Ungeduldig hörte sie Edgars lahmen Gegenargumenten zu, die er mit immer dünnerer Stimme vortrug, und bedauerte, dass es hier draußen keinen Spiegel gab. Rike war sich sicher, dass sie gerade zum ersten Mal mit jenem Was-willst-du-denn-Ausdruck in die Kamera des Lebens schaute, und hätte das zu gern mit eigenen Augen gesehen.

Sie überlegte sich einen eleganten Schlusssatz, als Daan die Tür aufriss. »Komm! Sie spielen Hendriks Lieblingslied.« Nun drang auch Rike die Moustaki-Melodie ins Ohr.

Mit einem knappen Gruß verabschiedete sie sich von Edgar und kehrte in den Saal zurück. Während sie mit Daan tanzte, ließ sie den Blick schweifen. Hendriks Freunde hatten sich alle auf der Tanzfläche eingefunden. Manche lächelten wehmütig, anderen waren dem Weinen nahe.

Auch Rike spürte tiefe Trauer über seinen Tod. Leise sang sie den Text mit, dachte an Hendrik und an ihre Mutter.

Nous prendrons le temps de vivre, d'être libres, mon amour.

Ob sie sich in einer anderen Welt wiedergetroffen hatten und ebenfalls zusammen tanzten?

Tout est possible, tout est permis.

Jetzt konnte ihnen niemand mehr in die Quere kommen, konnten sie tun und lassen, was sie wollten.

Das galt auch für sie selbst. Sie würde gut darauf achten, dass sie sich selbst nicht wieder aus den Augen verlor. Sondern endlich ihr Leben so leben, wie es für sie richtig war.

Alles war möglich. Und alles erlaubt.

27.

Der Aufbruch war Rike nicht leichtgefallen. Auch wenn Amsterdam sich gewandelt hatte, so war sie von dieser Stadt umhüllt worden wie von einer alten, liebgewonnenen Strickjacke. Sie passte ihr zwar nicht mehr so wie früher, doch das Gefühl von Heimat war in jeder Masche spürbar gewesen.

Genauso hatte sich der Abschied von Hendriks Freunden gestaltet. Trotz ihrer Zusicherung, sie bald wieder zu besuchen, wussten alle, dass ein Wiedersehen in den Sternen stand. Zu viele Faktoren spielten im Alter eine Rolle, und die Tatsache, wie überraschend sie sich von Hendrik hatten verabschieden müssen, saß allen noch in den Knochen. Trotzdem hatte sie sich nach einer viel zu kurzen Nacht ins Auto gesetzt. Wohl wissend, dass schon ein gemeinsames Frühstück ihre Abreise hätte scheitern lassen können.

Mit jedem Kilometer, den sie südwärts gefahren war, hatte sie auch innerlich mehr Abstand gewonnen. Die Zeit war gekommen, die Karten neu zu mischen. Als sie die Küste der Normandie erreicht hatte, war sie ausgestiegen und hatte lange auf das weite Meer hinausgeschaut. Ihre Zukunft lag wie eine leere Seite vor ihr, und sie war gespannt auf die Geschichte, die in den kommenden Wochen heranreifen würde.

Die Fahrt war anstrengender als erwartet, und das Hotelbett der letzten Nacht durchgelegen und schmal wie ein Bügelbrett. Seit drei Uhr hatte sie sich schlaflos umhergewälzt, waren Schreckensszenarien aufgeblitzt, wenn sie an die Entscheidungen dachte, die ihr bevorstanden. Auch die Frage, wie sie ihr Leben führen wollte und wo, war Thema gewesen. Im Morgengrauen hatte sie immerhin einen Beschluss gefasst: Das neue Bett sollte mindestens doppelt so breit sein wie das, aus dem sie mehrmals fast hinausgefallen war.

Jetzt, da das Reiseziel zum Greifen nahe war, legte sich eine bleierne Müdigkeit auf ihre Schultern. Jeder Parkplatz wurde zu einer Versuchung, eine Pause einzulegen. Die Wolken hingen tief über der Landschaft, das Farnkraut am Straßengraben hatte sein Grün bereits verloren. Die Werbetafeln, die die Reisenden in Hotels und Restaurants locken sollten, standen zum Teil so schief wie die Bäume, die sich seit Jahren gegen den stürmischen Küstenwind behaupten mussten. Eine Autowerkstatt versprach schnellen Service, ein Verkehrsschild warnte vor vereisten Stellen auf der Fahrbahn. Rike hoffte, weder einen Mechaniker bemühen zu müssen noch mit glatten Straßen konfrontiert zu werden. Sie wollte schlafen, das würde ihr fürs Erste vollkommen genügen.

Die Häuser, die die Straße säumten, mehrten sich. Viele waren einstöckig und weiß getüncht, die Haustüren blau lackiert und von einem Windfang geschützt. Strommasten führten einzelne Kabel über das Land. Die verblühten Hortensien erinnerten an den Hochsommer.

Die Hinweisschilder waren zweisprachig, und so lernte Rike, dass der Begriff *centre ville* in der bretonischen Übersetzung *kreizkêr* hieß. Im Ortskern wurden die Straßen enger, die Gebäude älter und die Fassaden grauer. Langsam fuhr sie an den eng geparkten Autos vorbei und war froh, als sie den Wirrwarr des Zentrums hinter sich lassen konnte.

Ein schmaler Weg führte sie weiter zur Küste, an tief gebeugten und bizarr geformten Bäumen vorbei, bis die Bucht von Morgat endlich vor ihr lag. Die Sonne schickte vereinzelte Strahlen durch die größer werdenden Wolkenlücken und ließ das Wasser silbern aufblitzen. Noch wenige Kilometer, dann hatte sie es geschafft.

Nach einer kurzen Pause am Wasser deckte sie sich mit dem Wichtigsten ein und ging anschließend am Hafen entlang. Die Saison war längst zu Ende, doch die kleinen Läden hatten noch geöffnet. Sie suchte ein paar Postkarten aus und ging zum Zahlen hinein. Drinnen sichtete sie das restliche Angebot.

Neben dem Zeitungsregal lehnten ein paar letzte Sonnenschirme an der Wand, daneben hingen ein Netz mit bunten Bällen und eine Taucherbrille. Alles Dinge, für die sie keinen Bedarf hatte. Sie wollte den Blick schon abwenden, als sie hinter den Bällen etwas Rotes aufblitzen sah. War es das, was sie glaubte?

Unschlüssig zog sie die Verpackung hervor. Es war tatsächlich ein Stoffdrachen, der fast identisch war mit dem Modell, das sie vor Jahrzehnten hatte loslassen müssen. Sollte sie einen neuen Versuch wagen?

Aber der Drachen war rot. Sofort hatte sie Ians Gesicht vor Augen, hörte seine Stimme: *Meine Lieblingsfarbe ist rot. Immer schon gewesen.*

Aber es gab keinen anderen. Außerdem wäre es verrückt, aus diesem Grund auf den Spaß zu verzichten. Rot war nur eine Farbe. Und Ian Vergangenheit. Als sie entdeckte, dass eine stabile Schnur beigefügt war, zögerte sie nicht länger. Sie würde den Drachen noch heute steigen lassen.

Voller Vorfreude stieg sie wieder ins Auto. Nach wenigen Kilometern bog sie in eine Stichstraße ein und landete in einem kleinen Dorf. Viele der Häuser schienen als Ferienunterkunft genutzt zu werden, denn die Fensterläden waren geschlossen, und die Anwesen machten einen verlassenen Eindruck.

Als sie auf das Ende des Weilers zufuhr, fürchtete sie schon, die Vermieterin übersehen zu haben, doch dann entdeckte sie jemanden neben einem weit geöffneten Tor. Langsam fuhr sie in die Einfahrt und stieg aus.

Zehn Minuten später wusste sie über alles Wichtige Bescheid, verabschiedete sich von der Dame und sah sich in den gemütlichen Räumen um. Das Haus hatte alles, was sie brauchte, und der Kamin war vorbereitet. Ein Streichholz würde genügen, um es sich später vor dem Feuer bequem zu machen.

Nachdem sie das Gepäck aus dem Auto geholt hatte, setzte sie den Drachen zusammen. Sollte sie ihn wirklich noch heute steigen lassen? Alles in ihr verlangte nach einem behaglichen Sofa, doch Rike wusste, dass ihr Kopf erst nach einem Versuch endgültig zur Ruhe kommen würde.

Das Hausinserat hatte nicht zu viel versprochen. Bereits Minuten später stand sie an einer breiten Bucht. Der Küstenabschnitt war beliebt bei Surfern, und sie beobachtete, wie letzte Wellenreiter die Brandung durchquerten.

Als sie verschwunden waren, bestimmte Rike die Windrichtung und überprüfte die Schnur ein letztes Mal. Dann warf sie den Drachen in die Luft und lief los. Ihre ersten Bemühungen scheiterten, und sie war schon kurz davor aufzugeben, als zwei Mädchen auf sie zurannten. Braungebrannt, mit kurzen, sonnengebleichten Haaren erinnerten sie Rike an eine junge Version ihrer selbst.

»Warten Sie! Wir helfen Ihnen!« Vier strahlende Augen sahen sie an.

»Gern«, sagte sie.

Wie ein eingespieltes Team stellten sie sich auf, und kurz darauf schoss der Drachen in die Luft. Mit jedem Meter, den er höherkletterte, kam das Wissen zurück, wie man die Schnur ziehen musste, um die Spannung optimal zu halten, und sie fühlte sich wieder wie damals am Strand.

Nach einer Weile drückte sie den umherspringenden Mädchen die Wickelspule in die Hand und trat zur Seite. Die beiden hatten einen Riesenspaß und waren echte Profis. Mit lautem Gejohle schafften sie es, jede noch so überraschende Abwärtsbewegung des Drachens zu unterbinden und ihn wieder nach oben zu befördern.

Als er ruhig in der Luft stand, ging sie auf die beiden zu. »Darf ich euch den Drachen schenken?« Ihren Gesichtern zufolge konnten sie ihr Glück kaum fassen. Doch die gute Erziehung siegte, und die Größere der beiden stotterte, dass sie das nicht annehmen könnten.

»Doch, doch«, beruhigte Rike sie. »Ich wollte einfach mal sehen, ob ich es noch kann. Bei euch ist er viel besser aufgehoben.«

Sie wünschte den Mädchen viel Glück und stieg eine Anhöhe hinauf. Dort setzte sie sich ins Heidekraut und verfolgte, wie die Sonne langsam unterging. Das Meer hatte sich beruhigt, und die letzten Spaziergänger waren gegangen. Auch die Mädchen schickten sich an, nach Hause zu gehen. Sie holten den Drachen vom Himmel und trugen ihn wie eine Trophäe in ihrer Mitte. Ein letztes *Merci*, ein fröhliches Winken, und Rike war allein.

Sie dachte an Greet und Karel, sah sie am Küchentisch sitzen, den unsichtbaren Hendrik an ihrer Seite.

Sie fragte sich, wie es Ian wohl ginge. Würde er sich von seinem Vater verabschieden und Frieden mit ihm schließen können? Trotz allem, was geschehen war, wünschte sie es ihm von Herzen.

Sie dachte an ihre Mutter, an *Cisca*. Hatte sie insgeheim gehofft, dass Hendrik und Rike sich eines Tages begegnen und ihr großes Geheimnis gelüftet würde? Sie würde nie eine Antwort auf diese Frage bekommen, doch das war nicht wichtig. Sie konnte mit der Vergangenheit Frieden schließen und der Zukunft gelassen entgegensehen.

Während die Sonne sich wie ein Feuerball der Horizontlinie näherte, machte sie ein Foto des vielfarbigen Himmels und schrieb Edina ein paar Zeilen dazu. Sie wollte die Nachricht schon mit *Rike* beenden, als sie innehielt.

Nein. Das Leben war zu kurz für Edgars und Abreißkalender, zu kurz, sich über vertane Chancen und unvorhergesehene Änderungen zu grämen. Und es wurde Zeit, ihren Namen in voller Länge zu verwenden. Ein Name, der ihr in Anbetracht einer großen Liebe gegeben worden war:

Henrike.

Nachwort

Im Januar 2019 erreichte mich ein Brief der damals 96-jährigen Truus Rijpma, einer alten Freundin meiner Mutter. Die Frauen hatten sich im Zweiten Weltkrieg während ihrer Krankenschwesterausbildung kennengelernt und waren lange unzertrennlich gewesen.

Leider verloren sie sich nach mehreren Umzügen aus den Augen, und in einer Zeit, in der Begriffe wie *Suchmaschine* unbekannt waren, gab es kaum Möglichkeiten, sich wiederzufinden. Zudem war Truus zu Ohren gekommen, meine Mutter hätte einen Schweden geheiratet und wäre mit ihm von den Niederlanden in dessen Heimat gezogen.

Doch nun hatte sie die Todesanzeige meiner Mutter im Netz entdeckt, in der meine Adresse vermerkt war, und nahm mit mir Kontakt auf.

Nachdem ich ihren Brief gelesen hatte, griff ich sofort zum Telefon. Wir sprachen lange. Als ich sie auf die Fotos ansprach, die sie dem Brief beigefügt hatte, erzählte sie mir, dass es Bilder ihrer Hochzeit seien. Meine Mutter und ihr Bruder Berend seien Trauzeugen gewesen, und zwischen den beiden habe es sofort gefunkt. Doch Berend sei zu dem Zeitpunkt bereits verlobt, eine Vertiefung der Romanze somit ausgeschlossen gewesen.

Schon während des Gesprächs war mir klar, dass ich nicht nur eine sehr liebenswerte Frau kennengelernt hatte, sondern hier auch der Grundstock für einen Roman verborgen lag.

Ich stellte mir die Frage, was gewesen wäre, wenn mich anstelle von Truus ihr Bruder Berend kontaktiert und mir von der Liebe zwischen ihm und meiner Mutter berichtet hätte.

So entstand nach und nach meine Protagonistin Rike, deren fiktive Geschichte ich mit einem Teil meiner eigenen Kindheit und Jugend in Amsterdam verwob.

Zudem half ich meinem Gedächtnis mit Internetrecherchen auf die Sprünge. Dabei stieß ich auf einige Communitys, die sich über das Amsterdam der 1960-er und 1970-er Jahre austauschen, und traf mit einigen Menschen aus längst vergangenen Zeiten zusammen.

Die bemerkenswerteste Begegnung dabei war wohl die mit meiner Schulfreundin Atie, die nach fünfzig Jahren mit den Worten »Da bist du ja! Ich habe schon lange nach dir gesucht« so selbstverständlich in mein Leben zurückkehrte, als wären wir noch gestern gemeinsam Rollenschuh gefahren.

Auch Dagmar Geisler, Sabine Marr, Eva-Maria Sammet, Leonie Schöbel, Sabine Baierlein und Ute Reinschmidt begleiteten mich beim Schreiben, wofür ich mich herzlich bedanken möchte.

Denn auch wenn eine Idee zu einer Geschichte mit der Post ins Haus kommt, schreibt sich das Buch nicht von allein.

Und plötzlich ist alles anders

Hermien Stellmacher

Was bleibt,
wenn alles
verschwindet

Roman

Beste Freundinnen seit über dreißig Jahren: Ruth und Susanne haben alles miteinander geteilt, doch nun wird ihre Freundschaft nicht mehr dieselbe sein. Susanne zeigt erste Anzeichen einer Demenz, die Gedächtnislücken und Aussetzer häufen sich, und sie spürt, dass ihr Leben ihr immer mehr entgleitet. Während Ruth, unterstützt von ihrem Mann und ihren Freunden, alle Hebel in Bewegung setzt, damit es ihrer Freundin auch in Zukunft an nichts fehlen wird, quält die noch eine ganz andere Sorge: Es ist höchste Zeit, Ruth ein gut gehütetes Geheimnis zu offenbaren, das ihrer beider Leben seit langem schicksalhaft miteinander verknüpft. Doch dieses Geständnis könnte die Freundschaft für immer zerstören …
Ein berührender Roman über die Kraft der Freundschaft und zwei starke Frauen, die dem Schicksal mutig die Stirn bieten.

Hermien Stellmacher, Was bleibt, wenn alles verschwindet.
Roman. insel taschenbuch 4852. 367 Seiten. Auch als eBook erhältlich

NF 525/1/12.21